우리는
언제나
성에 살았다

성 문 영

음악 평론가. 부산대학교 한문학과를 졸업하고, 음악 잡지 〈핫뮤직〉 편집부, 명음레코드 팝 마케팅부, 음악 잡지 〈Sub〉 편집장을 거쳐 영국 사우샘프턴 인스티튜트에서 미디어 석사 과정을 수료했다. 벅스 뮤직(기획), 아리랑 FM과 EBS FM(작가), 네이버 뮤직(필진) 등 음악 산업의 다양한 영역에서 활동해 왔으며, 팝 칼럼니스트로서 독특한 글쓰기와 위트 넘치는 가사 번역으로 유명하다. 『테이킹 우드스탁』, 『파이 바닥의 달콤함』을 우리말로 옮겼다.

이 도서의 국립중앙도서관 출판예정도서목록(CIP)은 서지정보유통지원시스템 홈페이지(http://seoji.nl.go.kr)와
국가자료공동목록시스템(http://www.nl.go.kr/kolisnet)에서 이용하실 수 있습니다.
CIP제어번호 : CIP2014000837

We Have Always Lived in the Castle

우리는 언제나 성에 살았다

셜리 잭슨

성문영 옮김

시간이 멈춘 광기의 정원

엘릭시르

차
례

/

파스칼 코비치•에게 바침

/

• Pascal Covici(1885~1964). 미국의 출판인 겸 편집자. 벤 헥트, 래드클리프 홀, 존 스타인벡 등을 발굴했고 셜리 잭슨을 비롯한 다수의 작가와 함께 작업했다.

We Have Always Lived in the Castle

We Have Always Lived in the Castle

Shirley Jackson

내 이름은 메리 캐서린 블랙우드. 열여덟 살이고 언니 콘스턴스와 같이 산다. 양손 둘째와 셋째 손가락이 같은 길이라서 혹시라도 운이 있었다면 늑대 인간•으로 태어나지 않았을까 종종 생각했지만, 욕심은 그만 부리기로 했다. 나는 씻는 거, 개, 시끄러운 소리가 싫다. 콘스턴스 언니와 리처드 플랜태저넷••, 그리고 일명 알광대버섯이라고 불리는 독버섯은 좋아한다. 언니와 나를 제외한 우리 가족은 전부 죽고 없다.

가장 마지막으로 부엌 선반에서 도서관 책을 흘끗 보았던 순간, 그 책들은 이미 다섯 달 이상 연체된 상태였다. 빌릴 때 그 책들이 우리 집에 마지막으로 온 책이 되어 부엌 선반에 영원히 모셔질 운

• **늑대 인간** _ 늑대 인간의 두 번째 손가락은 세 번째 손가락보다 길이가 길거나 둘이 같다고 한다.

•• **리처드 플랜태저넷** _ 같은 이름을 가진 사람들 중 리처드 3세로 추정. 형인 에드워드 4세의 두 아들을 런던 탑에 가두고 살해했다는 설이 있다.

명이란 걸 알았다면 다른 책으로 골라 왔을까 궁금했다. 우리가 웬만해선 물건을 옮기지 않다 보니 블랙우드가家는 산만하거나 분주한 집안과는 거리가 멀었다. 책과 꽃과 숟가락같이 작은 물건들이야 순간순간 자리를 옮기며 사용했지만, 한자리에 고정된 물건들은 항상 굳건한 원칙대로 놓았다. 우리는 항상 물건을 제자리에 두었다. 탁자와 의자와 침대와 그림과 깔개와 램프의 먼지를 털고 그 아래를 쓸면서도 꼭 있던 자리에 물건들을 두었는데, 어머니의 화장대 위에 놓인 별갑 소재 화장 도구는 덕분에 일 센티미터도 움직이는 일 없이 늘 그 자리였다. 이 집에 살았던 블랙우드가 사람들은 항상 자기 물건을 정돈했다. 블랙우드가에 며느리가 새로 들어오면 그녀의 물건을 위한 새로운 자리가 마련되었고, 우리 집은 그렇게 층층이 쌓인 블랙우드 소유물로 무게 중심을 잡고는 세상을 향해 꿋꿋이 자리를 지켰다.

내가 도서관 책들을 우리 집에 들여온 것은 사월 하순의 금요일이었다. 금요일과 화요일은 끔찍한 날이었다. 내가 마을에 가야 하는 날이기 때문이었다. 우리 중 누군가는 도서관을 가고 식료품점을 가야 했지만 콘스턴스 언니는 자기 정원 밖으로 나가는 법이 없었고 줄리언 삼촌은 그럴 형편이 아니었다. 따라서 일주일에 두 번씩 내가 마을로 나간 건 자존심도 심지어 고집도 아닌, 그저 책과 음식이 필요하다는 단순한 이유 때문이었다. 집으로 돌아가기 전에 커피 한잔 하려고 스텔라네 가게를 들르는 건 자존심이 맞았으리라. 속으로는 한시라도 빨리 집으로 돌아가고 싶을지언정 자존심이 있지 스텔라 가게에 가는 건 피하지 않으리라 결심했다. 설혹 그냥 지나쳐 버린다면 스텔라는 말리기는커녕 내가 무서워서 피한다고 여길 수도 있었는데, 그건 정말 참을 수 없는 일이었으니까.

"어서 와, 메리 캐서린."

스텔라는 몸을 내밀어 젖은 행주로 카운터를 닦으며 항상 이렇게 인사했다.

"잘 지내?"

"네, 덕분에요."

"콘스턴스 블랙우드도, 잘 지내지?"

"네, 덕분에요."

"그리고 그분도?"

"아주아주 잘 지내세요. 블랙커피 한 잔요."

다른 누가 들어와서 카운터에 앉으면 나는 겉보기에는 서두르는 기색 없이 커피를 남겨 두고 스텔라에게 눈인사를 하면서 그곳을 떠나곤 했다.

"조심해서 가."

내가 나갈 때면 그녀는 기계적으로 인사했다.

나는 신중하게 도서관에서 책을 골랐다. 우리 집에도 물론 책이 있었다. 아버지 서재에 벽 두 면을 채운 책들이 있었지만 나는 동화책이랑 역사책을 좋아했고 콘스턴스 언니는 음식에 관한 책을 좋아했다. 줄리언 삼촌은 책을 보진 않으셨어도 당신 원고에 몰두하는 저녁 시간이면 옆에서 콘스턴스 언니가 책을 읽고 있는 모습을 보는 걸 좋아하셨고, 가끔은 고개를 돌려 언니를 보고 고개를 끄덕이고는 하셨다.

"우리 조카, 지금 읽는 게 뭐지? 책 읽는 아가씨 모습은 참 보기가 좋단 말이지."

"『음식 조리법』이라는 책인데요, 줄리언 삼촌."

"훌륭하구나."

물론 우리가 줄리언 삼촌과 함께 조용히 앉아 있는 시간은 길지 않았기에, 여태까지도 부엌 선반에 계속 있는 도서관 책을 언니나 내가 한 번이라도 들춰 봤는지 기억이 나질 않는다. 내가 도서관을 나온 때는 사월의 화창한 아침이었다. 태양은 화사하게 빛났고 봄이 다 온 것처럼 사람을 속이는 눈부시게 빛나는 징조들이 마을의 우중충한 맷국물 사이사이로 희한하게 사방에 널려 있었다. 책을 들고 도서관 계단에 서서 잠시 동안 하늘에 드리운 나뭇가지의 부드러운 새순을 쳐다보면서, 늘 그랬듯 마을을 가로질러 가는 대신 저 하늘 위를 걸어 집으로 가면 얼마나 좋을까 하고 내심 바랐던 게 생각난다. 도서관 계단에서 출발해 바로 길을 건넌 다음 그 길을 따라 식료품점으로 갈 수도 있었지만, 그러자면 잡화점과 그 앞에 앉아 있는 남자들을 지나쳐야만 했다. 이 마을 남자들은 철들려면 멀어서 애들처럼 숙덕거리길 좋아했고 여자들은 지독한 잿빛 권태로 늙어 가면서 말없이 서서 저 남자들이 자리 털고 일어나 집으로 오길 기다렸다. 도서관을 나온 다음 도서관 앞길을 따라 죽 걷다가 식료품점 맞은편까지 가서 길을 건너는 방법도 있었다. 그편이 나았다. 그러려면 일단 우체국을 지난 뒤에, 녹슨 깡통과 고장 난 자동차와 다 쓴 휘발유 통과 낡은 매트리스와 욕실 배관 기구들과 내 장담하는데 할러 가족이 집으로 가져가서 애지중지하는 빨래 통들이 뒤섞여 쌓인 곳, 즉 로체스터 하우스를 지나가야 했다.

로체스터 하우스 자체는 동네에서 제일 예쁜 집이다. 한때는 호두나무 판자로 벽을 장식한 도서실이 있었고 2층에는 무도장이, 또 베란다를 따라 풍성하게 핀 장미꽃도 있었다. 어머니가 거기서 태어나셨으니 그 집은 당연히 언니가 물려받았어야 했다. 어머니가 태어난 집을 볼 때면 기분이 나빴지만, 언제나 그랬던 것처럼 나는 우체국과 로체스터 하우스를 지나는 쪽이 안전하리라고 판단했다. 이쪽 길은 아침에 그늘져 있어서 전반적으로 인적이 뜸하다. 식료품점에 들른 후에 집으로 갈 때면 어차피 꼭 잡화점 앞길을 거쳐야 하니, 그 길로 굳이 왕복까지 한다는 건 가히 내 인내심을 시험하는 일이었다.

마을 외곽에, 그러니까 힐 로드와 리버 로드와 올드 마운틴 자락에는 클라크가와 캐링턴가 같은 사람들이 멋진 새집을 지어 살고 있다. 그들은 원래 힐 로드와 리버 로드에서 나다니려면 주州 고속도로이기도 한 마을의 중앙 도로로 마을을 통과해야 했다. 하지만 클라크가 아이들과 캐링턴가 아들들은 사립 학교에 다녔고 힐 로드 집들은 부엌에 필요한 음식들을 읍내와 시내에서 조달했다. 우편물이 리버 로드를 따라 올드 마운틴까지 동네 우체국에서 차로 운반되어도 마운틴 주민들은 읍내에 가서 편지를 부쳤고 리버 로드 주민들은 시내에 가서 머리를 했다.

나는 주 고속 도로나 저기 크리크 로드 근처의 작고 더러운 집에 사는 동네 사람들이 클라크가와 캐링턴가 사람들이 차를 타고 지나갈 때 웃으며 고개를 끄덕이고 손을 흔드는 게 항상 어리둥절했다. 헬렌 클라크가 자기 요리사가 깜빡 잊은 토마토 소스 한 캔이나 커피 오백 그램을 사러 엘버트 씨네 식료품점에 들르기라도 하면 다들 "안녕하세요" 하고 인사를 하면서 오늘 날씨가 훨씬 좋아졌다는 둥 말을 시키는 것이었다. 클라크가가 사는 집은 새로 지은 거지만 그것도 우리 블랙우드 하우스에 비하면 별로다. 우리 아버지는 동네에서 제일 처음 피아노를 집에 들여놓으셨다. 캐링턴가는 제지 공장을 갖고 있지만 우리 집안은 고속 도로와 강 사이의 땅을 전부 소유했다. 올드 마운틴에 사는 셰퍼드가는 마을에 읍사무소 건물을 지어 줬는데, 녹색 잔디가 주변에 깔리고 흰색에 뾰족 지붕이 있는 건물로, 전면에는 대포가 놓였다. 언젠가 마을에 토지 이용 제한법을 만들어 크리크 로드에 있는 판잣집을 허물고 읍사무소 건물과 어울리게 마을 전체를 새로 지어 올리자는 얘기도 있었지만, 아무도 손가락 하나 까딱하지 않았다. 까딱이라도 하면 블랙우드가가 읍 주민 회의에 참석하게 될지 모른다 싶었던 걸까. 마을 사람들은 읍사무소에서 사냥과 낚시 허가서를 받았는데, 일 년에 한 번 클라크가와 캐링턴가, 셰퍼드가 사람들이 읍 주민 회의에 나와서 할러의 쓰레기장을 메인 스트리트에서 몰아내고 잡화점 앞의 벤치를 없애기 위해 투표를 하면, 매년 환호하며 투표수로 그들을 짓눌러 버렸다. 읍사무소를 지나 왼쪽으로 나가면 블랙우드 로드, 우리 집으로 가는 길이다. 블랙우드 땅을 커다랗게 두른 블랙우드 로드에는 아버지가 만든 철조망이 빈틈없이 이어져 있다. 읍사무소를 지나고 얼마 안 되는 거리에 그 길로 들어가는 입구를 표시하는 커다란 검은 바위가 있고, 나는 출입문의 자물쇠를 열고 들어가 다시 잠근 다음, 숲을 지나 집에 도착한다.

마을 사람들은 항상 우리를 미워했다.

물건을 사러 갈 때면 나는 게임을 한다. 나는 각 참가자가 주사위를 던져서 나오는 결과에 따라, 작은 지점들이 새겨진 넓은 판 위에서 말을 움직이는 아이들 놀이를 생각했다. 거기엔 항상 위험이 존재했다. 예를 들면 '한 차례 쉬기'와 '네 칸 뒤로', '출발점으로 돌아가기' 같은 것으로, '세 칸 앞으로'와 '한 번 더 던지기' 같은 소소한 도움도 있었다. 도서관이 출발점이었고 검은 바위가 종착점이었다. 나는 메인 스트리트의 한쪽 길을 따라가다가 중간에 길을 건너 맞은편으로 간 다음 검은 바위가 나올 때까지 가야 했다. 검은 바위에 도착하면 내가 이기는 거였다. 이날은 출발이 좋아서 메인 스트리트의 사람 없는 길을 따라 무사히 멋지게 첫 관문을 통과했으니 아주 좋은 날이 될지도 몰랐다. 가끔 이렇게 잘 풀릴 때가 있지만 봄날 아침에는 보통 이러기가 힘들었다. 정말로 아주 좋은 날로 판명된다면 나중에 감사의 표시로 보석이라도 헌납하리라.

일단 길을 떠나면 숨을 몰아쉬며 빨리 걷는 데 바쁜 나는 다른 데 눈길을 주지 않는다. 도서관 책들과 장바구니를 들고 한쪽씩 번갈아서 앞서거니 뒤서거니 하는 내 발만 주시했다. 어머니의 오래된 갈색 신을 신은 두 발을. 우체국 안에서 누가 쳐다보는 느낌이 들었지만(우리는 육 년 전 편지와 전화에 진력이 난 후 더 이상 편지를 받지 않고 전화도 놓지 않아 그들이 내게 용건이 있을 리 없었다) 그래도 잠깐 쳐다보는 시선 정도는 참을 만했다. 나이 든 더튼 양은 다른 사람들처럼 탁 트인 바깥에서 쳐다보지 않고 꼭 블라인드 사이나 커튼 뒤에서만 내다보았다. 나는 로체스터 하우스는 쳐다보지도 않았다. 어머니가 거기서 태어났다는 생각을 하고 싶지 않았다. 나는 콘스턴스 언니가 받아 마땅한 집에서 자신들이 살고 있다는 걸 할러가 사람들이 아는지 가끔 궁금했다. 그 사람들 마당에서는 양철 집기가 쨍그랑거리는 소음이 항상 시끄럽게 나니 내가 지나가는 소리는 들리지도 않을 것이다. 할러가는 시끄러운 소리를 계속 내는 게 나쁜 귀신을 물리친다고 생각하거나, 자기들이 음악을 사랑하는 애호가라는 믿음에 푹 빠져 있는 것 같았다. 아니면 낡은 욕조에 앉아 뼈대만 앙상하게 남은 오래된 포드 차 위에 깨진 접시를 놓고 저녁 식사를 하고, 먹는 와중에도 빈 깡통을 두들기고 고함을 지르며 대화를 하는 등, 집 안에서도 바깥에서 행동하는 것과 똑같이 살아서 그렇게 시끄러울 수도 있다. 할러가가 사는 집 주변 인도에는 꼭 쓰레기가 한 줌씩 널려 있었다.

그다음으로는 바로 맞은편에 있는 식료품점에 가기 위한 길 건너기(한 차례 쉬기 격) 순서. 차가 지나갈 때면 나는 길 한편에서 약점이 노출된 연약한 존재가 되어 늘 머뭇거렸다. 메인 스트리트가 마을을 가로질러 뻗어 있는 고속 도로다 보니 자동차와 트럭 들 대부분은 그대로 직진해 통과했으므로, 운전자들은 나를 거의 쳐다보지도 않았다. 나한테 휙, 불쾌한 시선을 던지는 운전자를 보면 그게 우리 마을 차라는 걸 알 수 있었다. 그때마다 나는 내가 인도 끄트머리에서 내려와 차도에 발을 딛는 순간 무슨 일이 벌어질지 궁금했다. 차가 왜 이러지, 하며 재빨리 나한테 돌진하려나? 그냥 겁을 주려고? 내가 깜짝 놀라 펄쩍 뛰는 꼴을 보고 싶어서? 그런 일이 벌어지면 우체국 블라인드 뒤에서, 잡화점 앞의 남자들한테서, 식료품점 출입구 밖을 내다보던 여자들한테서, 사방에서 일제히 웃음소리가 들리리라. 메리 캐서린 블랙우드가 다가오는 차를 피하느라 허둥지둥하는 모습을 지켜보면서 모두가 흡족해할 것이다. 나는 길을 건너기 전에 양방향 모두 차가 없을 때까지 신중하게 기다리느라 차례를 두 번 혹은 심지어 세 번까지 놓친 적도 있다.

길 중간에서 그늘 밖으로 나온 나는 예의 그, 사람에게 혼란을 주는 화창한 사월 햇빛 속으로 들어갔다. 칠월이 되면 열기 때문에 물렁물렁해진 길 표면에 발이 들러붙는 바람에 길을 건너는 게 훨씬 험난해졌고(메리 캐서린 블랙우드, 타르에 발이 묶여 달려오는 차 앞에서 움찔거린다. 그러다 오던 길을 도로 돌아가 처음부터 다시 시작한다), 건물들도 한층 더 추해졌다. 똑같은 시대에 속한 마을 전체는 양식마저 모두 똑같았다. 사람들한테 마을의 추함이란 없으면 안 되는 것, 그들이 먹고 살아가는 주식 같았다. 집들과 가게들은 매춘부들과 건전치 못한 사람들이 살 쉼터를 속성 날림 공사로 지어 놓은 것 같았고, 로체스터 하우스와 블랙우드 하우스는 (읍사무소도 포함해서) 혹여 어딘가 머나먼, 우아한 사람들이 살아가는 아름다운 시골에서 우연히 이곳에 뚝 떨어진 건지도 몰랐다. 로체스터가와 블랙우드가가 실상은 심보가 못됐다며 누가 벌을 내려, 그들이 사는 좋은 집들을 이 마을에 포로로 잡아 둔 것일 수도 있었다. 건물들이 서서히 썩고 있는 것도 마을 사람들의 추함을 말해 주는 증거인지도 몰랐다. 메인 스트리트를 따라 늘어선 가게들은 절대 불변의 잿빛이었다. 가게 소유주들은 가게 위층, 그러니까 쭉 늘어선 2층짜리 건물의 2층에 살았고, 2층 창문에 일제히 드리워진 커튼은 창백하고 생기가 없었다. 색깔을 갖기로 한 그 어떤 것도 이 마을에선 재빨리 의욕을 잃었다. 마을의 어두운 그림자는 절대로 블랙우드가에서 온 게 아니었다. 마을 사람들이 그림자에 속했고 이 마을이 그런 그들에게는 딱 맞는 유일한 장소였다.

줄지어 늘어선 가게들 앞으로 올 때면 나는 항상 썩는 병에 대한 생각에 빠졌다. 나는 끔찍한 아픔을 주며 안쪽부터 점점 먹어 치우는, 시커멓게 타들어 가듯 썩는 병에 대해 생각했다. 나는 그런 형벌이 마을에 내리길 바랐다.

식료품점에서 사야 할 물건들의 목록은 갖고 있었다. 매주 화요일과 금요일, 내가 집을 나서기 전에 콘스턴스 언니가 작성한 목록을 줬으니까. 마을 사람들은 우리한테 원하는 건 뭐든 살 수 있을 만큼 충분한 돈이 있다는 사실을 싫어했다. 물론 우리는 우리 돈을 은행에서 가져왔지만, 나는 사람들이 우리 집에 몰래 숨겨진 돈에 대해 얘기한다는 걸 알고 있었다. 금화가 산더미처럼 여기저기 수북이 쌓여 있고, 콘스턴스 언니와 줄리언 삼촌과 내가 저녁이면 도서관 책 따위 안중에도 없이 그 속에 앉아 동전 더미를 손가락 사이로 쓸어 보고, 수를 셌다가 탑을 쌓았다가 무너뜨렸다가 하면서 잠긴 문 뒤에서 비웃고 조롱한다는 식으로. 마을 사람들이 다 썩어 빠졌으니 산더미처럼 쌓인 금화를 탐내는 사람들도 많으리라 짐작이 가지만, 겁이 많은 마을 사람들은 우리 블랙우드 사람들을 두려워했다. 장바구니에서 살 목록을 꺼낼 때 지갑을 함께 꺼내고 나면 나한테 돈이 있다는 걸 아는 식료품점 주인 엘버트 씨는 물건을 안 팔 수가 없었다.

가게 안에 다른 누가 있느냐는 전혀 문제될 게 없었다. 나는 언제나 그 자리에서 바로 주문을 할 수 있었다. 엘버트 씨나 그의 창백한 욕심쟁이 마누라는 그 전까지 가게 어디에 있었든 간에 내가 원하는 걸 갖다 주기 위해 그 즉시 내 앞에 나타났으므로. 가끔 자기들 장남이 방학 때 도와준다고 가게에 나와 있을 때면 부부는 서둘러 그 애가 내 시중을 들지 않을 거란 걸 확실히 했다. 언젠가는 어떤 꼬마 여자애가 가게 안에서 내 옆에 다가왔을 때 (당연히 마을에서는 처음 보는 아이였다) 엘버트 부인이 그 아이를 너무 세게 옆으로 밀쳐서 아이가 비명을 지른 적도 있었다. 모두가 숨을 죽이며 기나긴 침묵의 시간을 보낸 후 엘버트 부인은 숨을 한 번 쉬더니 이렇게 말했다.

"더 필요한 건 없으신지?"

아이들이 가까이 다가오면 난 무서워서 언제나 자리에 꼿꼿하게 꼼짝도 않고 서 있었다. 나는 그 애들이 나를 만질까 봐, 엄마들이 긴 발톱을 세운 매 떼처럼 나한테 몰려들까 봐 무서웠다. 하강해서, 덮쳐 와서, 날카로운 발톱으로 상처를 쫙 내는 새 떼들. 내가 항상 머릿속으로 그리는 장면이었다. 오늘 나는 언니에게 사다 줘야 할 것들이 아주 많았는데, 가게 안에 아이도 없고 여자도 몇 명 안 보이는 게 참말 다행스러운 일이었다. '한 번 더 던지기구나' 하고 생각하면서 엘버트 씨한테 인사를 건넸다.

"안녕하세요."

엘버트 씨는 고개를 까딱했다. 아무래도 나한테 인사도 안 하고 넘어갈 순 없었을 것이다. 하지만 가게 안의 여자들이 이쪽을 주시하고 있었다. 그들을 등지고 선 내게도 그대로 느껴졌다. 캔이나 반쯤 찬 쿠키 봉지나 상추 한 단을 손에 든 채 미동도 않다가, 내가 저 문밖으로 사라지는 순간 다시 대화를 주고받으며 자기들 인생으로 우르르 퇴각해 갈 저 여자들의 존재감이. 도널 부인은 저 뒤 어디쯤에 있을 텐데, 들어올 때 이미 그녀를 보았기에 내가 올 거라는 사실을 알고 일부러 여길 온 건지 새삼 궁금했다. 도널 부인은 항상 뭔가 말을 걸려고 하는, 입 밖으로 말을 꺼내는 몇 안 되는 사람들 중 하나였다.

"구이용 닭 한 마리하구요."

내가 엘버트 씨에게 말하자 가게 한편에서 그의 욕심쟁이 부인이 냉장고를 열고 닭고기를 한 마리 꺼내서 포장하기 시작했다.

"양고기 다릿살 작은 거 하나."

그러면서 나는 덧붙였다.

"우리 줄리언 삼촌이 초봄이면 늘 구운 양고기 요리를 드시고 싶어 해서요."

하지 않았으면 좋았을 말이었다. 헉하는 소리가 비명 소리처럼 가게 안에 퍼져 나갔다. 내가 정말 하고 싶은 말을 하면 저들을 토끼 떼처럼 날뛰게 할 수도 있다고 생각했지만 그래 봤자 다시 저 밖에 다들 옹기종기 모여서 나를 기다릴 게 분명했다.

나는 엘버트 씨에게 정중하게 말했다.

"양파하고, 커피, 빵, 밀가루. 그리고 호두랑 설탕도요."

나는 덧붙였다.

"집에 설탕이 진짜 얼마 안 남아서요."

등 뒤 어딘가에서 충격받은 듯한 작은 웃음소리가 새어 나오자 엘버트 씨가 잠깐 내 뒤를 휙 쳐다봤다가 이내 카운터 위에 늘어놓던 상품들로 시선을 돌렸다. 잠시 후 엘버트 부인이 포장이 끝난 닭과 고기를 가져와서 다른 물건들 옆에 놓았다. 물건 구입이 끝나기 전까진 뒤돌아볼 필요가 없었다.

나는 다시 말을 이었다.

"우유 이 리터, 크림 4분의 1리터랑 버터 오백 그램."

육 년 전 해리스가가 우리 집에 유제품을 배달하는 걸 그만두는 바람에 이제 내가 우유와 버터를 식료품점에서 사 가고 있었다.

"그리고 달걀 열두 개요."

언니가 달걀을 목록에 적는 걸 잊었던데 집엔 두 개밖에 안 남아 있었으니까.

"피넛 브리틀•도 한 상자 주세요."

줄리언 삼촌이 오늘 밤 신문 보시면서 입안에서 달그락거리다 와사삭 깨물어 드시겠지, 그러고는 끈적끈적한 채 그대로 잠자리에 드실 거고.

"블랙우드 집안은 항상 저렇게 잘 차려 드셨다지."

등 뒤에서 도널 부인이 하는 말이 똑똑하게 들렸고, 누가 킥킥 웃었으며, 또 다른 누가 쉿 하고 소리 냈다. 나는 절대 뒤돌아보지 않았다. 증오의 시선이 담긴 그들의 밋밋한 잿빛 면상을 직접 쳐다보지 않아도 나는 충분히 등 뒤에 있는 그들의 기세를 느낄 수 있었다. 당신들 전부 죽어 버렸으면 좋겠어. 큰 소리로 뱉고 싶었다. 언니는 이렇게 말했지.

"네가 신경 쓰고 있다는 기색을 내보여선 안 돼. 조금이라도 내색을 하면 그 사람들은 점점 더 심해져."

그 말이 맞겠지만, 그래도 난 저들이 죽어 버렸으면 했다. 어느 날 아침 식료품점에 들어왔다가 저들 모두가, 심지어 가게 주인인 엘버트 부부와 그 집 아이들까지도 전부 바닥에 쓰러져 고통에 몸부림치며 죽어 가는 모습을 보게 된다면 좋을 것이다. 그럼 나는 식료품점에서 맘껏 장을 봐야지. 시체를 사뿐히 넘어가서 선반 위에서 원하는 건 뭐든 집어 든 다음, 혹시 아직 거기 누워 있다면 도널 부인을 한 대 차 주고 집으로 돌아가야지. 이런 생각을 하는 동안 나는 아무 죄책감도 느끼지 않았다. 그저 이 모두가 현실이 되기만 바랄 뿐이었다.

"사람들을 미워하는 건 잘못이야."

언니 왈.

"그래 봤자 너만 나쁜 사람 돼."

그랬거나 어쨌거나 나는 저들이 미울 뿐, 애초부터 하느님이 대체 무슨 가치가 있다고 저딴 사람들을 창조하신 건지 의아하기만

• **피넛 브리틀** _ 캐러멜 맛이 나는 땅콩 과자나 땅콩 사탕.

했다.

엘버트 씨는 내가 살 식료품을 카운터 위에 모아 놓고 내 시선을 피해 허공을 쳐다보면서 기다렸다.

"오늘 살 건 이게 다네요."

내가 이렇게 말하면 그는 나를 쳐다보지 않은 채 각각의 가격을 써서 더한 종이를 나한테 밀어 주었고, 그걸로 그가 액수에 장난을 치지 않았는지 확인할 수 있었다. 그가 실수를 하는 일은 없었지만 그래도 반드시 꼼꼼하게 숫자를 확인했다. 내가 복수랍시고 할 만한 일은 별로 없지만 그래도 하는 데까진 해 봐야지. 산 물건들이 장바구니와 그 옆의 가방까지 가득 채웠지만, 그걸 집으로 옮기는 방법은 내가 직접 들고 가는 수밖에 없었다. 도와줄 사람이 있을 리 만무했다. 설혹 내가 그 짓거리를 허락한다 해도.

내 차례 두 번 쉬기. 도서관 책들과 구입한 식료품을 든 나는 이제 느릿느릿 인도를 걸어 내려가서 잡화점을 지나 스텔라 가게에 가야 했다. 식료품점 문간에 서서 위안이 될 생각을 찾느라 머릿속 여기저기를 훑어보았다. 등 뒤로 작은 동요가 일어나며 기침 소리도 시작됐다. 저들은 다시 말문을 열 준비를 하고 있었다. 상점 안쪽에서는 엘버트 부부가 서로를 쳐다보면서 드디어 다 끝났다는 안도감에 눈동자를 커다랗게 굴리고 있을 터였다. 나는 어금니를 꽉 깨물었다. 오늘은 우리가 점심 식사를 정원에서 하는 장면을 생각할 테다. 나는 어디로 가는지 방향을 알 수 있을 정도로만, 어머니의 갈색 신발만 시야에 왔다 갔다 하게 눈을 뜨고, 마음속으로는 녹색 천을 식탁에 깔고 그 위에 노란 접시를 놓고 흰 그릇에 빨간 딸기를 담는 상상을 했다. 지나갈 때 나를 쳐다보는 남자들의 시선을 느끼면서 노란색 접시들을 생각했다. 줄리언 삼촌은 잘 반숙된 달걀을 깨뜨려 올린 토스트를 드실 거다. 아직 이른 봄이니까 삼촌 어깨에 숄을 둘러 드리라고 언니한테 말하는 것도 잊지 말아야지. 나는 보지 않고도 사람들의 빙글거리는 웃음과 이런저런 몸짓을 다 알 수 있었다. 죽어 버린 저들의 시체를 밟았으면 좋겠다. 저들은 나한테 대고 직접 말하는 법 없이 자기들끼리만 대화했다.

"저 애가 블랙우드 딸들 중 한 명이지 아마."

그중 한 명이 새된 목소리로 놀리듯 말하는 게 들렸다.

"블랙우드 농장의 블랙우드 딸 중 하나지."

다른 누가 커다랗게 말했다.

"블랙우드 집안 참 안됐어, 저 불쌍한 딸들도 안됐고."

"저 밖에 있는 농장은 좋은데."

그들은 말했다.

"농사지을 땅이 참 좋아. 블랙우드 땅을 경작하면 부자가 될 수 있지. 시간이 천년만년 넘치고 딱 세 사람만 있으면, 뭘 심고 기를지 신경도 안 쓰면 누구나 부자가 될 수 있지, 암. 자기 땅을 단단히 걸어 잠그면, 블랙우드 집안 사람들처럼."

"암, 부자가 되고말고."

"블랙우드 딸들이 참 안됐어."

"블랙우드 땅에는 뭐가 자랄지 도통 알 수가 있어야지."

나는 지금 저것들 시체를 밟으며 지나가고 있다. 또 우리는 지금 정원에서 식사중이고 줄리언 삼촌은 숄을 두르고 있다. 이 근처를 지날 때는 늘 조심스럽게 장바구니를 잡았다. 끔찍했던 어느 날 아침엔가 장바구니를 떨어뜨리는 바람에 달걀이 깨지고 우유가 쏟아져서, 사람들이 소리 지르고 난리 치는 동안 되는 대로 쓸어 담은 적이 있기 때문이다. 캔과 상자와 쏟아진 설탕을 허겁지겁 주워 담으면서 마음속으로는 계속 이렇게 말했다. 내가 무슨 짓을 했든 간에 절대 도망가지 않을 거야. 절대 도망은 안 가.

스텔라의 가게 앞 인도에는 마치 손가락이 가리키는 듯한 모양의 금이 가 있다. 그 금은 항상 그 자리에 있다. 다른 표식, 이를테면 읍사무소의 콘크리트 토대에 조니 해리스가 남겨 놓은 손바닥 자국과 뮬러 씨네 아들이 도서관 현관에 낙서한 이름 머리글자 같은 것들은 내가 기억하는 시기에 생긴 거다. 읍사무소가 지어졌을 때 나는 초등학교 3학년이었으니까. 하지만 스텔라 가게 앞 인도의 금 간 자국은 스텔라가 늘 그 자리에 있었던 것처럼 늘 그 자리에 있었다. 롤러스케이트를 타고 금을 넘어가면서 그 위를 밟지 말아야지, 행여라도 밟았다간 우리 어머니 등골이 휘게 될지도 모른다고 조심조심했던 것, 여기를 지나면서 머리가 뒤로 쌩 휘날리도록 자전거 페달을 밟았던 것이 기억이 난다. 마을 사람들은 다 쓰레기라고 아버지는 말씀하셨지만, 당시엔 마을 사람들이 우리 가족을 대놓고 싫어하는 티를 내진 않았다. 어머니는 언젠가 당신이 로체스터 하우스에 살았던 소녀 시절에도 여기 금이 있었다고 하셨다. 그러니 어머니가 아버지와 결혼해서 블랙우드 농장에서 살게 되셨을 때도 금은 거기 있었을 거고, 내 생각엔 처음 이 마을이 오래된 잿빛 숲을 떨치고 만들어진 후 못된 얼굴을 한 추한 주민들이 어떤 말도 안 되는 장소에서 들어와 저 집들에 살게 된 그때부터 금이 거기 있었을 거 같다.

스텔라는 남편이 죽었을 때 보험금으로 커피 내리는 기계를 사고 대리석으로 된 카운터를 설치했을 뿐 내가 기억하는 한 가게에 변화를 주지 않았다. 언니와 나는 학교가 끝나면 여기 와서 푼돈을 썼고 매일 오후에는 아버지가 저녁때 읽으실 신문을 여기서 사 갔다. 이제 우리는 더 이상 신문을 사지 않지만 스텔라는 여전히 신문이랑 잡지랑 값싼 사탕과 읍사무소가 그려진 잿빛 엽서를 팔았다.

"어서 와, 메리 캐서린."

내가 카운터에 앉아 식품 장바구니를 바닥에 내려놓자 스텔라가 말했다. 마을 사람들이 전부 다 죽어 버렸으면 하다가도 가끔 스텔라는 거기서 빼 줄까도 싶은 게, 마을의 누구보다 친절하다고 할 수 있는 사람인데다 또 어떻게든 어떤 식으로든 자신의 색깔을 고수하는 사람이었기 때문이다. 통통하고 분홍색인 스텔라는 온 마을이 지닌 더러운 잿빛에 곧 물들게 될지언정 선명한 색 무늬의 옷을 입을 때면 잠시라도 밝게 빛났다.

"잘 지내?"

스텔라가 물었다.

"네, 덕분에요."

"콘스턴스 블랙우드도, 잘 지내지?"

"네, 덕분에요."

"그리고 그분도?"

"아주아주 잘 지내세요. 블랙커피 한 잔요."

커피란 게 워낙 맛이 쓰다 보니 설탕과 크림을 넣고 싶은 마음이 간절했지만, 자존심 때문에 들어온 거니까 왔다는 표시로 최소한만 허락해야 했다.

내가 거기 있는 동안 누가 가게에 들어오면 나는 일어서서 조용히 나가곤 했는데, 간혹 일진이 사나운 날이 있다. 바로 오늘, 스텔라는 내 커피를 카운터에 내려놓자마자 입구에 생긴 그림자를 보곤 고개를 들어 이렇게 인사했다.

"어서 와요, 짐."

스텔라는 카운터의 다른 쪽 끝으로 가서 그 사람이 거기 앉기를, 그래서 내가 눈에 띄지 않게 자리를 뜨기를 기다렸지만 상대가 짐 도널인 이상 오늘 내 운은 아주 좋지 않은 게 분명했다. 마을에는 내가 얼굴을 똑똑히 알고 있어 한 명 한 명 구체적으로 미워할 수 있는 자들이 있었다. 짐 도널과 그의 아내가 그런 부류로, 그들은 그저 버릇처럼 따분하게 우리를 미워하는 다른 이들과는 달리 고의가 충만했기 때문이다. 어지간한 사람들은 스텔라가 기다리는 쪽 끝으로 가서 앉았을 테지만 짐 도널은 내가 앉아 있는 쪽 으로 바로 와서 하필 내 옆에 있는 의자를 골라 가능한 한 가까이 붙어 앉았다. 이유는 뻔했다. 그는 오늘 아침 일진이 나한테 아주 사나웠으면 하고 바라는 거였다.

"사람들이 그러는데 말이야."

그는 의자를 빙글 돌려 비스듬히 앉으며 나를 똑바로 쳐다보고 말했다.

"사람들이 그러는데 너네 이사 간다며."

그가 내 옆에 이렇게 바짝 다가앉지 말았으면 했다. 카운터 안쪽에서 나오지 않은 채로 우리가 있는 방향으로 다가오는 스텔라를 보고 나는 스텔라가 짐 도널에게 자리를 옮겨 달라고 말해 주기를 바랐다. 내가 그의 옆에서 이렇게 발버둥치지 않고 자리에서 일어나 이곳을 떠날 수 있도록 말이다.

"사람들이 너네 이사 갈 거라 그러더라고."

그가 진지하게 말했다.

"아녜요."

그가 대답을 기다리고 있기에 이렇게 대답했다.

"재밌네."

나한테서 시선을 돌린 짐 도널은 스텔라를 쳐다보며 말하더니 다시 내 쪽을 돌아보았다.

"너네가 곧 떠난다고 분명 누가 나한테 그랬거든."

"아녜요."

내가 대꾸했다.

"짐, 커피 줘?"

스텔라가 물었다.

"그런 얘길 누가 퍼뜨렸을 것 같아, 스텔라? 당신 생각엔 저 식구들이 이사 갈 일 없을 거라는데도 굳이 나한테 이사 갈 거라 말하고 싶었을 사람이 누가 있겠냐고?"

스텔라는 그를 보며 고개를 가로저으면서도 웃음을 참고 있었다. 나도 모르게 무릎 위에서 종이 냅킨 한쪽 귀퉁이를 잘라 내며 찢고 있는 걸 알아차린 나는 억지로 손을 멈춘 다음 스스로 이런 규칙을 정했다. 이제부터 찢어진 종잇조각 하나를 볼 때마다 줄리언 삼촌한테 잘해 드리는 거야.

"소문 퍼지는 거 보면 참 요지경이야."

짐 도널이 말했다. 가까운 날에 짐 도널도 죽을 것이다. 그를 죽음으로 몰아갈 썩는 병이 이미 몸 안에 자라고 있을지도 모른다.

"당신은 이 동네에서 그런 헛소문을 들어 본 적 있어?"

그가 스텔라에게 물었다.

"그 애 좀 가만 놔둬, 짐."

스텔라의 대꾸였다.

연로한 줄리언 삼촌이 짐 도널과 스텔라와 그 밖에 다른 어떤 사람보다도 확실하게 죽음을 향해 가고 있다는 건 안타까운 일이었다. 나는 돌아가시기 직전인데다 가여울 정도로 늙어 버린 삼촌에게 더 잘해 드려야겠다고 굳게 마음먹었다. 우리는 다 같이 잔디밭으로 소풍을 나가 점심을 먹을 거다. 언니는 그분 숄을 가져와서 어깨에 둘러 드리고 나는 잔디 위에 드러누울 거다.

"내가 누굴 괴롭힌다고 그래, 스텔라. 내가 지금 누구 괴롭히고 있나, 응? 난 그저 여기 계신 메리 캐서린 블랙우드 양께, 어째서 동네 사람 전부 이분과 이분 언니가 우리 곁을 곧 떠날 거라는 말을 하고 다니는가, 그걸 물어보고 있는 거잖아. 이사를 가신다는데. 여기 말고 다른 데 사시러."

그는 커피를 저었다. 숟가락이 빙글빙글 돌고 돌고 또 도는 게 곁눈질로 보여 웃음을 터뜨릴 뻔했다. 짐 도널이 얘기하는 동안 빙글빙글 돌고 있는 숟가락에는 어딘가 단순하고 웃기는 데가 있었다. 내가 손을 뻗어 저 숟가락을 잡으면 그가 얘길 멈출까? 궁금해졌다. 십중팔구 그럴걸. 나는 속으로 현명한 대답을 내놨다. 십중팔구 저 커피를 내 얼굴에 쏟을걸.

"다른 데 사시러 간다니, 참."

그가 울적하게 말하자 스텔라가 핀잔을 주었다.

"그만 좀 해."

이제부터 줄리언 삼촌이 얘길 하시면 훨씬 더 집중해서 잘 들어 드려야지. 벌써 이렇게 피넛 브리틀도 사 가고 있고. 잘하고 있어.

"그것참 나는 정말 섭섭하더라고. 이 동네에서 훌륭하신 터줏대감 가족이 하나 사라진다고 생각하니까 말이야. 정말 안된 일이지."

누가 가게로 들어오자 짐 도널은 의자를 반대 방향으로 돌렸다. 나는 무릎 위에 놓인 내 손을 보았다. 당연하지만 누구일지 쳐다보지도 않을 생각이었는데 그때 짐이 "조, 왔나" 하고 말하는 바람에 목수인 조 더넘이라는 걸 알았다.

"조, 이런 소문 들어 봤나? 이 동네에 쫙 퍼진 소문이 말야, 블랙우드 집안이 여길 떠난다는 건데, 지금 여기 앉아 계신 메리 캐서린 블랙우드 양이 속 시원히 말씀해 주시길 사실이 아니라네?"

잠깐 침묵이 흘렀다. 나는 더넘이 방금 들은 게 무슨 소린지, 단어 하나하나를 새겨 가며 그 각각이 무슨 뜻인지 나름의 판단을 내리느라 짐 도널과 스텔라와 나를 노려보고 있을 거란 걸 알았다.

"그렇대?"

마침내 더넘이 입을 열었다.

"이제 그만, 당신 둘 다."

스텔라가 이렇게 말했지만, 나한테서 등을 돌린 짐 도널은 내가 옆으로 빠져나가 밖으로 나가지 못하게 다리를 쭉 펴서 막은 채로 말을 계속 이어 갔다.

"바로 오늘 아침에 내가, 터줏대감 집안이 떠나는 게 너무 섭섭하다고 사람들한테 그랬거든. 물론 블랙우드 집안의 상당수가 이미 세상을 떠나지 않았느냐 그러면 할 말 없지만."

도널은 웃으면서 손바닥으로 카운터를 치더니 또 말했다.

"벌써 떠났지 뭐야."

컵에 담긴 숟가락은 멈춰 있었지만 말은 느릿느릿 계속됐다.

"훌륭한 토박이들이 세상을 버리면 마을도 옛날 같지 않아지지. 그분들이 아직 가실 때가 아닌데, 하고 다들 그렇게 생각했을걸."

"맞아."

더넘이 맞장구치고는 웃었다. 도널이 말을 이었다.

"훌륭하고 유서 깊은 사유지에서, 사유 도로다 철조망이다 다 막아 놓고 한평생 멋들어지게 잘사시다가."

짐 도널은 한번 말을 시작하면 제풀에 나가떨어질 때까지 멈추질 않았다. 말할 거리를 잡았다 싶으면 그 이야기를 최대한 여러 번, 최대한 여러 가지 방식으로 반복했는데, 그건 아마 그에게 이야깃거리가 거의 없고, 그나마도 있는 대로 하나하나 쥐어짜서 씨를 말려야 직성이 풀리기 때문인지도 모른다. 게다가 그는 그렇게 반복할수록 이야기가 재미있어진다고 생각했다. 더 이상 아무도 듣고 있지 않다는 걸 깨닫기 전까진 줄곧 되풀이할 거란 걸 안 나는 스스로 이런 규칙을 만들었다. 뭐에 대한 생각이든 두 번 이상은 하지 말자. 그러면서 손을 무릎에 조용히 올려놓았다. 나는 지금 달에 살고 있다. 나는 속으로 말했다. 나는 달 표면의 조그만 집에서 혼자 살고 있는 거다.

"글쎄 말이지."

짐 도널이 말했다. 그에게선 냄새도 났다.

"누구에게든 내 자신 있게 말하는데, 내가 블랙우드 그 사람들 잘 알거든. 내가 기억하는 한 그 사람들 진짜 나한테 아무 짓도 안 했다니까. 항상 나한테 얼마나 예의가 바르신지."

그러면서 웃었다.

"나를 저녁 식사에 초대한다든가 그런 적은 약에 쓸래도 없었지."

"거기까지. 작작들 해."

스텔라의 목소리가 날카로웠다.

"짐 도널 당신, 정 골리고 싶으면 딴 사람 좀 고르든가."

"내가 골리긴 누굴 골렸다 그래? 당신 혹시 지금 내가 그 사람들 저녁 초대 못 받은 게 섭섭해서 이러는 거 같아? 내가 그렇게 미친놈으로 보여?"

더넘이 말을 받았다.

"나도 말해 보자면, 언제였나, 그 사람들 집에 계단 부서진 거 고쳐 주고도 한 푼도 못 받았다고 누가 물어보든 자신 있게 말할 수 있다네."

사실이었다. 언니가 나더러 그에게 전하라 이르기를, 계단을 깔끔하게 새것처럼 만들어 줘야 되는 걸 손질도 하지 않은 생나무 판자로, 그것도 비뚤게 박아 놓다니 목수에게 보수를 줄 수 없다고 했다. 내가 밖으로 나가 돈을 줄 수 없다는 말을 전하자 그는 씩 웃더니 침을 탁 뱉고는, 망치를 들어 방금 박은 판자를 뽑아 땅에다 던져 버렸다.

"그럼 직접 하시든가."

더넘은 이렇게 말하고 트럭을 타고 가 버렸다. 지금 일해 주고도 한 푼도 못 받았다고 말하는 게 그거다.

"에이, 조, 실수였겠지. 지금이라도 바로 콘스턴스 블랙우드 양한테 가서 제대로 말하면 자네가 받아야 할 돈을 주실걸. 그런데 조, 혹시라도 저녁 식사에 초대를 받거들랑 블랙우드 양한테는 꼭 이렇게 말해야 되네. '아닙니다, 괜찮습니다.'"

더넘이 웃었다.

"나한테 안 그래. 그 사람들 계단을 고쳐 주고도 한 푼도 못 받았다는데 뭔 소리야."

"웃기는 짓이지. 집을 고치니 어쩌니 하면서 늘상 이사 갈 생각을 한다는 게."

짐 도널이 말했다.

"메리 캐서린."

스텔라는 카운터 안에서 내가 앉은 쪽으로 움직이더니 말했다.

"집으로 가거라. 그냥 의자에서 일어나 집으로 가. 네가 가기 전까진 계속 이 난리겠다."

"그럼, 그게 정답이겠구만."

짐 도널이 말했다. 스텔라가 쳐다보자 그는 다리를 치우고 내가 지나갈 수 있도록 해 줬다.

"메리 캐서린 아가씨, 아가씨가 그 말만 하면 우리가 전부 나와서 너네가 짐 싸는 걸 도와줄게. 자, 한마디만 해 보라니까, 메리 캣."

"그리고 네 언니한테 가서, 내가 이렇게 말했다고 전……."

더넘이 말을 채 끝맺기도 전에 나는 서둘러 나왔다. 밖으로 나왔을 때 내 귀에 들린 건 웃음소리, 저들 둘과 스텔라의 웃음소리였다.

나는 달에 있는 집이 마음에 들었다. 집 안에는 벽난로가, 밖에는 정원이 있었다(달에서는 어떤 게 무성하게 잘 자랄까? 언니한테 물어봐야겠다). 나는 달에 있는 정원에 나가 점심을 먹을 것이다. 달에서는 모든 게 아주 밝고 이상한 색깔을 띠고 있었다. 내 작은 집은 파란색이겠지. 갈색 구두를 신은 내 발이 앞으로 뒤로 왔다 갔다 하는 게 보였고 장바구니가 양옆에서 흔들거렸다. 스텔라의 가게는 들렀으니까 이젠 읍사무소만 통과하면 되는데, 거기엔 개 등록증을 발급하는 사람들과 마을을 통과하는 고속 도로를 따라 운전하는 사람들이 낸 교통 범칙금을 세는 사람들, 그리고 상수도와 하수도와 쓰레기에 대한 안내문을 고지하고 사람들이 나뭇잎을 태우거나 낚시하는 걸 금지하는 사람들 말고는 아무도 없었다. 이들은 모두 바쁘게 일하느라 읍사무소 깊숙한 어딘가에 묻혀 있을 것이다. 낚시 금지 기간에 낚시를 한 게 아니라면 내가 그들을 두려워할 이유가 없었다. 나는 달에 있는 강에서 진홍색 물고기를 잡는 상상을 했는데, 그때 해리스가 아들들이 자기네 앞마당에 나와 다른 아이들 대여섯 명과 함께 시끄럽게 떠들고 싸우는 게 보였다. 읍사무소 모퉁이를 지나기 전까지는 저 애들이 안 보였는데. 아직 되돌아서 다른 길로 갈 수도 있었다. 그러니까 고속 도로를 따라 올라가 강을 찾아 건넌 다음, 우리 집으로 이어지는 블랙우드 로드에 중간부터 합류해 귀가하는 길로. 하지만 시간이 늦었고 손에는 식료품이 있었으며 어머니의 갈색 신을 신고 강을 건너는 건 무리였기에, 나는 지금 달에서 살고 있다 생각하면서 그대로 빠르게 걸음을 옮겼다. 아이들은 단박에 내 존재를 알아차렸다. 나는 썩어 가면서 고통에 몸부림치고 소리 높여 울고 있는 아이들의 모습을 생각했다. 저들이 내 앞에서 몸을 반으로 꺾으면서 땅 위에서 울부짖으면 좋겠다.

"메리캣."

아이들이 불렀다.

"메리캣, 메리캣."

그러더니 전부 옮겨 와서 울타리를 따라 일렬로 늘어섰다.

부모들이 그렇게 가르쳤는지, 짐 도넬과 더넘과 더러운 해리스가 자상한 사랑의 손길로 자기 아이들을 가르치며 정기적인 훈련 속에 목소리 음정까지 제대로 맞춰 준 건지 알고 싶었다. 그러지 않고서야 어떻게 저렇게 많은 아이들이 저토록 철저하게 외웠을까?

메리캣, 하고 코니가 말했지, 차 한잔 하실래요?

절대 싫어요, 메리캣이 말했지, 나한테 독 탈 거잖아요.

메리캣, 하고 코니가 말했지, 잠자는 건 어때요?

묘지 깊숙이, 삼 미터 아래에서!

나는 저들이 쓰는 말을 못 알아듣는 척했다. 달에서는 속삭이는 듯한 액체 언어를 쓰고, 메마른 죽음의 땅을 내려다보며 별빛 속에서 노래하니까. 울타리를 반쯤 지났다.

"메리캣, 메리캣!"

"코니 언니는 어딨어, 집에서 저녁 식사 만드는 코니는?"

"차 한잔 하실래요?"

나만의 생각에 잠긴 내겐 이상한 일이었다. 생각에 잠겨 착착 걸음을 옮기면서 엄숙하게 울타리를 통과한 다음 두 발을 땅에 강하게, 그러나 사람들이 눈치챌 정도로 빠르지는 않게 디디는 동안에도 저 아이들이 나를 보고 있다는 걸 안다는 것은. 마음속 깊이깊이 숨어도 저들의 목소리가 들렸고 시야 한쪽 구석에는 저들의 정지 장면이 보였다. 나는 저들이 모두 죽어 땅에 누워 있었으면 싶었다.

"묘지 깊숙이, 삼 미터 아래에서."

"메리캣!"

언젠가 내가 지나갈 적에, 아이들이 뭘 보고 그렇게 소리를 지르나 싶었는지 해리스 부인이 현관으로 나온 적이 있다. 그 여자는 보고 들으면서 거기 잠시 서 있었다. 나는 걸음을 멈추고 그녀를 쳐다봤는데, 그녀의 답답하고 흐릿한 눈을 본 나는 그녀에게 말을 걸지 말아야 한다는 걸 알면서도 말을 걸 수밖에 없었다.

"쟤들 좀 조용히 시킬 수 없어요?"

그날 나는 물으면서 생각했다. 이 여자에게 내가 뭐라도 호소할 수 있는 게 있을까. 이 여자는 한 번이라도 즐겁게 풀밭을 달리거나 꽃을 보거나 기쁨이나 사랑을 느껴 본 적이 있을까.

"쟤들 좀 조용히 시킬 수 없냐구요?"

"얘들아, 저 누나를 욕하면 안 되지."

그 여자는 목소리도 모습도 따분한 소일거리를 한다는 듯한 분위기도 전혀 바꾸지 않은 채 말했다.

"알았어요, 엄마."

아이들 중 한 명이 진지하게 대답했다.

"울타리 가까이 가지 말고. 그 어떤 누나도 욕하면 안 돼."

하지만 내가 다시 걷기 시작하자 아이들은 새된 소리를 지르며 고함을 쳤고 그 여자는 현관에 서서 웃었다.

메리캣, 하고 코니가 말했지, 차 한잔 하실래요?

절대 싫어요, 메리캣이 말했지, 나한테 독 탈 거잖아요.

나는 생각했다. 저것들 혀가 불타 버렸으면. 불을 삼킨 것처럼 타들어 갔으면. 말이 입 밖으로 나올 때 목구멍이 불타고 배 속으로는 수백수천 불길보다 더 뜨거운 고통을 느꼈으면.

"잘 가, 메리캣."

내가 울타리 끝을 지나갈 때 아이들이 불렀다.

"금방 다시 오진 마."

"잘 가, 메리캣. 코니한테도 안부 전해 줘."

"잘 가, 메리캣."

하지만 검은 바위에 도착한 내 앞에는 이제 우리 집으로 이어지는 오솔길의 출입문이 나타났다.

출입문의 자물쇠를 열기 위해 장바구니를 내려놓아야 했다. 어떤 아이라도 부술 수 있는 단순한 맹꽁이자물쇠였지만, 출입문에는 '사유지, 출입 금지'라는 팻말이 달려 있어 아무도 그 너머로는 갈 수 없었다. 아버지가 길을 막으면서 팻말과 출입문과 자물쇠를 다셨다. 그 전에는 버스가 서는 고속 도로 사거리까지 가는 지름길로 마을 사람 모두가 이용하던 길이었다. 우리 집 현관 앞을 지나는 이 오솔길을 이용하면 그들은 사백 미터 정도 걷는 거리를 줄일 수 있었다. 누가 우리 집 현관 앞을 지나는 모습을 보기 싫어한 우리 어머니 때문에 아버지는 어머니랑 함께 이곳에 와서 살게 되셨을 때 제일 먼저 오솔길을 막고 고속 도로에서 강까지, 블랙우드 소유지 전부에 철조망을 쳐야 했다. 내가 잘 다니지 않는 길 반대편 끝의 출입문에도 자물쇠와 '사유지, 출입 금지' 팻말이 달려 있었다.

"고속 도로는 사람들 모두가 쓰라고 만들어진 거지만, 우리 집 현관은 우리 것이란다."

어머니는 말씀하셨다.

정당한 초대를 받아 우리 집에 오는 사람은 누구나 고속 도로에 난 출입구에서 우리 집 현관까지 바로 이어진 진입로를 타고 들어왔다. 어렸을 때 나는 집 뒤편 침실에 누워서 상상했다. 우리 집 현관 앞에서 교차하는 진입로와 오솔길 중, 진입로로는 정식으로 방문한 착한 부자들이 말끔한 공단과 레이스 옷을 입고 왕래하고, 오솔길로는 비굴하게 숨어든 마을 사람들이 비틀거리며 옆으로 피해 다닌다고 말이다. 저들은 못 들어와. 나는 천장에 나무 그림자가 비치는 어두운 내 방에 누워 스스로에게 몇 번이고 말했다. 이제 더는 절대 못 들어온대도. 오솔길은 영원히 막혔으니까. 가끔은 관목 뒤에 숨은 채 철조망 안쪽에 서서, 고속 도로 가장자리를 걸어 마을에서 사거리로 가는 사람들을 지켜보기도 했다. 내가 아는 한, 아버지가 출입문을 걸어 잠근 후로는 마을 사람 누구든 우리 오솔길을 이용할 엄두도 못 냈다.

장바구니를 안쪽으로 들이고 주의를 기울여 출입문을 도로 잠근 다음, 제대로 잠겼는지 자물쇠를 다시 한번 확인했다. 자물쇠가 내 뒤에서 단단히 잠기고 나면 안심이었다. 오솔길은 어두웠다. 아버지가 당신 땅에서 수익을 얻으려는 생각을 아예 포기하시는 바람에 나무와 관목 숲과 작은 꽃들이 제멋대로 자라 버렸기 때문이었다. 진짜 넓은 들판 한 곳과 정원을 빼고는 우리 땅 전부가 울창한 나무로 뒤덮여 버려 나 말고는 숨겨진 길을 아는 사람이 아무도 없었다. 우리 땅으로 돌아온 나는 발걸음이 가벼웠다. 발걸음이 닿는 이 오솔길의 구석구석을 모퉁이들까지 나는 다 알았다. 콘스턴스 언니는 길에 자라는 식물 이름을 전부 알고 있었지만 나는 식물들이 자라는 모양과 장소, 그리고 식물들이 언제나 제공해 주는 숨을 곳을 알아본다는 사실에 만족했다. 이 길에 난 흔적이라곤 오로지 마을로 나갔다 들어오는 내 발자국뿐이었다. 혹시 방향을 틀면 가끔 나를 기다린다며 여기까지 나와 있는 언니의 발자국이 보일지도 모르나, 언니의 흔적 대부분은 정원과 집 안에만 남아 있었다. 오늘은 모퉁이를 돌자마자 정원 끝까지 나와 있는 언니의 모습이 보였다. 나는 햇빛 속에서 집을 등지고 선 언니를 만나러 뛰어갔다.

"메리캣. 오늘 나 여기까지 나왔다?"

콘스턴스 언니가 미소를 지으며 말했다.

"너무 멀리 나왔잖아. 이러다 언니가 내 뒤를 밟아 마을까지 가겠다."

"그러고 보니 그럴지도."

언니가 날 놀리느라 하는 말인 줄은 알았어도 들으니 오싹했다. 나는 웃어 버렸다.

"가 봤자 언니 맘엔 별로 안 들걸. 자, 이 게으른 언니야, 짐 좀 나눠 받아 줘. 내 고양이는?"

"네가 늦으니까 나비 쫓으러 나가 버리더라. 달걀 사 왔니? 말한다는 걸 깜빡해서."

"물론 사 왔지. 우리, 잔디밭에서 점심 먹자."

어렸을 때 나는 콘스턴스 언니가 요정 나라의 공주인 줄 알았다. 언니를 그릴 때 나는 긴 머리를 황금색으로, 눈은 크레용이 묘사할 수 있는 최대한으로 파랗게, 그리고 양쪽 뺨은 밝은 분홍색으로 색칠했다. 그림을 완성하고 나면 언제나 놀랐다. 정말로 실물과 똑같았기 때문이다. 최악의 시기에도 언니는 그렇게 분홍색과 흰색과 황금색이었고, 아무것도 언니의 빛을 가리지 못했다. 언니는 늘 내 세상에서 제일 소중한 사람이었다. 내가 언니를 따라 부드러운 잔디를 걸어 언니가 키우는 꽃들을 지나 집 안으로 들어가자 내 고양이 조너스가 꽃밭 사이에서 나와 뒤를 따랐다.

언니는 내가 뒤를 따라 계단을 오르는 동안 키 큰 현관문을 연 채 기다려 주었고, 나는 홀의 탁자 위에 짐들을 내려놓은 다음 문을 잠갔다. 이제 오후가 될 때까진 저 문을 다시 열 일이 없었다. 우리는 대부분 집 뒤편의 아무도 들어온 적 없는 잔디밭과 정원에서 생활하기 때문이었다. 우리는 집의 정면이 고속 도로와 마을 쪽으로 면하도록 둔 채, 엄격하고 귀찮아하는 그 표정 뒤에 숨어 우리 식대로 살았다. 집 전체를 잘 관리했지만 우리가 쓰는 방들은 다 뒤쪽에 있었다. 부엌과 침실들과 부엌 옆에 줄리언 삼촌이 지내는 작고 따뜻한 방까지. 바깥에는 언니의 밤나무와 아름답고 드넓게 펼쳐진 잔디밭, 그리고 언니의 꽃밭이 있었고, 그 너머로는 언니가 가꾸는 채소밭, 거길 지나면 개울에 그늘을 드리우는 나무들이 있었다. 우리가 뒤쪽 잔디밭에 앉아 있으면 아무도 어디서도 우리를 볼 수가 없었다.

줄리언 삼촌이 부엌 구석의 크고 낡은 책상에 앉아 원고를 뒤적이고 있는 걸 보자 저분께 더 잘해 드리기로 한 아까의 결심이 생각났다.

"줄리언 삼촌한테 피넛 브리틀 좀 드리지?"

"점심 드시고 나서."

언니가 대답했다. 언니는 식품들을 장바구니에서 조심스럽게 꺼냈다. 어떤 종류든 음식을 소중히 여기는 언니는 항상 존중하는 마음으로 조용히 식재료를 만졌다. 내가 돕는 건 금지였다. 나는 음식 준비도 금지였고 버섯을 따는 것도 금지였다. 가끔 정원에서 채소를 가져오거나 오래된 나무에서 사과를 따 오기는 했어도.

"우리 머핀 만들어 먹자."

음식을 분류해서 보관 장소에 넣느라 거의 노래하는 듯한 목소리로 콘스턴스 언니가 말했다.

"줄리언 삼촌께는 부드럽게 버터로 익힌 달걀, 머핀, 그리고 푸딩을 약간 드릴 거구요."

"죽으로 다오."

줄리언 삼촌이 말했다.

"메리캣은 가늘고 걸쭉하고 짭짤한 맛이 나는 어떤 요리를 먹을 거고."

"조너스는 나한테 쥐를 잡아 줄 거고."

무릎에 올라온 고양이한테 내가 말했다.

"네가 마을에서 돌아오면 난 늘 기분이 좋아진단다."

언니는 움직임을 멈추고 나를 쳐다보면서 생긋 웃었다.

"부분적으론 물론 네가 음식을 가져오기 때문이지. 한편으로는 기다리는 동안 네가 보고 싶었기 때문이기도 하고."

"마을에서 집으로 돌아오면 나야말로 늘 기분 좋지."

"오늘 그렇게 안 좋았니?"

언니가 재빨리 한 손가락으로 내 뺨을 쓰다듬었다.

"언닌 모르는 편이 나아."

"때가 되면 내가 갈게."

언니가 밖으로 나가겠다는 소릴 하는 게 이걸로 벌써 두 번째라 나는 오싹했다.

"콘스턴스야."

줄리언 삼촌이 불렀다. 삼촌은 책상에서 작은 종잇조각 하나를 들어 세심하게 들여다보면서 얼굴을 찡그렸다.

"네 아버지가 그날 아침에 평소처럼 정원에 시가를 갖고 나갔는지 어땠는지, 도통 모르겠구나."

"분명 갖고 가셨을 거예요."

언니가 대답하곤 내게 말했다.

"그 고양이, 강에서 물고기 잡다 왔어. 완전히 진흙투성이가 돼서는."

언니는 장바구니를 접어서 다른 것들과 함께 서랍 안에 넣고, 도서관 책들을 앞으로 영원히 머물 선반 위 자리에 올려놓았다. 조너스와 나는 콘스턴스 언니가 부엌에서 일하는 동안 걸리적거리지 않게 단골 구석 자리에 앉아 있었는데, 거기서 너무도 부드러운 손길로 음식을 다루며 햇빛 속에서 움직이는 언니를 보는 건 행복한 일이었다.

"오늘 헬렌 클라크가 오는 날이지."

내가 말했다.

"안 무서워?"

나를 돌아본 언니가 빙그레 웃었다.

"전혀. 내 생각엔 내가 늘 점점 더 잘하는 것 같거든. 오늘은 작은 럼 케이크를 만들 거야."

"그럼 또 헬렌 클라크는 막 소리를 지르면서 먹어 치우겠네."

지금에 와서도 콘스턴스 언니와 내게는 사회와 연결된 끈이 조금은 남아 있었는데, 그 정체는 진입로로 방문해 우릴 세상으로 불러내려 애쓰는 지인들이다. 헬렌 클라크는 매주 금요일이면 우리와 함께 차를 마시고, 셰퍼드 부인이나 라이스 부인 아니면 크롤리 할머니는 일요일에 교회가 끝나고 때때로 우리 집에 들러서 그날 설교가 우리도 와서 들었으면 좋아했을 법한 내용이었다고 말해 주곤 했다. 우리가 그들의 부름에 맞초대를 하지 않는데도 그들은 착실하게 찾아와 몇 분간 충분히 머물렀으며, 가끔 자기네 정원에서 꺾은 꽃이나 책, 혹은 콘스턴스 언니가 자기 하프를 켜면서 불러 볼 만한 노래집 같은 것들을 가지고 왔다. 그들은 정중하지만 웃음기는 거의 없이 말했다. 우리가 가지 않을 거란 걸 알면서 자기들 집에 초대하는 것도 잊지 않았다. 그들은 줄리언 삼촌에게도 친절했고, 그분이 하시는 말씀을 참을성 있게 들어 줬으며, 우리가 갈 리 없었지만 차에 타서 드라이브하러 가자는 제안도 해 주었고, 스스로를 친구라고 표현했다. 언니와 나는 서로에게 늘 그 사람들을 좋게 이야기했다. 왜냐면 그들은 정말로 자기들 방문이 우리한테 즐거울 거라 믿었기 때문이다. 그들은 절대 오솔길로 오지 않았다. 콘스턴스 언니가 장미 덤불에서 꽃을 잘라 가라고 한다든가, 꽃들 색깔을 어떻게 예쁘게 새로 배열했는지 보고 가라고 초대하면, 정원 안으로는 들어왔지만 자신들 자리라고 정의된 영역 너머로는 결코 가려 하질 않았다. 손님들은 정원을 따라 걷다가 현관문 앞에서 차에 올라타고는 진입로를 따라 내려가 커다란 출입구 사이로 빠져나갔다. 몇 번인가 캐링턴 부부가 우리가 어떻게 지내는지 보려고 왔는데, 캐링턴 씨가 우리 아버지의 정말 친한 친구였기 때문이다. 부부는 절대 안으로 들어오거나 다과를 들거나 하는 일 없이 현관 앞까지 차를 타고 와서 그대로 그 안에 앉아 몇 분 동안 우리와 대화를 나눴다.

"잘 지내니?"

부부는 콘스턴스 언니에게서 나로 시선을 옮겼다가 다시 언니를 보며 늘 이렇게 똑같은 질문을 했다.

"너희끼리만 지내기 힘들지 않아? 뭐 필요한 거나 우리가 해 줬으면 하는 거 있어? 요즘 어떻게 살고 있니?"

우리는 손님을 밖에서 얘기하게 두는 건 무례하다고 배우며 컸기 때문에 늘 안으로 들어오시라 청했지만, 캐링턴 부부는 한 번도 집 안으로 들어온 일이 없었다.

그 부부 생각을 하면서 내가 말했다.

"궁금해. 내가 부탁하면 혹시 캐링턴 부부가 말을 한 마리 갖다 줄지. 저 너른 들판을 내달리기 딱인데."

언니가 고개를 돌리더니 살짝 찡그리면서 잠시 나를 쳐다보곤 마침내 말했다.

"그런 부탁을 하면 안 돼. 아무한테도 어떤 부탁도 하면 안 돼. 명심해."

"농담이었어."

내가 말하자 언니가 다시 미소를 지었다.

"그래도 난 정말 날개 달린 말 한 마리만 있었음 좋겠어. 그럼 내가 언니를 태우고 달까지 갔다가 돌아올 수 있잖아."

"네가 예전에 그리핀• 갖고 싶다고 했던 거 기억나네. 자, 우리 게으른 아가씨, 이제 밖에 나가서 상을 차려 줄래?"

언니가 이렇게 말하자 줄리언 삼촌이 끼어들었다.

"마지막 날 밤에 둘이서 심하게 말다툼을 했었다. '난 안 할 거예요'라고 형수님이 말했지. '안 참을 거라구요, 존 블랙우드.' 그러니까 형님이 '우리한텐 선택의 여지가 없어' 그랬고. 나야 물론 문간에서 들은 거였지만 너무 나중부터 듣는 바람에 둘이 뭣 때문에 그렇게 싸우는지는 못 들었어. 내 생각엔 돈이었지 싶은데."

"두 분은 자주 싸우는 분들이 아니었잖아요."

언니가 대꾸했다.

"거의 항상 서로한테 정중했지. 조카야, 네가 지금 안 싸운다고 한 말뜻이 그거라면 말이다. 나머지 우리 같은 사람들한테는 제일 마음에 안 드는 본보기였달까. 우리 마누라와 나는 고래고래 소리 지르며 싸우는 쪽을 좋아했단다."

"그게 육 년 전 일이라는 게 믿기지가 않아요."

언니가 말했다. 나는 노란색 식탁보를 가지고 잔디밭으로 나가서 상을 차릴 준비를 했다. 내 뒤로 언니가 줄리언 삼촌한테 하는 소리가 들렸다.

"가끔, 두 분을 되살릴 수만 있다면 뭐든 할 수 있겠다는 기분이 들어요."

내가 꼬마였을 때, 언젠가는 어머니의 응접실 창문 꼭대기에 닿을 만큼 키가 큰 어른이 될 거라 믿었다. 그 창문은 여름에 맞게 만들어져 있었다. 우리 집이 원래 여름 별장 용도로 지은 집이었던 것을, 겨울에 우리 가족이 옮겨 갈 다른 집이 없자 아버지가 난방 설비만 들여놓아 쓴 탓이었다. 마을에 있는 로체스터 하우스를 우리가 써야 마땅했지만 그건 우리 소유가 아니게 된 지 이미 오래였다. 우리 집 응접실의 창문은 바닥에서 천장까지 이어져 있었는데, 그 꼭대기에는 내 손이 닿지 않았다. 어머니가 집에 온 손님들에게 말하길 창문에 커튼처럼 드리워진 하늘색 실크 천은 사 미터를 좀 넘는다고 했다. 응접실에 키 큰 창문이 두 개, 그리고 홀 건너편의 식당에 키 큰 창문이 두 개 더 있어서, 밖에서 보면 좁고 가는 모양의 창문들이 집 전체에 으스스하고 오만한 인상을 부여했다. 그러나 안에서 보면 응접실은 아늑했다. 어머니가 로체스터 하우스에서 가져온 황금색 다리의 의자들과 어머니의 하프가 있었으며, 거울과 반짝이는 유리 제품에 반사된 빛으로 방 전체가 환했다. 헬렌 클라크가 차를 마시러 올 때만 이용하는 응접실을 콘스턴스 언니와 나는 항상 완벽한 상태로 유지했다. 언니는 작은 사다리에 올라가 창문 맨 위쪽을 닦고, 둘이 같이 벽난로 위에 있는 드레스덴 도자기 인형의 먼지를 털고, 나는 빗자루 한쪽 끝에 천을 달아서 벽 맨 위를 두른 결혼 케이크 테두리 문양의 몰딩을 따라 왔다 갔다 했다.

● **그리핀** _ 사자의 몸통에 독수리의 머리와 날개와 발을 가졌다고 하는 전설의 동물.

흰색으로 칠한 과일과 이파리 돋을새김을 보면서 큐피드와 리본 매듭을 쓸어 내다가, 위를 쳐다보는 채로 뒷걸음질하느라 계속 어질어질한 나를 언니가 잡아 줄 때면 나는 깔깔 웃음을 터뜨렸다. 우리는 바닥에 광을 내고 소파와 의자의 장미 무늬 자수에 자그맣게 터진 부분들을 수선했다. 키 큰 창문마다 커튼 봉을 덮는 황금색 장식 커튼이 달려 있었고, 벽난로는 황금색 당초무늬로 장식되어 있었으며, 어머니 초상화가 응접실에 걸려 있었다.

"내가 아끼는 이 방을 어지르는 꼴은 절대 못 본다."

어머니는 그렇게 말씀하시며 콘스턴스 언니와 내가 이 방에 들어오는 걸 한 번도 허락하지 않으셨지만, 지금은 우리 둘 다 이 방을 반짝반짝 윤이 나고 매끈한 상태로 유지한다.

어머니가 늘 벽난로 한쪽 옆에 있는 낮은 탁자에서 친구들한테 차를 대접했기에 언니는 항상 자기 다과상을 거기다 차린다. 언니가 어머니 초상화가 내려다보는 자리에 있는 장미 무늬 소파에 앉으면 나는 구석에 있는 작은 의자에 앉아 지켜보았다. 언니는 나한테 잔과 잔 받침을 나르고 샌드위치와 케이크를 돌리게 했지만 차를 따르는 역할까진 허락하지 않았다. 나는 뭐 먹을 때 누가 쳐다보는 게 싫어서 나중에 부엌에서 따로 차를 마셨다. 헬렌 클라크가 마지막으로 차를 마시러 왔던 그날, 언니는 어머니가 항상 쓰시던 얇은 장미색 찻잔과 작은 샌드위치 및 아주 특별한 럼 케이크를 각각 담은 두 개의 은접시로 평소처럼 상을 차렸다. 헬렌 클라크가 전부 먹어 치울 경우를 대비해 부엌에 럼 케이크 두 개가 내 몫으로 따로 기다리고 있었다. 언니는 조용히 소파에 앉아 있었다. 언니의 두 손이 꼼지락거리지도 않고 단정하게 무릎 위에 놓여 있었다. 나는 창문 옆에서 늘 시간 맞춰 도착하는 헬렌 클라크를 찾으며 기다렸다.

"안 무서워?"

어느 순간 이렇게 물었더니 언니가 대답했다.

"아니, 하나도."

돌아보지 않아도 목소리에서 언니가 차분하다는 게 느껴졌다.

진입로에 차가 방향을 틀어 들어오는 게 보였다. 차 안에는 한 사람이 아니라 두 사람이 있었다.

"콘스턴스 언니, 그 여자가 누굴 데려왔나 봐."

내가 부르자 언니는 잠시 조용히 있다가 꽤나 강한 어조로 말했다.

"괜찮을 거야."

고개를 돌려 언니를 보았지만 언니는 침착했다.

"내가 돌려보낼게. 그 여자도 이러면 안 되지."

내가 말했다.

"그냥 둬."

언니가 말렸다.

"정말로 괜찮을 거라고 봐, 나는. 너도 날 잘 봐 두려무나."

"그렇지만 언니가 무서워하게 내버려 둘 순 없어."

"조만간…… 조만간 나도 첫걸음은 떼야 할 테니까."

나는 오싹해졌다.

"나 저 사람들 돌려보낼래."

"하지 말래도. 절대로 그러지 마."

집 앞에서 차가 멈췄기에 문을 열어 주러 홀로 나갔다. 손님을 맞이하면서 면전에서 자물쇠를 따는 건 예의가 아니었으므로 미리 잠금장치를 풀어 놓은 상태였다. 밖으로 나가 보니 내 생각만큼 나쁜 상황은 아니었다. 헬렌 클라크가 데려온 사람은 처음 보는 사람이 아니라 몸집이 아담한 라이트 부인으로, 전에 한 번 우리 집에 왔을 때 제일 겁에 질려 있던 여자였다. 콘스턴스 언니가 감당하기 벅찬 상대는 아니었지만, 그래도 헬렌 클라크는 나한테 말도 없이 저 여자를 데려오진 말았어야 했다.

"안녕, 메리 캐서린. 날씨 참 좋은 봄날이다, 그렇지? 우리 콘스턴스는 잘 있고? 루실을 데려왔어."

차를 빙 돌아 현관 계단으로 다가오며 헬렌 클라크가 말했다.

남이나 마찬가지인 낯선 사람을 대동하고 콘스턴스 언니를 만나러 오는 게 당연하다는 듯, 그녀는 뻔뻔하게 이 상황을 주도해 나갈 태세였다. 나는 그런 그녀에게 미소를 지어 보여야 하는 게 싫었다.

"루실 라이트, 너도 기억하지?"

헬렌 클라크가 나한테 묻자 불쌍한 작은 라이트 부인은 들릴락 말락 한 목소리로 여기 얼마나 또 오고 싶었는지 모른다고 인사했다. 내가 현관문을 붙들고 있는 동안 두 사람이 홀로 들어섰다. 날씨가 좋은 나머지 두 사람 다 코트를 입지 않아서 지체할 이유가 없었지만, 헬렌 클라크는 그래도 예의상 잠시 뜸을 들여 주었다.

"콘스턴스 언니한테 우리가 왔다고 전해 줄래?"

지금 누가 와 있는지 언니에게 전할 시간을 준 것이었다. 나는 언니가 조용히 앉아 있는 응접실로 들어가 말했다.

"라이트 부인이었어. 그때 겁먹었던 사람 있잖아."

콘스턴스 언니가 싱긋 웃었다.

"첫걸음의 시련치곤 약한데? 괜찮을 거야, 메리캣."

홀에서 헬렌 클라크는 라이트 부인에게 계단을 보여 주며 이탈리아에서 들여온 나무와 조각 방식에 대해 늘상 지겹게 하던 얘기를 들려주고 있었다. 내가 응접실에서 나오자 그녀가 나를 흘끔 보더니 말했다.

"이 계단은 진짜 이 나라 명물감이야, 메리 캐서린. 세상에 안 보여 주고 이렇게 꼭꼭 숨겨 두는 게 너무하지 뭐니. 자, 루실, 들어갈까?"

두 사람이 응접실로 들어갔다.

콘스턴스 언니는 완벽하게 침착했다. 언니는 일어나 미소를 지으며 만나서 반갑다고 인사했다. 헬렌 클라크는 원래 조야한 사람이라, 방으로 들어와 자리에 앉는 간단한 동작마저도 용케 세 사람이 추는 복잡한 발레로 만들어 버렸다. 언니가 말을 채 끝내기도 전에 헬렌 클라크는 라이트 부인을 방의 한쪽 구석으로 밀쳐 버렸다. 덕분에 부인은 크로케 공이 질주하듯 옆으로 밀려나 누가 봐도 의도치 않게 얼떨결에 작고 불편한 의자에 앉게 되었다. 헬렌 클라크는 다과상을 엎다시피 하면서 언니가 앉아 있던 소파 쪽으로 향하더니 의자도 충분하고 다른 소파까지 있었음에도 기어코 언니 옆에 불편하게 앉았다. 사실 언니는 나 말고는 누가 가까이 오는 걸 정말 싫어하는 터였다. 헬렌 클라크가 몸을 펴며 말했다.

"자, 또 만나게 되니까 좋네."

라이트 부인이 앞으로 몸을 내밀면서 말했다.

"맞아 줘서 고마워요. 계단이 예쁘던데."

"콘스턴스, 얼굴이 좋아 보이는데 정원에서 일한 거야?"

"오늘처럼 날씨가 좋을 땐 안 할 수가 없어서요. 얼마나 재밌는지."

언니가 웃었다. 지금 아주 잘하고 있는 거다.

"라이트 부인도 정원을 가꾸시나요? 요즘 같은 화창한 초봄 날씨면 정원 일 하는 거 참 재미있잖아요."

언니는 말이 좀 많아지고 속도도 빨라지고 있었지만, 나 말고는 눈치 못 채고 있었다.

"나도 정원을 좋아해요."

라이트 부인이 불쑥 쏟아 내듯 대답했다.

"진짜로 정원을 정말 좋아한답니다."

"줄리언은 어때?"

라이트 부인 말이 채 끝나지도 않았는데 헬렌 클라크가 물었다.

"줄리언 삼촌은 잘 지내셔?"

"잘 지내세요. 감사합니다. 오늘 오후에 우리와 함께 차 마시길 기다리고 계세요."

"너 줄리언 블랙우드 뵌 적 있니?"

헬렌 클라크가 라이트 부인에게 물었고 라이트 부인은 고개를 저으며 말을 시작했다.

"물론 나도 뵙고 싶어. 말씀은 많이 들었……."

그러다 갑자기 말을 뚝 끊었다.

"그분이 좀 괴팍…… 아니, 좀 별난 분이시긴 해."

헬렌 클라크는 그렇게 말하면서 마치 그 사실이 지금까지 비밀이었다는 것처럼 콘스턴스 언니를 보고 살짝 미소를 지어 보였다. 만약 별나다는 게 사전에서 말하는 것처럼 '제대로 된 데서 벗어나 있다'는 뜻이라면, 줄리언 삼촌보다 더 별난 사람은 동작을 이상하게 하는데다 돌발적인 발언도 서슴지 않고 차 마시는 모임에 모르는 사람을 데려오기까지 하는 헬렌 클라크일 것이다. 줄리언 삼촌은 완벽하게 정해진 규칙에 따라 물 흐르듯 둥글고 매끄럽게 잘 사는 분이었다. 나는 줄리언 삼촌한테 더 잘해 드려야겠다고 다시 마음먹으며 저 여자는 사람들을 전혀 다른 사실로 묘사하지 말아야 한다고 생각했다.

"콘스턴스, 콘스턴스가 내 제일 친한 친구라서 하는 말인데……."

헬렌 클라크의 말을 듣고 있자니 기가 찼다. 언니가 저런 말을 얼마나 꺼리는지 정말 모르는 것이다.

"내가 조언을 하나 해 주려고. 미리 말해 두지만, 원래는 다른 친구가 꺼낸 이야기야."

순간 몸이 오싹해지기에 나는 그녀가 무슨 말을 할지 정확히 깨달았다. 바야흐로 오늘 지나온 하루 전체가 헬렌 클라크가 바로 지금 말하려는 저 내용으로 정리되려는 참이었다. 나는 의자에 멍하니 앉아 콘스턴스 언니를 뚫어지게 쳐다보며 언니가 자리에서 일어나 도망가기를, 지금 튀어나오려는 저 말을 안 듣기를 바랐지만, 헬렌 클라크는 아랑곳없이 말을 계속했다.

"이제 봄이 됐고, 너도 아직 젊잖아. 이렇게 고운데 행복해져도 되잖아. 이제 그만 세상으로 다시 나와 봐."

아직 겨울이었던 불과 한 달 전만 해도, 저런 말을 들으면 콘스턴스 언니는 뒷걸음질하면서 달아났을 거다. 지금은 고개를 저으면서도 저 말에 귀를 기울이면서 미소를 짓는 게 보였다.

"속죄는 그만하면 충분하니까."

헬렌 클라크의 말에 라이트 부인도 거들었다.

"그럼 내가 조그만 오찬 모임이라도 열어서……."

"언니, 우유를 깜빡하고 안 내왔잖아. 내가 가져올게."

내가 일어서면서 말을 끊자 언니가 깜짝 놀란 듯 고개를 돌려 나를 쳐다봤다.

"그래, 고마워."

언니가 승낙했다.

나는 응접실에서 나가 부엌으로 향했다. 오늘 아침에 부엌은 밝고 행복한 분위기였지만 오싹해진 상태에서 보니 음울해 보였다. 언니는 초대를 거절하고 호의를 부인해 온 모든 세월을 지나 마침내 밖으로 나갈 수 있을지 모른다는 걸 갑작스럽게 깨달은 것 같았다. 이것으로 하루 동안 이 주제가 언급된 게 세 번째였고, 세 번이면 현실이 되기 충분했다. 숨을 쉴 수가 없었다. 몸은 철사에 묶였고 머리는 부풀어 올라 터지기 직전이었다. 뛰어가 뒷문을 열고 심호흡을 했다. 달리고 싶었다. 우리 집 땅 저 끝까지 달려갔다 올 수 있다면 괜찮아지겠지만, 언니 혼자 저들과 함께 응접실에 있었으므로 서둘러 돌아가야 했다. 나는 부엌 탁자 위에 놔뒀던 우유 주전자를 깨 버리는 걸로 만족해야 했다. 원래 어머니 거였던 주전자 조각들은 언니가 보도록 그대로 바닥에 내버려 두었다. 나는 그다음으로 좋은, 그러나 찻잔 세트와는 안 어울리는 다른 우유 주전자를 꺼냈다. 우유를 따르는 건 내가 해도 되는 일이기에 주전자에 우유를 채워 응접실로 가지고 갔다.

"메리 캐서린은 어떡하……."

이렇게 말하던 언니는 문간에 들어서는 나를 돌아보더니 미소를 지었다.

"고맙구나."

언니는 우유 주전자를 흘끗 보더니 다시 나를 쳐다봤다.

"수고했어."

내가 주전자를 쟁반 위에 놓자 헬렌 클라크가 말했다.

"처음엔 너무 요란하면 안 되겠지. 내가 봐도 그러면 확실히 이상해 보일 거야. 대신 옛 친구들 한두 명에게 연락해서 하루쯤 시내에 뭐 사러 나가는 정도면……. 알다시피 시내라면 아무도 너를 못 알아볼 거 아니니."

"거기서 조촐하게 오찬 모임을?"

라이트 부인이 기대하며 말했다.

"생각 좀 해 봐야겠네요."

콘스턴스 언니가 웃으며 조금 당황한 듯한 몸짓을 하자 헬렌 클라크가 고개를 끄덕였다.

"옷도 차려입고 나와야 될 거고."

나는 구석의 내 자리에서 일어나 언니에게서 차를 따른 잔을 받아 들어 라이트 부인에게 건넸는데, 잔을 받는 그녀의 손이 파르르 떨렸다.

"고마워, 아가씨."

잔 안에서 찻물이 덩달아 달달 떨리는 게 보였다. 어쨌거나 우리 집에 온 것도 겨우 두 번째니 이해할 만도 했다.

"설탕 드릴까요?"

내가 물었다. 안 묻고는 배길 수가 없었다. 정중한 물음이기도 했고.

"아, 아니. 괜찮아, 설탕은 됐어."

오늘 그녀는 여기 오려고 일부러 갖춰 입은 것 같았다. 콘스턴스 언니와 나는 절대로 검은색 옷을 입지 않지만 라이트 부인은 오늘 그 색이 적절하다 생각했는지 무늬 없는 검은색 원피스에 진주 목걸이를 하고 있었다. 기억하기론 지난번에 왔을 때도 검은색 옷을 입었다. 안목이 괜찮구나 싶었다. 여기가 우리 어머니의 응접실만 아니라면 말이다. 나는 언니에게 다시 다가가 럼 케이크를 담은 접시를 들고 라이트 부인에게 가져갔다. 샌드위치를 먼저 먹는 게 맞으니 이것 역시 친절한 행동은 아니었지만, 우리 어머니의 응접실에서 검은색 옷을 입고 있는 라이트 부인의 기분이 나빠지길 원했다.

"언니가 오늘 아침에 구운 거예요."

내가 말했다.

"고마워."

라이트 부인이 대답했다. 접시 위에서 그녀의 손이 주춤거리다 럼 케이크 하나를 집더니 조심스럽게 잔 받침 가장자리에 놓았다. 부인이 거의 히스테리 수준으로 예의를 차린다고 생각한 나는 말했다.

"두 개 드세요. 우리 언니가 만드는 건 다 맛있어요."

"괜찮아, 저, 고맙지만 됐단다."

라이트 부인은 사양했다.

헬렌 클라크는 언니 앞으로 손을 뻗어 계속해서 샌드위치를 집어 먹고 있었다. 저 사람은 다른 어디에서도 지금처럼 행동하지 않고, 오직 여기서만 이럴 것이다. 언니나 내가 자기 행동거지를 어떻게 생각할지 그녀는 전혀 개의치 않았다. 그저 우리가 자기를 만나서 정말정말 좋아한다고 생각할 뿐이었다. 저리 가, 나는 속으로 말했다. 저리 가, 가 버리란 말야. 혹시 헬렌 클라크가 우리 집에 올 때 따로 입는 옷이 있다면, 벽장을 뒤집어엎으면서 그녀가 이렇게 말하는 장면이 상상이 갔다.

'이거. 이걸 버리는 건 말이 안 되지. 우리 콘스턴스 만나러 갈 때 입으면 되겠다.'

나는 마음속으로 헬렌 클라크한테 옷을 입히기 시작했다. 수영복을 입혀 눈 더미 위에 올려놓거나 얇디얇은 분홍색 주름 장식이 온통 뜯기고 찢어진 드레스를 입혀 높은 곳에 있는 단단한 나뭇가지 위에 올려놓거나. 나무에 끼여 비명을 질러 대는 헬렌 클라크를 생각하자 거의 웃음을 터뜨릴 뻔했다.

"여기로 몇 사람 부르는 건 어떨까?"

헬렌 클라크가 언니에게 말하고 있었다.

"친한 친구 몇 명 말이야. 콘스턴스, 자기랑 연락하고 싶어 한 사람들 많거든. 어느 날 저녁에 친한 친구 몇 명만 부르는 거야. 저녁 식사에? 그건 아니지. 저녁 식사는 무리일 거야. 아무래도 그래, 처음이니까 무리겠지."

"사실 나도……."

라이트 부인이 다시 말을 꺼냈다. 그녀는 자기 찻잔과 럼 케이크를 자기 옆에 있는 탁자에 조심스레 올려놓은 뒤였다. 헬렌 클라크가 밀어붙였다.

"그렇지만 저녁 식사라고 안 될 거 뭐 있어? 어찌 됐든 콘스턴스 너한테도 과감하게 뛰어들어야 할 때가 올 텐데."

내가 뭔가 말해야 할 때다. 콘스턴스 언니는 내 쪽은 안 보고 오로지 헬렌 클라크만 보고 있었다.

"마을에서 좋은 사람들 몇 명 초대하시지그래요?"

내가 큰 소리로 물었다.

"깜짝이야, 메리 캐서린. 진짜 놀랐네."

헬렌 클라크가 웃었다.

"그런데 내가 알기론 블랙우드 사람들이 마을 사람들과 섞인 적은 한 번도 없는 것 같은데."

"우릴 미워하니까요."

내가 말했다.

"난 말이야, 그 사람들 입방아 찧는 거 안 들으니까 두 사람도 듣지 마. 그리고 메리 캐서린, 너도 나만큼 잘 알겠지만 그런 분위기가 느껴진대도 십중팔구는 네 혼자 생각이고, 네가 좀 더 친절하게 다가가면 네 험담 같은 건 하지 않을 거란다. 세상에나, 나도 인정해. 한때는 그런 분위기가 있었을지도 모르지. 그래도 네 쪽에서 먼저 그 분위기를 말도 안 되는 수준으로 부풀려서 받아들인 거야."

"사람들이란 입방아를 찧기 마련이니까."

라이트 부인이 맞장구를 쳤다.

"내가 블랙우드 집안의 친한 친구라고 말해 왔던 걸 나는 조금도 부끄러워하지 않아. 콘스턴스, 자기도 자기 같은 사람들한테 다가가고 싶을 거야. 그런 사람들은 우리 뒷담화를 안 해."

그런 사람들은 저거보다는 더 재미있었으면. 이젠 언니도 조금 힘들어 보였다. 저들이 빨리 떠나 준다면 언니가 잠들 때까지 머리를 빗어 줘야지.

"줄리언 삼촌 오신다."

내가 언니한테 말했다. 홀에서 휠체어의 희미한 소리가 다가오기에 일어서서 문을 열었다.

헬렌 클라크가 말했다.

"사람들이 정말로 여기 오는 걸 무서워한다고 생각하세요?"

줄리언 삼촌이 문간에서 멈췄다. 삼촌은 차 마시는 모임에 맞게 멋쟁이 넥타이를 매고 얼굴이 붉어질 때까지 세수를 하셨다.

"무서워한다고? 여기 오는 걸?"

삼촌은 대꾸하고는 앉은 자세 그대로 라이트 부인에게, 그다음 헬렌 클라크에게 인사를 했다.

"안녕하세요, 부인."

그러고 또 한 번.

"안녕하세요, 부인."

두 사람 다 이름을 모르시거나, 전에 본 적이 있는지 기억을 못 하신다는 걸 나는 알았다.

"좋아 보이세요, 줄리언."

헬렌 클라크가 말했다.

"여기 오는 걸 무서워한다고요? 부인, 부인 말을 자꾸 되풀이해서 죄송하지만, 제겐 충격이로군요. 우리 조카는 어찌 됐든 살인죄로는 무죄로 판결받았습니다. 그러니 이제는 여기 오는 게 위험할 이유가 없지요."

라이트 부인이 찻잔을 향해 살짝 경련하듯 손을 뻗었다가 이내 두 손 모두 무릎 위에 찰싹 고정했다.

줄리언 삼촌이 말을 이었다.

"위험이란 어디나 있을 수 있지요. 독극물 위험도 분명 그렇고. 진짜 있을 법하지 않은 위험에 어떤 게 있는지 우리 조카가 잘 알지요. 뱀독보다 더 치명적인 정원 식물도 있고 평범하게 생겼지만 배 속 내장을 난도질이라도 하듯 엉망으로 만드는 풀도 있고요, 부인. 우리 조카가……."

"정원이 정말 대단해요. 어떻게 저만큼 가꿀 수 있는지 나는 감도 안 오더라구."

라이트 부인이 언니한테 애써 말했다.

헬렌 클라크가 단호하게 말했다.

"이젠 전부 다 옛날 일이죠, 줄리언. 더 이상 아무도 그 사건 생각 안 해요."

"유감스러운 일이야. 정말 매혹적인 사건인데, 우리 시대에서 몇 안 되는 진정한 수수께끼 중 하나랄까. 정확히는 내 시대라고 해야겠지만 말입니다. 내 필생의 연구감이죠."

삼촌은 라이트 부인을 향해 말했다.

"줄리언."

헬렌 클라크가 재빨리 끼어들었다. 라이트 부인은 홀린 듯 멍해 보였다.

"줄리언, 고상한 맛이라고는 없이 굳이 말을 그렇게까지……."

"맛이라고 하셨습니까, 부인? 비소를 맛보신 적이 있으시던가? 내 장담하지만 그게 맞구나 싶은 느낌이 들기 전에 순간적으로, 절대 믿을 수가 없다는 생각이 드는 게……."

조금 전이라면 불쌍한 라이트 부인은 이 주제를 언급하기 전에 입술을 깨물고 꾹 참았겠지만, 지금은 헐떡거리면서 이렇게 물었다.

"그 말씀은 당시를 기억하신다는?"

"기억하지요."

줄리언 삼촌이 만족스럽게 고개를 가로저으며 한숨을 내쉬었다. 그러더니, 혹시, 하고 열의를 띠고 말했다.

"혹시 그 얘기 자초지종, 잘 모르시나? 그럼 제가……."

"줄리언."

헬렌 클라크가 끼어들었다.

"루실은 그 얘기 듣고 싶어 하지 않습니다. 그런 청을 하시다니 실례예요."

내가 보기엔 라이트 부인이 얘기를 정말정말 듣고 싶어 하는 것 같아서 언니가 나를 흘끗 볼 때 나도 마주 보았다. 우린 둘 다 주제에 어울리게 엄숙한 태도였지만, 언니도 나만큼이나 속으론 아주 즐거워한다는 걸 알았다. 우리는 거의 외롭게만 지내시는 줄리언 삼촌이 저렇듯 얘기꽃을 피우시는 게 좋았다.

결국 저 가엾디가엾은 라이트 부인은 인내의 한계 너머까지 잔뜩 회가 동해 더 이상은 참을 수 없게 되었다. 얼굴이 확 달아오르고 말을 더듬었지만, 다른 사람도 아닌 줄리언 삼촌이 악마의 유혹자였으니 라이트 부인이 한낱 인간의 자제심으로 영원히 저항할 순 없는 노릇이었다.

"바로 여기 이 집에서 일어난 사건이었죠."

부인이 마치 기도하듯 이렇게 말했다.

우리가 조용해져서 그녀를 정중하게 바라보자 그녀가 속삭이는 듯한 목소리로 사과했다.

"정말 죄송합니다."

"물론, 이 집에서 일어났죠."

콘스턴스 언니가 말했다.

"식당에서요. 우리는 저녁을 먹는 중이었고요."

"저녁 식사 시간에 가족이 모인 자리였지. 그게 마지막이 될 줄은 꿈에도 모르고."

줄리언 삼촌이 단어에 공을 들이며 말했다.

"비소가 섞인 설탕 때문에."

라이트 부인이 이젠 돌이킬 수 없다는 듯 예의 따윈 다 던져 버리고 멍하니 말했다.

줄리언 삼촌이 그녀 쪽으로 손가락을 흔들었다.

"저도 설탕을 먹었답니다. 제 손으로 설탕을 블랙베리에 뿌렸죠. 참말 다행히도……."

삼촌은 싱긋 미소를 지었다.

"운명이 갈렸지만요. 그날 우리 중 몇은 운명의 여신이 냉혹하게 죽음의 문으로 이끌고 말았습니다. 우리 중 몇 명, 순수하고 아무것도 모르던 몇은 영원한 잠에 이르는 마지막 한 걸음을 의도치 않게 디디게 된 거죠. 몇은 설탕을 거의 안 먹었고."

"저는 딸기 종류는 손도 안 대요."

언니는 라이트 부인을 똑바로 보면서 엄숙하게 말을 이었다.

"뭐든 설탕을 치지도 않구요. 지금도 마찬가지랍니다."

"그게 재판 때 저 아이한테 엄청 불리하게 작용했지."

줄리언 삼촌이 말했다.

"그러니까 저 애가 설탕을 안 먹었다는 사실 말입니다. 그런데 우리 조카는 딸기류를 아예 거들떠본 적이 없거든요. 어렸을 때도 딸기류는 안 먹겠다 거부하는 게 일상이었고."

"제발요."

헬렌 클라크가 목청을 높였다.

"당치도 않아, 정말이지 너무하시네요. 그 사건 얘기는 차마 못 듣겠대도. 콘스턴스, 줄리언. 두 분이 이러시면 루실이 여러분을 대체 어떻게 생각하겠어요?"

"아니, 난 괜찮은데……."

라이트 부인이 손을 들며 하는 말을 헬렌 클라크가 잘랐다.

"더 이상은 한마디도 안 들을 거예요. 콘스턴스는 이제 앞날을 생각해야 돼. 이렇게 과거에 매달려 있는 건 건전치가 못하다구요. 불쌍한 이 집 아가씬 충분히 고생을 했단 말입니다."

"글쎄요, 물론 부모님이 보고 싶긴 해요. 두 분 다 돌아가신 후로 많은 게 달라지긴 했는데, 그래도 전 고생하고 있단 생각은 전혀 안 들어요."

콘스턴스 언니가 대꾸했다. 줄리언 삼촌은 항해를 계속했다.

"어떤 면에서는, 믿을 수 없을 만큼 훌륭한 행운의 한 자락이 나한테 떨어진 거였지. 대단한 관심을 불러일으킨 세기의 독살 사건의 생존자니까 말야. 신문 기사도 다 스크랩해 놨어요. 나는 같은 집에 사는 친척만이 알 수 있는 수준으로 희생자들과도 친했고 피고인과도 잘 아는 사람이지요. 그날 일어난 일에 대해 철저하게 파헤친 글도 적어 놨습니다. 그날 이후로 제 건강은 돌이킬 수 없게 되었고요."

"사건 얘기는 안 하고 싶다고 말씀드렸잖아요, 제가."

헬렌 클라크가 고집했다.

줄리언 삼촌은 말을 멈추었다. 그는 헬렌 클라크를 봤다가 다시 언니를 보더니 잠시 후 스스로 실수했다 싶은 듯 손가락을 입에 대면서 말했다.

"그 일이 실제로는 안 일어났던가?"

"당연히 실제로 일어난 일 맞아요."

언니가 삼촌에게 미소를 보였다. 줄리언 삼촌이 미심쩍다는 투로 말했다.

"신문 기사 스크랩도 있고, 글도 써 놓은 게 있는데."

그러면서 삼촌은 헬렌 클라크에게 말했다.

"전부 다 써 놨지요."

"정말 끔찍했겠어요."

라이트 부인이 열띠게 호응하며 앞으로 몸을 내밀자 줄리언 삼촌이 그쪽으로 돌아앉았다.

"끔찍하다마다요."

삼촌이 동의했다.

"무시무시했죠, 부인."

삼촌은 휠체어를 솜씨 좋게 조종해서 헬렌 클라크를 등지고 앉았다.

"식당을 구경해 보시겠어요? 죽음의 식탁도 보시고? 아시겠지만 재판 때 저는 증언을 안 했답니다. 그때나 지금이나 제 건강은 모르는 사람들이 해 대는 질문을 감당할 수 있는 상태가 아니었거든요."

그러면서 삼촌은 헬렌 클라크 쪽을 보고는 자기 머리를 가볍게 한 번 톡 쳤다.

"저도 미치도록 증인석에 서고 싶었습니다. 섰더라면 제가 불리하게 보이진 않았을 거라고 자부합니다만. 당연히 저 애는 결국 무죄 방면됐죠."

"틀림없이 무죄였고말고요."

헬렌 클라크가 격렬하게 말했다. 그녀는 커다란 자기 핸드백을 들어 자기 무릎에 올려놓고 그 안에서 장갑을 더듬어 찾았다.

"그 일은 이제 아무도 안 떠올린다니까요."

헬렌 클라크는 라이트 부인과 눈을 마주치면서 일어날 채비를 했다.

"식당……이라고 하셨나요? 그럼 잠시만 보고 가도?"

라이트 부인이 주섬주섬 말했다.

"그러시면, 부인."

줄리언 삼촌이 휠체어에 앉은 채로 용케 머리를 살짝 숙이자 라이트 부인이 얼른 몸을 움직여 문을 열어 주었다.

"홀을 가로질러 가시지요."

줄리언 삼촌이 말하는 대로 부인이 따랐다.

"부인, 저는 점잖게 호기심을 표하는 여성을 존중하는 사람입니다. 척 보자마자 부인이 비극의 장소를 보고자 하는 열정에 사로잡혀 계시단 걸 알아봤지요. 사건은 바로 이 방에서 일어났습니다. 우리는 변함없이 매일 밤 여기서 저녁을 먹는답니다."

삼촌이 하는 소리가 우리한테도 똑똑히 들렸다. 보나마나 라이트 부인이 문간에 서서 지켜보는 동안 우리 식탁 주변을 왔다 갔다 하고 계시겠지.

"우리 식탁이 원탁인 게 보이실 겝니다. 이제 처량할 정도로 몇 안 남은 가족 수에 비하면 지나치게 크지만, 그래도 알고 보면 일종의 기념물이라고 해도 될 이걸 치우는 게 내키지가 않더라고요. 이 방을 찍은 사진 한 장이면 어느 신문사에든 큰 값을 부를 수 있던 시기도 있었죠. 기억하시겠지만 우리도 한때 대가족이었습니다, 행복한 대가족. 물론, 우리 모두가 인내심을 넘치게 타고나진 않은 탓에 자잘한 다툼도 있었죠. 말다툼 정도는 있었다고 말할 수 있겠네요. 심각한 건 아니었고, 남편과 아내, 형제와 자매가 항상 의견이 맞는 건 아니었다는 정도."

"그런데 왜……."

"그렇죠."

줄리언 삼촌이 말을 잘랐다.

"이해가 안 되죠, 안 그렇습니까? 집안의 가장이었던 형님은 자연스럽게 거기, 창문을 등진 채 와인을 담은 유리병이 앞에 놓인 식탁 머리에 앉았습니다. 존 블랙우드는 자기 식탁과 자기 가족과 자기 지위에 긍지를 가진 남자였습니다."

"잰 존 블랙우드 씨를 한 번도 본 적이 없으면서."

헬렌 클라크가 말했다. 그녀는 화난 얼굴로 콘스턴스 언니를 쳐다봤다.

"난 네 아버지를 똑똑히 기억한단다."

얼굴은 기억에서 사라진다. 만약 마을에서 라이트 부인을 만나면 알아볼 수 있을까 궁금했다. 마을이라면 라이트 부인이 나를 못 보고 지나칠까도 궁금했다. 라이트 부인은 너무 소심해서 사람들 얼굴 따위 전혀 안 쳐다볼지도 몰랐다. 그녀의 차와 작은 럼 케이크가 손도 안 댄 그대로 탁자 위에 놓여 있었다.

"난 네 엄마의 친한 친구이기도 했어, 콘스턴스. 그래서 다 너 좋으라고, 내가 너한테 솔직하게 얘기할 수 있다고 생각하는 거고. 네 엄마가 원했던 건 아마……."

"우리 형수님은 말이죠, 부인, 참 섬세한 여자였답니다. 응접실에 있는 초상화를 보시면 하관의 윤곽선이 예술이죠. 비극을 위해 태어난 여자인지도 모릅니다. 비록 약간 우스운 면은 있었지만요.

식탁에서 형수님 오른쪽으로는 당시 더 젊고 아직 불구가 아니었던 제가 앉았습니다. 제가 이렇게 속수무책인 꼴이 된 건 그날 밤부터죠. 내 맞은편에는 토머스라는 남자애가 앉았습니다. 제게 한때 남자 조카가…… 그러니까 형님한테 아들이 있었다는 거 알고 계셨습니까? 분명, 그 애에 관해선 기사를 읽어서 아시겠죠. 그 앤 열 살이었고 자기 아버지 성격 중에서 특히 강한 면들을 많이 물려받았습니다."

"그 애가 설탕을 제일 많이 먹었다던데."

라이트 부인이 말했다.

"안타까운 일이죠. 그리고 형님 양쪽에는 형님 딸 콘스턴스와, 나에게 인생을 함께하는 영예를 누리게 해 준 내 아내 도러시가 앉았습니다. 비록 아내는 자기 블랙베리에다 비소 같은 맹독을 뿌리게 될 거라곤 생각도 못 했겠지만요. 남은 아이인 우리 조카 메리캐서린은 식탁에 없었습니다."

"자기 방에 있었다죠."

라이트 부인이 끼어들었다.

"열두 살짜리 놀라운 그 아인 저녁도 못 먹고 자기 방에서 근신 중이었죠. 그렇다고 우리가 걱정하진 않았구요."

나는 웃음을 터뜨렸고, 콘스턴스 언니가 헬렌 클라크한테 말했다.

"메리캣은 항상 어른들 눈 밖에 난 아이였어요. 저녁 식사를 마친 아버지가 식탁을 뜨시고 나면 전 저 아이한테 줄 음식 쟁반을 들고 계단을 오르곤 했죠. 동생은 못되고 말도 참 안 듣는 아이였어요."

그러면서 언니는 나를 보고 미소를 지었다.

헬렌 클라크가 말했다.

"건강하지 못한 환경이야. 애가 잘못하면 당연히 벌을 받아야 하지만, 그래도 변함없이 사랑받는다고 느낄 수 있게 해 줘야지. 나라면 애가 별난 걸 참지 않았을 거야. 그건 그렇고 우리는 이제 진짜 가야……."

그녀는 다시 장갑을 끼기 시작했다.

"콘스턴스의 정원에서 난 허브로 만든 박하 젤리를 곁들인 봄철의 양구이 요리. 역시 콘스턴스의 정원에서 나는 봄 감자, 해콩, 샐러드. 부인, 전 그날 메뉴를 정확하게 기억하고 있답니다. 지금도 제가 좋아하는 저녁 식사 메뉴 중 하나죠. 그 식사에 관해서도, 사실상 그날 하루 전체에 대해 제가 모든 걸 정말 꼼꼼하고 철저하게 쓴 글도 있습니다. 부인도 보시면 그날 저녁이 우리 조카를 중심으로 돌아갔다는 걸 즉각 아실 거예요. 때는 초여름이었고, 그 아이 정원은 농사가 아주 잘되고 있었지요. 기억하기론 그해 날씨가 좋았습니다. 그 후론 그만큼 좋은 여름 날씨는 못 봤는데, 모르죠. 제가 그냥 나이만 먹어서 모를지도요. 우리는 콘스턴스가 자신만 만들 수 있는 다양하고 소소한 진미들을 맛보여 주는 데 의존했어요. 물론 비소를 말하는 건 아니고요."

베인베리 Baneberry (Snakeberry)

/

심장 마비를 일으키는 노루삼속의 독초.
열매가 구렁이알을 닮아 스네이크베리라고도 불린다.

"그게, 블랙베리가 중요한 부분이었는데."

라이트 부인의 목소리는 약간 쉰 것 같았다.

"부인, 기억력이 좋으시군요! 정확하고 적확하게 기억하십니다그려. 보아하니 이제 그 아이가 굳이 비소를 써야만 했던 이유를 파고드시겠군요. 우리 조카는 그런 식으로 치밀한 계산을 할 애가 아닙니다. 다행히 그 애 변호사도 법정에서 그렇게 말했지요. 콘스턴스는 집 밖에 나가지 않고도 치명적인 독 같은 건 눈 돌아가게 많이 손댈 수 있어요. 그 애라면 파슬리과 식물인 독미나리로 먹는 즉시 마비와 사망을 불러오는 소스를 만들어 먹일 수도 있습니다. 사랑스러운 산사나무 열매나 베인베리 열매로 마멀레이드를 만들었을 수도 있고, 시안화수소산이 듬뿍 들어 있는, 벨벳 그라스라 불리는 흰털새 잎으로 가볍게 샐러드를 버무렸을지도 모르죠. 부인, 제겐 다 적어 놓은 기록이 있답니다. 독초인 벨라도나는 토마토와 동족입니다. 콘스턴스가 거기에 양념을 쳐서 피클로 만들어 상에 올려도, 우리 중 누구도, 안 먹겠다는 선견지명을 발휘할 사람이 있었을까요? 전통적으로 사람 속이는 겉모습으로 정평이 난 버섯 종류들만 살펴봐도 그렇습니다. 우리 가족은 전부 버섯을 좋아했거든요. 조카가 만든 버섯 오믈렛, 부인도 꼭 한번 맛보셔야 되는데. 그중에 저 흔한 광대버섯은……."

"조카가 요리를 못 하게 하셨어야죠."

라이트 부인이 강경하게 말했다.

벨라도나 Belladonna

/

악취가 강한 가짓과의 독초.

신경을 마비시켜 눈망울이 커지게 하는 효과가 있어

한때 미용을 위해 사용되기도 했다.

"글쎄요. 물론, 원인이 있으니 우리 가족이 재앙을 맞은 거겠죠. 조카애 의도가 독으로 우리 전부를 몰살시키는 거였다면 그 애가 요리를 못 하게 했어야겠고요. 그런 상황에서도 요리를 하라고 부추겼다면 우린 당달봉사 수준으로 터무니없이 희생적인 가족이었을 겁니다. 하지만 그 앤 무죄 판결을 받았단 말입니다. 행위뿐만 아니라 의도에 대해서도 말입니다."

"블랙우드 부인이 요리를 직접 하면 어디가 덧났답디까?"

"제발."

들려오는 줄리언 삼촌의 목소리가 살짝 떨리는 걸 보니 지금 어떤 몸짓을 하고 있을지 안 봐도 뻔했다. 삼촌은 한쪽 손을 손가락을 펴서 들고는 손가락 너머로 부인을 향해 씩 웃고 있었을 거다. 그건 줄리언 삼촌의 대對여성용 예절이었다. 삼촌이 언니한테 그러는 모습을 본 적도 있다.

"제가 개인적으로 비소에 도전해 보는 쪽을 택한 겁니다."

줄리언 삼촌의 말이었다.

"이제 가야 돼. 루실이 왜 저러는지 알 수가 없네. 여기 오기 전에 이 이야기는 꺼내지 말라고 주의를 줬는데도."

헬렌 클라크가 말했다.

"올해는 산딸기를 재어 놓을 생각이야. 정원 가장자리 근처에 꽤 넓게 산딸기가 열린 데가 있었어."

언니가 나에게 말했다.

"이 여자가 왜 이렇게 끔찍이도 요령 없이 굴까. 게다가 나까지 기다리게 하고."

"보조 찬장에 놓여 있던 설탕 통은 묵직한 은제였지요. 집안 가보였는데 형님이 귀하게 여기셨지. 예상컨대 부인은 설탕 통이 궁금하시겠죠? 지금도 그걸 쓰고 있을까? 이러시면서. 지금은 씻었을까? 그렇게 물으시는 것도 무리가 아닙니다. 확실하게 잘 씻었을까? 지금 즉시 의문을 씻어 드리죠. 의사나 경찰이 오기 전에 조카 콘스턴스가 그 통을 씻었는데, 설탕 통을 씻을 적절한 순간은 아니라는 생각이 당연히 드실 겁니다. 저녁 식사 때 쓴 다른 접시들은 여전히 식탁 위에 있었는데 조카는 설탕 통만 부엌으로 가져가서 내용물을 버리고 끓는 물로 박박 문질러 구석구석 씻었어요. 묘한 행동이었죠."

"안에 거미가 들어 있었거든."

언니가 찻주전자를 보면서 말했다. 우리는 차를 마실 때는 각설탕을 장미 무늬가 그려진 작은 설탕 통에 담아 썼다.

"그 애 말로는 안에 거미가 있었다더군요. 경찰한테 말한 내용은 그랬습니다. 그래서 씻었다고."

"듣고 보니……."

라이트 부인이 말했다.

"그 애는 더 괜찮은 이유를 떠올릴 수도 있었겠는데요. 정말 실제로 거미였다고 하더라도…… 그러니까 제 말은, 그렇다고 다 씻진 않는다는 거죠. 그냥 거미만 들어내면 되잖아요."

"부인이라면 어떤 이유를 대실 건지?"

"글쎄요, 저야 아무도 죽여 본 적이 없으니 모르죠. 그러니까 제 말은, 뭐라고 해야 할지 모르겠네. 제가 보기에 제일 처음 머리에 떠오른 건요, 그러니까, 그 애가 당황한 건 틀림없다는 거예요."

"확실하게 말씀드리는데 통증이 무지막지했습니다. 비소를 한 번도 못 먹어 봤다고 하셨죠? 절대 기분 좋다고 할 수 없는 경험입니다. 그날 식구들 모두에게 극도의 연민을 느껴요. 저도 며칠 동안 엄청난 고통에 시달렸고요. 확신하건대 콘스턴스도 진심으로 그런 저를 걱정했을 아이입니다. 하지만 물론 그때는, 그 앤 모습을 보이지 않았죠. 경찰이 곧바로 체포해 갔으니까요."

라이트 부인은 더 강경하고, 무슨 반항이라도 하듯 격렬해진 태도로 말했다.

"저는 계속, 우리가 이 집에 왔을 때부터, 여러분을 직접 만나서 실제 무슨 일이 있었는지 제대로 알아낼 절호의 기회가 올 거라고 생각했거든요. 왜냐면 당연히도 늘 지금까지 아무도 대답을 내놓지 못했던 질문이 하나 있었으니까. 물론 당신과 직접 얘기를 나눌 기대까진 하지 않았지만요. 그런데 보세요."

식탁 의자를 빼는 소리가 들렸다. 라이트 부인은 누가 봐도 여기 뿌리 내리기로 작정한 것이다.

"우선, 그 앤 비소를 샀어요."

"쥐를 잡으려고."

콘스턴스 언니가 찻주전자를 보면서 말하고는 나를 돌아보고 미소를 지었다.

"쥐를 잡으려고 그런 겁니다."

줄리언 삼촌이 말했다.

"비소는 박제할 때도 많이 쓰이는데, 우리 조카가 그 주제에 대해 지식이 있는 척할 리는 없지요."

"그 애가 저녁을 만들었고 상도 차렸죠."

"나, 저 여자가 저럴 줄은 꿈에도 몰랐다. 겉만 보면 세상없이 얌전한 사람 같은데."

헬렌 클라크가 말했다.

"주변에서 사람들이, 이렇게 말해서 정말 죄송한데…… 파리처럼 죽어 가는 걸 본 사람도, 완전히 손쓸 수 없을 지경이 될 때까지 의사를 안 부른 사람도 콘스턴스였어요. 그 애가 설탕 통도 씻었구요."

"안에 거미가 있었다니까요."

콘스턴스 언니가 말했다.

"죽는 게 당연한 사람들이었다고 경찰에 말하기도 했죠."

"그 아이는 흥분한 상태였습니다, 부인. 그 말은 곡해된 거예요. 우리 조카는 매정한 애가 아닙니다. 게다가, 당시에는 그 애가 나까지 포함해 가족 모두가 죽었다고 생각했고 말마따나 나도 언젠간

죽는 게 당연하니까……. 우리 모두가 그럴 운명이죠, 안 그렇습니까? 그렇다고 조카가 그 점을 굳이 지적할 인물이라고는 결코 생각할 수가 없지만요."

"전부 자기 잘못이라고 경찰에 말했는데도요?"

줄리언 삼촌이 말했다.

"그건, 그 애가 실수한 것 같습니다. 처음에 자기 요리가 원인이라고 생각한 건 확실히 맞습니다만, 모든 책임을 지려고 한 건 그 애가 과하게 행동한 거예요. 나랑 상담했다면 그런 태도는 절대로 취하지 말라고 충고했을 겁니다. 자기 연민 냄새가 나는 행동이었죠."

"하지만 제일 중요하고 수수께끼에 싸인 문제의 질문은, 왜 그랬냐는 거예요. 그 앤 왜 그랬을까? 그러니까 제 말은, 콘스턴스가 미치광이 살인범이 아니고서야……."

"그 앨 만나 보셨잖습니까, 부인."

"그 앨 뭐라고요? 아, 맙소사, 그랬죠, 만났죠. 까맣게 잊고 있었네. 그 귀엽고 예쁜 아가씨가 실제론…… 뭐 그렇다는 사실을 완전히 잊고 있었어. 블랙우드 씨, 댁의 대량 살인범한테는 분명 이유가 있었을 거예요. 그게 뭔가 비정상적이고 변태적인…… 맙소사, 하여튼 뭐 그런 이유일 뿐이라도 말예요. 조카 따님은 정말 예쁜 아가씨예요. 제가 그 애한테만큼 누구한테 매혹된 적이 있었나 싶을 정도로요. 하지만 그 애가 정말로 미치광이 살인범이라면……."

"난 이제 갈게."

헬렌 클라크가 일어나서 화가 난다는 듯 핸드백을 거칠게 겨드랑이에 꼈다.

"루실. 나 갈 거야! 어느 모로 봐도 이렇게 오래 있는 건 실례야. 5시가 넘었어!"

라이트 부인이 혼비백산해서 허둥지둥 식당에서 나왔다.

"정말이지 미안해서 어쩌지. 수다를 떠느라 시간 가는 줄도 몰랐어. 아유, 정말."

그녀는 의자로 가서 핸드백을 챙겼다.

"차는 한 모금도 안 드셨네요."

얼굴 좀 붉히시라고 내가 말했다.

"아, 잘 마셨어."

그녀가 이렇게 말하며 자기 잔을 보더니 얼굴을 붉혔다.

"맛있었어."

줄리언 삼촌이 방 한가운데서 휠체어를 멈추고 몸 앞쪽으로 기분 좋게 두 손을 맞잡았다. 삼촌은 언니를 쳐다보다가 시선을 들어 엄숙하고 태연하게 천장 구석만 바라보았다.

"잘 있어요, 줄리언."

헬렌 클라크가 짧게 말했다.

"콘스턴스, 너무 오래 있어서 미안해. 변명의 여지가 없는 행동이었어. 자, 루실?"

라이트 부인의 모습은 이제 곧 벌을 받을 거란 걸 아는 아이 같았지만 그래도 예의는 잊지 않았다.

"고마웠어요."

라이트 부인은 언니에게 이렇게 말하며 손을 내밀었다가 흠칫 놀라 재빨리 거둬들였다.

"정말 좋은 시간이었어요, 안녕히 계세요."

그녀는 줄리언 삼촌에게도 인사했다. 손님들이 홀로 나가자 우리는 저들이 가고 난 다음 현관문을 잠그려고 따라 나갔다. 헬렌 클라크는 불쌍한 라이트 부인이 아직 완전히 차에 오르지도 않았는데 시동을 걸었다. 내가 들은 부인의 마지막 목소리는 차가 진입로를 내려가기 시작할 때 꺅 하고 낸 짧은 비명이었다. 나는 응접실에 돌아오면서 웃다가 언니한테 가서 키스했다.

"정말 멋진 모임이었어."

내가 말했다. 콘스턴스 언니가 소파에 머리를 기대고는 웃었다.

"저 구제불능 여자. 버릇없고, 건방지고, 멍청하고. 저 여자가 왜 계속 찾아오는지 이유를 모르겠어."

"자기 딴엔 언니를 새사람으로 만들고 싶은 거야."

나는 라이트 부인의 찻잔과 럼 케이크를 집어 들어 쟁반으로 가져갔다.

"불쌍한 라이트 부인."

내가 말했다.

"메리캣, 너 그 여자 놀렸지."

"글쎄, 약간은. 사람들이 겁을 내면 꼭 그러고 싶어진다니까. 더 겁나게 만들어 주고 싶거든."

"콘스턴스야, 나 어땠더냐?"

줄리언 삼촌이 휠체어를 돌려 언니를 마주했다.

"엄청 잘하셨어요, 삼촌."

일어나 삼촌에게 간 언니는 나이 들어 숱이 적어진 삼촌의 머리를 가볍게 쓰다듬어 드렸다.

"삼촌이 적어 놓은 글 하나도 안 보셔도 되겠던데요?"

"진짜 있었던 일 맞지?"

삼촌이 언니에게 물었다.

"진짜 있었던 일 맞아요. 방에 모셔다 드릴 테니 신문 스크랩 보고 계세요."

"지금 당장은 안 할란다. 오늘 최고의 오후를 보내긴 했는데, 약간 지치는구나. 저녁 식사 때까지 쉬마."

홀을 가로질러 휠체어를 밀고 가는 언니의 뒤를, 나는 쟁반을 들고 따라갔다. 나는 다 쓴 접시를 갖다 놓을 수는 있어도 설거지는 금지당했기에, 부엌 탁자에 쟁반을 올려 둔 다음, 나중에 씻기 위해 싱크대 옆에 접시를 쌓아 올리고 바닥에 깨져 있는 우유 주전자 조각을 쓸어 담고 저녁 준비를 위해 감자를 꺼내는 언니 모습을 지켜보았다. 마침내 이 질문을 해야 했다. 오후 내내 나를 오싹하게 한 바로 이 생각.

“정말 그 여자가 말한 대로 할 거야? 헬렌 클라크가 아까 말한 그거?”

언니는 못 알아들은 체하진 않았다. 움직이는 손을 내려다보며 거기 서서, 언니는 희미하게 미소를 지었다.

“글쎄다.”

언니의 대답이었다.

003

변화가 다가오고 있었는데 그걸 아는 사람은 나뿐이었다. 콘스턴스 언니는 혹시 알아챘을지도 모른다. 언니가 때때로 정원에 서서 자기가 가꾸던 식물도, 뒤돌아 우리 집 쪽도 아닌, 철조망을 가린 나무들이 있는 저 바깥쪽을 쳐다보는 걸 본 적이 있고, 또 가끔 오랫동안 진입로 구간을 신기한 듯이 쳐다보는 게, 내 눈에는 마치 저 길을 따라 걸어서 출입구까지 가면 어떤 기분일까 궁금해하는 것 같았으니까. 나는 언니를 지켜보았다. 헬렌 클라크가 차 마시러 왔다 간 다음 날인 토요일 오전, 콘스턴스 언니는 진입로를 세 번 쳐다보았다. 줄리언 삼촌은 모임을 치르고 많이 지치신 터라 토요일 아침에는 몸이 안 좋으셨는지, 부엌 옆 따뜻한 방 침대에 누워 베개 옆 창문을 내다보며 이따금 언니가 이쪽을 쳐다보게끔 말을 거셨다. 조너스조차도 조바심을 냈다. 어머니 생전의 표현을 빌리면 소란을 피우면서 도대체 조용히 잠을 자질 않았다. 변화가 닥쳐오던 그날 내내 조너스는 가만히 있질 못했다. 깊이 잠들었다가도 순간 무슨 소리가 들리는 것처럼 갑자기 머리를 쳐들고는 자리에서 일어나 재빨리 폴짝 뛰어서 계단을 오르고 침대를 가로지르고 문을 통과해 들어갔다 나왔다 하다 다시 계단을 내려가 홀을 건너 식당 의자 위에 올라섰다가, 식탁 주변을 돌더니 부엌을 통과해 정원으로 나가서야 조금씩 차분해져, 어슬렁거리다 멈춰 발바닥을 핥고 귀를 털고는 풍경을 바라보았다. 밤에는 그 녀석이 소란을 피우며 두다다 뛰어다니는 소리가 들렸고, 침대에 누워 있는 우리 발 위를 조너스가 넘어 다니는 게 느껴졌다.

모든 징조가 변화를 가리키고 있었다. 토요일 아침, 잠에서 깬 나는 식구들이 부르는 소리를 들은 것 같았다. 다들 나보고 일어나라 그러네, 하고 잠이 덜 깬 상태에서 생각하다가 그들이 이미 죽었다는 사실을 떠올렸다. 언니는 일어나라고 나를 깨우는 법이 없었다. 옷을 입고 아래층으로 내려갔을 때 언니가 아침 식사를 만들어 주려고 기다리고 있기에 이렇게 말했다.

"오늘 아침에 식구들이 날 부르는 소리가 들린 것 같았어."

"아침 빨리 먹으렴."

언니가 말했다.

"오늘도 날씨가 참 좋아."

마을로 가지 않는 날에 아침 날씨가 좋으면 아침 식사 후에 내가 해야 하는 일이 있었다. 수요일에는 낮에 항상 철조망 주변을 돌았다. 철사가 망가진 데가 없는지 출입문이 단단히 잠겨 있는지 끊임없이 확인할 필요가 있었다. 나는 매주 수요일마다 끊어진 철사를 구부려서 다시 이어 놓거나 느슨해진 줄을 단단히 죄거나 하면서 혼자 철조망을 손본 다음, 우리가 또 한 주 안전하게 보내겠구나 안심하는 게 좋았다.

일요일 아침이면 내 보호 장치들, 즉 강가에 묻어 둔 일 달러짜리 은화 모음 상자, 드넓은 들판에 묻어 놓은 인형, 그리고 소나무 숲 속 나무에다 못 박아 놓은 책을 점검했다. 그것들이 내가 둔 자리에 그대로 있는 한 아무것도 우리 사이에 끼어들어 해를 끼칠 수 없었다. 나는 꼬마였을 때부터 늘 뭔가를 땅에 묻었다. 언젠가는 저 들판을 네 등분한 다음 점점 자라는 내 키에 맞춰 각 구역 풀도 더 크고 무성하게 자라도록, 그래서 내가 언제나 숨을 수 있도록 각 구역마다 뭔가를 하나씩 묻었던 게 기억났다. 또 언젠가는 강물이 말라붙지 않도록 파란 구슬 여섯 개를 강둑에 묻은 적도 있다. 어렸을 때 언니는 "네가 묻을 보물 여기 있다"라면서 나한테 일 센트 동전이나 밝은색 리본 같은 걸 주곤 했다. 젖니가 하나씩 빠질 때마다 나는 모조리 땅에 묻었는데, 언젠가는 그게 용龍으로 자라날지도 모른다. 우리 집 땅 전부는 내가 묻은 보물로 비옥해졌다. 땅거죽 바로 아래로 빽빽이 들어찬 구슬과 젖니와 총천연색 돌 들은 지금쯤 이면 모두 진짜 보석으로 변했을지도 모른다. 지하에서 절대로 느슨해지지 않는 팽팽한 보호망을 형성하여, 우리를 지키기 위해 강력하게 버티면서 말이다.

화요일과 금요일엔 마을에 나갔고, 내 힘이 최고로 강해지는 목요일에는 커다란 다락으로 올라가 예전 식구들 옷을 입어 봤다.

월요일에는 콘스턴스 언니와 내가 빗자루와 걸레를 들고 방마다 다니면서 집 안을 청소한다. 먼지를 다 쓸어 낸 다음엔 예컨대 어머니의 별갑 소재 빗이 원래 자리에서 한 치도 움직이지 않도록, 작은 물건들을 다 제자리에 조심스럽게 되돌려 놓는다. 매년 봄이면 또 일 년을 보내기 위해 집 전체를 닦고 광을 냈지만, 월요일은 그중에서도 더 꼼꼼히 정돈하는 날이었다. 방에는 먼지가 거의 앉지 않았으나, 그 '거의'조차도 용납이 되지 않았다. 가끔 언니는 줄리언 삼촌의 방도 정돈하려고 했는데, 삼촌은 누가 들어오는 걸 좋아하시지 않았고 자기 식대로 물건을 두고 싶어 하셨으므로, 삼촌의 약병을 씻고 침대보를 갈아 드리는 정도로 만족해야 했다. 나는 아예 줄리언 삼촌 방에 들어갈 수 없었다.

토요일 아침에는 콘스턴스 언니를 돕는다. 원래는 칼을 만지면 안 되지만, 언니가 정원에서 일할 때는 부엌 도구들을 닦고 광내며 손질을 하고, 가끔은 꽃이나 언니가 요리를 위해 직접 수확한 채소를 가득 담은 커다란 바구니를 옮기기도 했다. 우리 집 지하실은 음식으로 가득 차 있었다. 블랙우드가의 여자들은 모두 직접 음식을 만들었고, 지하실의 거대한 음식 저장고에 뭔가를 보태는 걸 자랑으로 삼았다. 지금은 거의 알아볼 수도 없을 만큼 희미하고 가는 글씨로 쓰인 이름표가 붙어 있는, 증조할머니가 만든 잼 통들과, 대고모님이 만든 피클, 할머니가 저장해 놓은 채소들이 거기 있었고, 심지어 우리 어머니조차도 사과 젤리를 여섯 통이나 남겨 놓으셨다. 언니는 평생 지하실 저장고에 음식을 보태 왔고, 몇 줄이나 끝도 없이 늘어선 언니의 음식 통들은 누가 봐도 제일 잘 만들었다고 할 만큼 군계일학이었다.

"내가 보물을 묻듯이 언니는 음식을 묻는구나."

내가 가끔 이렇게 말했더니 언젠가 언니는 거기에 이렇게 대답했다.

"땅에서 나온다고 음식을 그대로 썩게 둘 순 없잖아. 그걸로 뭐든 해야지."

블랙우드 가문 여자들은 누구든 땅에서 나는 식재료를 가져다 병조림으로 만들어 보존했다. 밤색, 노란색, 진한 녹색 등등 짙은 색깔로 줄줄이 늘어선 젤리와 피클과 모듬 채소 과일조림 통 들은 블랙우드 여자들이 지은 시가 되어 우리 집 지하실에서 어깨를 맞대고서 영원히 그 자리에 있었다. 매년 콘스턴스 언니와 줄리언 삼촌과 나는 언니가 만든 잼이나 과일조림이나 피클을 먹을 뿐 다른 사람이 만든 건 손도 대지 않았다. 그걸 먹으면 죽을 거라고 언니가 말했다.

토요일인 오늘 아침, 나는 토스트에 살구 잼을 발라 먹으면서 생각했다. 언젠가 화창한 날 아침에 잼을 만들어 나 먹으라고 세심하게 따로 챙겨 놓았을, 그 잼 병이 비기도 전에 변화가 닥칠 거라고는 꿈에도 생각 못 했을 언니에 대해.

"게으름뱅이 메리캣. 토스트 먹으면서 딴생각 그만해. 오늘처럼 날씨 좋은 날엔 너도 정원에 나와 줘야 돼."

언니가 나에게 말했다.

언니는 쟁반에 줄리언 삼촌의 식사를 차리고 있었다. 노란색 데이지꽃이 그려진 주전자에 뜨거운 우유를 붓고, 작고 뜨거운 사각형 조각으로 토스트를 잘랐다. 삼촌은 너무 크거나 드시기 힘들면 그대로 접시에 남기셨기 때문이다. 아침에 언니는 늘 줄리언 삼촌의 쟁반을 방에 갖다 드렸다. 삼촌은 아파서 밤에 잠을 설치시는데다 가끔은 아침 해가 뜨고 언니가 아침 식사 쟁반을 갖고 들어올 때까지 어둠 속에서 뜬눈으로 기다리고 계셨기 때문이다. 삼촌은 심장에 심한 격통을 느끼시는 날 밤이면 평소보다 알약을 한 알 더 드시고 오전 내내 몽롱하고 멍한 상태로 누워 계시면서 뜨거운 우유 한 모금조차 못 드실 때도 있었지만, 당신 방 옆에 붙은 부엌이나 누워도 보이는 정원에서 언니가 바쁘게 일하는 모습만큼은 보고 싶어 하셨다. 몸 상태가 아주 좋아 언니가 아침 드시라고 부엌으로 모셔 올 때면 삼촌은 구석에 있는 당신의 낡은 책상에 앉아 식사를 하면서 메모들 위에 빵 부스러기를 흘려 가며 원고들을 살펴보셨다.

"나한테 목숨이 좀 더 남았다면 내 손으로 책을 쓸란다. 별로 안 남았다면, 진실에 크게 구애받지 않을 훌륭한 냉소가한테 내가 쓴 기록이 위탁되는 거라도 봐야겠다."

삼촌이 언니에게 늘 하시는 말씀이었다.

나는 줄리언 삼촌한테 더 잘해 드리고 싶은 마음에, 오늘은 삼촌이 아침 식사를 맛있게 하시고 나중에 정원으로 휠체어를 타고 나가 일광욕이라도 하시기를 빌어 보았다.

"혹시 오늘 튤립이 필지도 몰라."

열린 부엌문을 통해 환한 햇빛이 비치는 바깥을 내다보며 내가 말했다.

"내일이나 돼야 필걸."

뭐든지 다 아는 언니가 말했다.

"오늘 돌아다닐 거면 장화를 신어. 숲 속은 아직 꽤 축축할 거야."

"변화가 오고 있어."

"봄이니까 그렇지, 바보야."

언니가 이렇게 말하면서 줄리언 삼촌의 쟁반을 들어 올렸다.

"내가 안 볼 때 도망가면 안 돼. 오늘 할 일이 있거든."

언니가 줄리언 삼촌 방의 문을 열고 아침 인사를 하는 소리가 들렸다. 삼촌 목소리가 지친 걸로 봐서 편찮으신 것 같았다. 언니는 오늘 하루 종일 저분 가까이 있어야 할 것이다.

"얘야, 네 아버지, 집에 들어오셨냐?"

삼촌이 언니에게 물었다.

"아뇨, 오늘은 안 오세요. 베개 하나 더 갖다 드릴게요. 오늘 날씨가 참 좋아요."

콘스턴스 언니가 말했다.

"형님은 바쁜 분이시지. 여보, 연필 줘 봐. 그 말을 적어 놔야겠어. 형님은 아주 바쁜 사람이라고."

줄리언 삼촌이 말했다.

"뜨거운 우유 좀 드세요. 몸이 따뜻해지실 거예요."

"도러시가 아니네. 넌 우리 조카 콘스턴스로구나."

"드세요."

"잘 잤니, 콘스턴스야."

"네, 안녕히 주무셨어요, 삼촌."

나는 강력한 힘을 가진 세 가지 단어, 보호의 주문이 될 세 단어를 고르기로 결정했다. 그 단어를 입 밖으로 소리 내어 말하지 않는 이상 아무 변화도 일어나지 않을 터였다. 나는 숟가락 손잡이 끝에 살구 잼을 묻혀 토스트에 첫 번째 단어로 멜로디라고 쓴 다음, 입에 넣고 얼른 먹어 버렸다. 이걸로 3분의 1은 안전했다. 콘스턴스 언니가 쟁반을 들고 줄리언 삼촌의 방에서 나왔다.

"오늘 아침엔 삼촌이 안 좋으시네. 식사도 거의 남기신데다 너무 피곤해하셔."

"날개 달린 말이 있다면 삼촌을 태우고 달로 갈 텐데. 삼촌도 거기서라면 훨씬 편안하실 거고."

"나중에 내가 모시고 나와서 일광욕을 시켜 드릴 거야. 에그노그•를 약간 만들어 드려야 할지 모르겠다."

"달에선 모든 게 안전하거든."

언니가 딴생각하느라 멍한 얼굴로 내 쪽을 쳐다보았다.

"민들레 잎."

언니가 말했다.

"그리고 순무도. 아침에 채소밭에서 일할 생각이었는데 지금 보니 줄리언 삼촌 곁을 못 떠나겠어. 가만있자, 당근이……."

언니는 생각하면서 손가락으로 탁자를 두드렸다.

"루바브도."

나는 아침을 먹은 접시들을 싱크대로 가져와 내려놓았다. 두 번째 마법의 단어로는 글로스터가 가장 좋아 보여 그걸로 골랐다. 줄리언 삼촌이 뭐든 닥치는 대로 말해 버리자고 작정하게 되면 어떤 단어도 안전하지 않지만, 강력한 단어니 괜찮을 거다.

"삼촌한테 파이를 만들어 드리지그래?"

콘스턴스 언니가 미소를 지었다.

"그 말은 메리캣한테 파이를 만들어 달라는 소리니? 루바브파이 만들까?"

• **에그노그** _ 우유, 크림, 설탕, 거품 낸 달걀, 술 등을 섞어 만드는 단 음료.

"조너스랑 나는 루바브 안 좋아해."

"그래도 색깔은 그게 최고야. 선반 위에 올려 뒀을 때 루바브 잼만큼 색깔이 예쁜 것도 없거든."

"그럼 선반한테 만들어 주든가. 나는 민들레파이 해 줘."

"메리캣도 참."

언니가 말했다. 언니는 파란색 원피스를 입고 있었다. 햇빛은 부엌 바닥에 무늬를 만들며 떨어졌고, 바깥의 정원에선 서서히 다양한 색의 꽃들이 피기 시작하는 참이었다. 조너스는 고양이 세수를 하면서 계단에 앉아 있었고, 언니는 설거지를 하려고 돌아서면서 노래를 부르기 시작했다. 이제 찾아야 할 마법의 단어를 하나 남겨 3분의 2만큼 안전한 상태였다.

시간이 지나도 줄리언 삼촌이 잠든 채 일어나지 않으셔서 언니는 짬을 내서 채소밭으로 뛰어가 되는 대로 거둬 오기로 했다. 그러는 동안 나는 부엌 탁자에 앉아 줄리언 삼촌의 기척을 살피다가 혹시 일어나시면 언니를 부를 수 있도록 대비했는데, 언니가 돌아왔을 때까지도 삼촌은 여전히 주무시고 있었다. 언니가 채소를 씻어 준비해 두는 동안 나는 작고 단 당근을 생으로 먹었다.

"우리 오늘은 봄나물 샐러드 해 먹자."

언니가 말했다.

"우리, 일 년을 다 먹어 없애나 봐. 봄도 먹고 여름도 먹고 가을도 먹고. 뭐든 다 클 때까지 기다렸다 먹어야 되는 거 아냐?"

"메리캣도 참."

언니가 말했다.

부엌 시계로 11시 20분이 되자 언니는 앞치마를 벗고 줄리언 삼촌 쪽을 흘끗 들여다본 뒤, 항상 그렇듯 위층 자기 방으로 올라가 내가 부를 때까지 기다렸다. 내가 현관으로 가서 잠금장치를 풀고 문을 연 바로 그때, 의사의 차가 진입로로 방향을 틀어 막 들어오는 게 보였다. 그는 언제나처럼 헐레벌떡 도착해서는 얼른 차를 세우고 계단을 뛰어 올라왔다.

"안녕하시오, 블랙우드 양."

이렇게 말하고 나를 지나쳐서 홀로 간 의사는 부엌에 당도했을 때쯤엔 벌써 코트를 벗어 식탁 의자 등받이에 걸 준비가 끝나 있었다. 그는 나나 부엌은 살펴보지도 않고 줄리언 삼촌의 방으로 직행했는데, 삼촌 방의 문을 열자 태도가 갑자기 차분하고 부드러워졌다.

의사는 느긋하게 말했다.

"안녕하십니까, 블랙우드 씨. 오늘 좀 괜찮으신가요?"

"늘 오던 양반은 어쩌고?"

줄리언 삼촌이 늘 하던 말씀을 했다.

"잭 메이슨은 왜 안 온 거야?"

메이슨 박사는 식구들이 죽던 그날 밤에 콘스턴스 언니가 연락한 의사였다.

"메이슨 박사는 오늘 못 왔습니다."

디기탈리스 Digitalis/

소량만 복용해도 심장 마비를 일으키는 독초.

씨와 잎에서 강심제 성분을 추출해 약으로 쓰기도 한다.

의사도 늘 하던 말을 했다.

"저는 레비 박사고요. 제가 대신 선생님을 진찰하러 왔습니다."

"잭 메이슨더러 오라고 그래."

"제가 최대한 애써 보겠습니다."

"그 친구보다 내가 더 오래 살 거라고 내 늘 얘기했지."

줄리언 삼촌이 희미하게 웃었다.

"자네 왜 모른 척하는 겐가? 잭 메이슨은 삼 년 전에 죽었는데."

"블랙우드 씨."

의사가 말했다.

"선생님을 환자로 모시게 돼서 기쁩니다."

그는 아주 살며시 문을 닫았다. 나는 세 번째 마법의 단어로 디기탈리스를 고려해 봤으나, 누가 그 말을 할 공산이 너무 컸기 때문에 마지막 순간 페가수스로 결정했다. 나는 장식장에서 유리잔을 하나 꺼내, 그 안에 대고 단어를 또박또박 발음한 다음 물을 채워 마셔 버렸다. 줄리언 삼촌 방의 문이 열렸다. 의사는 문간에 잠시 서 있었다.

"그럼, 잘 기억하시고요, 다음 주 토요일에 뵙겠습니다."

"돌팔이."

줄리언 삼촌이 말했다.

웃음 짓던 의사는 고개를 돌리자마자 미소를 없애고 다시 서두르기 시작했다. 그는 코트를 집어 들고 홀을 가로질렀다. 내가 뒤를 따라 현관문까지 갔을 때는 이미 계단을 내려가고 있었다.

"잘 있어요, 블랙우드 양."

그는 돌아보지도 않고 그렇게 말하더니 차에 올라타자마자 시동을 건 다음 출입구에 다다를 때까지 계속계속 속도를 올리다가 고속 도로를 향해 휙 방향을 틀었다. 나는 현관문을 잠그고 2층으로 올라가는 계단으로 갔다.

"언니?"

내가 불렀다.

"갈게."

언니가 위층에서 대답했다.

"지금 갈게, 메리캣."

줄리언 삼촌은 그 뒤로 좀 좋아지셔서, 따뜻한 오후 햇살을 받으며 밖에 나와 앉아 두 손을 가지런히 무릎 위에서 마주 잡고 반쯤 꿈을 꾸고 계셨다. 나는 삼촌 근처, 어머니가 즐겨 앉던 대리석 벤치에 누웠고, 언니는 땅에 무릎을 꿇고 마치 양손을 식물로 키우는 것처럼 흙 속에 파묻은 채로 흙을 이리저리 반죽하고 뒤집거나 식물의 뿌리를 매만졌다.

"화창한 아침이었다."

이렇게 시작된 줄리언 삼촌의 목소리는 계속해서 이어졌다.

"정말 밝고 화창한 아침이었는데, 누구도 그게 마지막이 될 거라곤 생각도 못 했지. 우리 조카 콘스턴스가 제일 먼저 아래층으로 내려갔다. 나는 잠에서 깨서 그 애가 부엌에서 움직이는 기척을 들었어. 내가 그땐 위층에서 잤거든, 지금도 위층에 올라갈 수는 있지만 그땐 우리 방에서 마누라랑 잤지. 기척을 느끼고 생각하기를, 오늘 아침 날씨 정말 좋구나, 했어. 그땐 그게 마지막이 될 거라곤 꿈에도 생각하지 못했지. 그러더니 그다음엔 토머스가…… 아니, 형님이었구나. 콘스턴스 다음으로는 우리 형님이 내려왔다. 휘파람 소리가 들렸는데……. 콘스턴스야."

"네?"

"형님이 늘상 음을 틀리며 휘파람으로 불곤 했던 노래가 뭐였더라?"

언니는 땅에 손을 짚은 채 생각하더니 부드럽게 허밍으로 노래를 했다. 나는 몸서리를 쳤다.

"맞다, 그거다. 나는 음악 듣는 귀가 참 없어. 누가 어떻게 생기고 무슨 말을 했고 무슨 행동을 했고 그런 건 기억하는데 무슨 노래를 불렀는지는 도통 생각이 안 나더라고. 콘스턴스 다음으로 아래층에 내려온 사람은 형님이었지, 물론 자기 발소리나 휘파람 소리가 사람들을 깨우거나 말거나 전연 신경도 안 쓰고, 내가 아직 자고 있을지 모른단 생각도 안 하고. 내가 이미 깨어 있긴 했지만 말이지."

줄리언 삼촌이 한숨을 쉬더니 고개를 들어 정원을 신기한 듯이 둘러보았다.

"형님은 그날이 이승에서의 마지막 아침이란 걸 몰랐다. 만약 알았다면, 내 생각엔, 좀 자중하셨을지도 모르지. 부엌에서 형님과 콘스턴스 말소리가 들려서 나는 아내한테 그랬어. 그때 아내도 깨어 있었거든. 형님 소리가 오죽 커야지. 그래서 아내한테 내가 그랬지, 당신도 일어나 옷 입어야겠어. 어쨌거나 우리는 형님 내외와 같이 살고 있는 처지였고, 그래서 우리가 붙임성도 있고 필요할 땐 장소를 막론하고 도울 의사가 충분하다는 걸 잊지 않고 보여 드려야만 했으니까. 옷 입고 내려가서 부엌의 콘스턴스한테 가 보라고 했더니 아내는 시키는 대로 했어. 아내도 형수님도 남편 말을 잘 들었지만, 그날 아침은 형수님이 아직 침대에 있더구나. 아마 형수님은 어떤 징조를 느끼고 최대한 이승에서의 휴식을 취하고 싶었는지도 모르겠다. 나는 전부 들었단다. 막내 조카 녀석이 내려가는 소리도 들었고, 나도 옷을 입을 생각을 했어. 콘스턴스야."

"네, 줄리언 삼촌?"

"너도 알겠지만, 당시엔 나도 스스로 옷을 입을 수 있었거든. 비록 그날이 마지막이었다 하더라도 말이다. 스스로 걸어 다닐 수도 있었고, 스스로 옷도 입고, 스스로 먹고, 그러면서도 하나도 안 아팠고. 당시엔 건강한 남자라면 그렇듯이 잠도 잘 잤다. 젊진 않았지만 건강했고 잠도 잘 잤고 스스로 옷도 입었다 이 말씀이야."

"무릎에 담요 덮어 드릴까요?"

"아니, 얘야, 괜찮다. 불효녀라 의심받을 근거는 좀 있을지언정 그래도 넌 아주 착한 조카였다. 내가 내려가기 전에 형수님이 먼저 내려갔지. 우리는 아침 식사로 팬케이크, 작고 얇고 뜨거운 팬케이크를 먹었고, 형님은 따로 부친 달걀 두 개를, 그리고 내 아내는…… 형님네랑 같이 사니까 너무 많이 먹진 말라고 일러두긴 했다만…… 소시지를 꽤나 먹었지. 집에서 손수 만든 소시지로, 콘스턴스가 만든 거였는데. 콘스턴스야."

"네, 줄리언 삼촌?"

"그게 아내의 마지막 아침 식사라는 걸 알았다면 까짓 소시지 더 먹으라고 했을 것 같다. 지금 생각해 보니 새삼 놀랍구나, 아무도 그게 자기들 마지막 아침이 될 거라 의심하지 않았던 게. 그랬다면 식구들도 아내가 소시지 더 먹는다고 구박하지 않았을지도 모르는데. 형님은 가끔 아내랑 나, 우리 둘이 먹는 거 갖고 한마디씩 하시곤 했어. 우리가 너무 욕심부리지만 않으면 형님도 참 공정한데다 결코 음식 때문에 치사하게 구는 분은 아니셨는데. 콘스턴스야, 그날 아침에 내 아내가 소시지 덜어 가는 걸 형님이 보고 있더라고. 쳐다보는 걸 내가 봤어. 콘스턴스야, 우리가 형님 물건을 얼마나 아껴 썼는데. 형님은 팬케이크에 부친 달걀에 소시지까지 들고 있었는데도 나는 그때 형님이 아내한테 한 소리 하겠구나 싶더라니까. 막내 조카 녀석은 엄청 먹었는데도. 그날 특히 아침 식사가 맛있어서 참 좋았지."

"다음 주에 소시지 만들어 드릴 수 있어요, 줄리언 삼촌. 집에서 만든 소시지는 조금만 드신다면 삼촌 몸에도 괜찮을 거예요."

"우리가 너무 많이 가져가지만 않으면 형님은 절대 쩨쩨하게 굴지 않았어. 아내는 설거지도 도와줬고."

"저도 숙모님이 참 고마웠어요."

"지금 생각하면 그보다 일을 더 했는지도 몰라. 제 만동서 말벗도 하고, 우리 옷을 준비하고, 오전 설거지를 돕고 하면서. 형님이 그래 보여도 우리 마누라가 보기보다 일을 더 많이 했다는 걸 짐작하셨을 거라 믿는다. 그날은 일 때문에 누구 만나러 아침 식사 후에 나가셨는데."

"정자를 짓고 싶어 하셨거든요. 포도 덩굴이 우거진 정자를 지어 볼까 계획하셨죠."

"그것참 안됐구나. 그럼 우리도 지금쯤 우리 집 포도로 만든 잼을 먹고 있을지도 모르잖냐. 나는 항상 형님이 자리를 뜨고 나야 말이 더 잘 나왔단다. 그날 아침 내가 숙녀분들을 많이 웃겨 드렸던 일, 우리가 여기 정원에 앉아 있었던 일이 기억난다. 우리는 음악 얘기를 했었지. 아내는 연주를 정식으로 배운 적은 없어도 음악에 식견이 있었단다. 형수님은 손놀림이 고상했고. 다들 형수님 솜씨가 고상하다고들 했고 보통 저녁때면 직접 연주도 하셨다. 물론 그날 저녁은 아니지만. 그날 저녁엔 형수님 연주를 들을 수 없었지. 아침에만 해도 평소처럼 오늘 저녁에도 형수님 연주를 듣겠구나 했건만. 콘스턴스야, 그날 아침 정원에서 내가 얼마나 즐겁게 해 주었는지 기억나냐?"

"저는 그때 채소밭에서 잡초 뽑고 있었어요."

콘스턴스 언니가 말했다.

"다들 왁자지껄하게 웃는 소리는 들었죠."

"내가 그때 꽤 사람들을 웃겼단다. 지금 생각하면 그때 그래서 다행이다 싶다."

손을 이렇게 포갰다 저렇게 포갰다 하면서 삼촌은 잠시 말이 없었다. 나는 삼촌한테 더 잘해 드리고 싶었지만 손을 대신 포개 드릴 순 없었고, 내가 갖다 드릴 수 있는 것 역시 아무것도 없었으므로, 그냥 가만히 누워서 삼촌 말만 들었다. 언니는 이파리 하나를 쳐다보며 얼굴을 찡그렸다. 잔디밭 위로 그림자들이 부드럽게 움직였다.

줄리언 삼촌이 마침내 울적하고 가느다란 목소리로 말했다.

"막내 조카 녀석은 어디 가고 없었어. 갠 어디 가고 없었지. 그 애가 낚시하고 있었더냐, 콘스턴스?"

"밤나무를 오르고 있었어요."

"맞다. 기억난다. 전부 선명하게 기억나, 얘야, 그리고 전부 잘 적어 놓기도 했고. 최후의 아침이라 할 그날 일을 난 잊고 싶지 않다. 그 녀석은 밤나무에 올라가서 높은 데서 우릴 내려다보면서 소리를 질렀고, 형수님이 야단치기 전까지 잔가지들을 던져 댔지. 형수님은 머리에 잔가지들이 떨어지는 걸 싫어했고 우리 아내도 싫어했지만 절대로 그런 말을 먼저 꺼내는 사람은 아니었어. 콘스턴스야, 내 생각엔 아내가 네 엄마한테 깍듯했다 싶다. 안 그랬다고 생각하긴 싫구나. 우린 형님 집에 얹혀살면서 형님 음식을 축냈으니까. 형님은 점심 식사를 하러 집에 돌아왔지."

언니가 말했다.

"레어빗•을 먹었죠. 제가 오전 내내 채소밭에서 일하느라 점심은 빨리 되는 걸로 만들어야 했거든요."

"우리가 먹은 건 레어빗이었다. 난 왜 비소를 레어빗에 넣지 않은 걸까 자주 궁금해했단다. 흥미로운 점이라 내 책에서도 강력하게 제기할 의문이지. 비소를 왜 레어빗에 넣지 않았을까? 최후의 날 다들 목숨 몇 시간을 더 잃었겠지만, 점심에다 넣었다면 모든 게 훨씬 더 빨리 끝났을 텐데 말이다. 콘스턴스야, 네가 만드는 식사 메뉴 중에 내가 정말정말 싫어하는 게 딱 한 가지 있다면 그게 레어빗이다. 난 레어빗은 거들떠도 안 봤어."

"알아요, 줄리언 삼촌. 저도 삼촌한테는 절대 안 드리잖아요."

"비소 넣기엔 안성맞춤이었을 텐데. 기억하기론 나는 대신 샐러드를 먹었다. 디저트로는 전날 저녁때 남은 사과 푸딩을 먹었고."

언니가 일어나 손에서 흙을 털었다.

"해가 지네요. 안으로 모시지 않으면 추우실 거예요."

"레어빗에 넣는 게 훨씬 안성맞춤이었을 텐데, 콘스턴스야. 그때 이 점이 전혀 부각되지 않은 게 이상해. 알다시피 비소는 아무 맛도 안 나잖냐. 단언하지만 레어빗은 정반대고. 지금 어디로 가는 거냐?"

"안으로요. 저녁 식사 드실 때까지 한 시간 동안은 방에서 쉬시고, 저녁 먹고 괜찮으시면 제가 한 곡 연주해 드릴게요."

"얘야, 난 이제 시간이 없다. 기억하고 적어야 할 세세한 부분들이 얼마나 많은데, 일 분도 지체할 수가 없어. 마지막 날에서 그 어떤 작은 것도 놓치고 싶지 않아. 내 책은 완결을 봐야 돼. 내가 보기에 그날은 전반적으로 식구 모두에게 즐거운 날이었고, 당연히 최후의 날이란 걸 몰랐던 게 훨씬 행운이었지. 콘스턴스야, 좀 추운 것 같구나."

"잠시 후면 삼촌 방으로 들어가 편안해지실 거예요."

나는 어두워지는 정원을 마지못해 떠나, 천천히 두 사람 뒤를 따라갔다. 조너스도 집의 불빛을 향해 움직이며 내 뒤를 따랐다. 조너스와 내가 안으로 들어왔을 때 막 줄리언 삼촌 방의 문을 닫은 언니는 나를 보더니 살짝 미소를 지어 보였다.

"벌써 거의 잠드셨어."

언니가 부드럽게 말했다.

"내가 줄리언 삼촌만큼 나이가 들면 언니가 돌봐 줄 거야?"

"내가 살아 있으면."

언니 대답에 나는 오싹했다. 조너스를 안고 단골 구석 자리에 앉은 나는 언니가 밝은 부엌에서 이리저리 소리 없이 신속하게 움직이는 걸 지켜보았다. 몇 분 후 언니는 식당에다 셋이 먹을 저녁상

● **레어빗** _ 치즈와 각종 향신료를 함께 넣고 녹여서 토스트 위에 부어 뜨겁게 내는 요리.

차릴 준비를 해 달라고 했다. 저녁을 먹고 나면 밤이 될 거고 그럼 우리는 다 같이 따뜻하게 부엌에 모여 앉아 있을 것이다. 집이 지켜 주는 덕분에 밖에서는 아무도 빛조차 훔쳐볼 수 없는 그곳에.

004

일요일 아침, 변화는 하루 더 가까워졌다. 나는 세 가지 마법 단어를 생각하지 않기로 단호하게 결심했고 떠올리지도 않을 생각이었지만, 변화의 기운이 너무 막강해서 도무지 피할 방도가 없었다. 변화는 계단과 부엌과 정원 위로 안개처럼 드리워 있었다. 마법 단어 세 개가 뭔지는 잊지 않는다. '멜로디 글로스터 페가수스'지만 떠올리지 않을 거다. 일요일 아침에 날씨가 불안정한 걸 보니 조너스가 예의 소란을 피울 것 같았다. 햇빛이 부엌 안으로 비춰 들긴 했지만 하늘에서는 구름들이 빨리빨리 움직였고, 내가 아침을 먹는 동안 부엌에는 잠깐씩 날카로운 바람이 드나들었다.

"오늘 돌아다닐 거면 장화 신어라."

언니가 나한테 일렀다.

“오늘은 줄리언 삼촌이 바깥에 못 나와 계시겠는데. 삼촌한텐 너무 추운 날씨야.”

“봄 날씨가 그렇지, 뭐.”

이렇게 말한 언니는 정원을 보면서 미소를 지었다.

“언니 사랑해.”

“나도 너 사랑해. 우리 실없는 메리캣.”

“줄리언 삼촌은 오늘 좀 나아지셨어?”

“그렇진 않아. 네가 자고 있을 때 아침 식사 갖다 드렸는데, 지쳐 보이신다 싶더라. 밤사이 약을 한 알 더 드셨다던데. 점점 나빠지시는 건지도 몰라.”

“삼촌 걱정돼?”

“그래. 아주 많이.”

“돌아가실까?”

“오늘 아침에 삼촌이 뭐라시는지 아니?”

콘스턴스 언니가 뒤로 돌더니 싱크대에 기대서서 슬픈 얼굴로 나를 쳐다봤다.

“나를 도러시 숙모라고 생각하시더라고. 내 손을 잡고 이러셨어. ‘다 늙어서 여기 가만히 누워 언제 죽을까, 이러고 있는 게 참 끔찍해, 여보.’ 공포에 질릴 뻔했어, 나는.”

“나더러 달로 모셔 가라고 하지 그랬어.”

"뜨거운 우유를 드리니까 그제야 내가 누군지 알아보시더라."

나는 콘스턴스 언니와 도러시 숙모 둘 다 줄리언 삼촌을 돌봤으니 삼촌은 아주아주 행복했을 거라는 생각이 들었고, 길고 가는 모양의 물건을 보면 줄리언 삼촌한테 더 잘해 드려야지 하고 속으로 혼자 약속했다. 오늘은 길고 가는 물건의 날이 될 예정이었다. 이미 내 칫솔에 머리카락 한 올이 걸려 있었고, 내가 앉은 의자 한쪽 옆에는 끈 조각이 끼어 있었던데다 계단에서 떨어져 나온 쪼개진 나뭇조각도 봤기 때문이었다.

"푸딩 좀 만들어 드려."

내가 말했다.

"그럴까 봐. 아님 코코아라도. 오늘 밤 삼촌이 드실 닭 요리에 완자도 곁들이려고."

언니는 저미는 용도의 길고 가느다란 칼을 꺼내 싱크대 위에 준비했다.

"나도 도와줄까?"

"아냐, 우리 메리캣. 나가서 놀아. 장화는 꼭 신고."

바깥은 자리를 바꿔 가며 움직이는 햇빛 줄기로 가득했고, 조너스는 내 뒤를 따라오면서 그림자들 안으로 들어갔다 나왔다 하며 연신 춤을 추었다. 내가 뛰면 조너스도 뛰었고, 멈춰서 가만히 서 있으면 조너스도 멈추고 나를 쳐다보았다가, 마치 모르는 사이인 양 이내 활기차게 다른 방향으로 가더니 내가 올 때까지 기다렸다 다시 뛰려고 앉았다. 우리는 마치 바다처럼 보이는 넓은 들판으로 향했다. 실제로 바다를 본 적은 없었지만 말이다. 미풍에 풀들이 남실거렸고 구름이 만든 그림자들이 앞서거니 뒤서거니 움직이는 사이로 먼 데 있는 나무들이 흔들렸다. 걸을 때 손이 닿을 만큼 많이 자란 풀들 사이로 조너스가 사라지더니, 특유의 구부정한 몸짓을 이것저것 해 보였다. 조너스는 바람에 떠밀려 잠시 동안 전부 한쪽으로 누운 풀들 사이로 뛰어가며 뭔가가 급히 풀밭을 지나가는 형태를 만들어 냈다. 나는 들판의 한쪽 모퉁이에서 출발해 들판을 대각선으로 가로질러 걸어갔다. 길 중간에 인형이 묻혀 있는 지점을 나타내는 돌이 있었다. 내가 묻은 많은 보물이 영원히 오리무중인 데 비해 이것만큼은 늘 찾아낼 수가 있었다. 돌은 누가 손댄 흔적 없이 그대로였고 인형도 무사했다. 나는 생각했다. 지금 나는 손에 와 닿는 풀의 감촉을 느끼며 땅에 묻힌 보물 위를 걷고 있고, 남실거리는 풀밭이 넓게 펼쳐진 들판과 들판 가장자리에 있는 소나무 숲을 빼면 내 주변에는 아무것도 없다고. 내 뒤로는 우리 집만 있고 내 왼쪽 저 멀리로는 나무에 가려지고 육안으로는 거의 보이지도 않는, 사람들이 들어오지 못하게 아버지가 만들어 놓은 철조망뿐이었다.

들판을 떠나 우리가 과수원이라고 부르는 네 그루 사과나무 사이로 들어가서 강으로 이어지는 오솔길을 따라갔다. 강가에 묻어 놓은 일 달러 은화 모음 상자는 무사했다. 밖에서는 거의 안 보이는 강 근처에 내 은신처 중 하나가 있었다. 내가 심혈을 기울여 만들어 놓고 자주 이용하는 곳이었다. 낮은 덤불 두세 그루를 뽑아 버리고 땅을 반반하게 골라 만든 곳인데, 주변은 온통 덤불숲과 나뭇가지들로 덮여 있었고, 입구는 땅에 닿을 듯한 가지 하나로 가려져 있었다. 어차피 여기로 날 찾으러 올 사람이라곤 아무도 없었으므로 이렇게까지 비밀스럽게 만들 이유는 없었으나, 이 안에 조너스랑 누워 아무도 날 못 찾을 거라 느끼는 그 기분이 좋았다. 나뭇잎과 잔가지를 모아 누울 자리를 만들었다. 콘스턴스 언니가 나한테 준 담요도 있었다. 주변이나 머리 위로 보이는 나무들이 꽤나 울창한 덕에 이 안은 늘 뽀송했으며, 일요일 아침이면 나는 조너스와 같이 여기 누워 녀석의 얘기를 들었다. 고양이들이 하는 얘기란 항상 선언으로 시작한다.

"이 집 첫 번째 고양이였던 우리 엄마가 이런 얘기를 해 줬어."

누운 나는 머리를 조너스 쪽으로 기울이고 들으며 생각했다. 닥쳐올 변화 같은 건 없어. 봄만 가득한걸. 그렇게 두려워하다니 내가 틀렸지. 날씨는 점점 더 따뜻해질 거고, 줄리언 삼촌은 햇빛을 받으며 앉아 계실 거고, 언니는 정원에서 일하면서 웃을 거고, 그렇게 모든 게 그대로일 거야. 조너스의 얘기는 끝이 없었다("그리고 우린 야옹야옹 노래했어! 그리고 우린 야옹야옹 노래했어!"). 머리 위 나뭇잎들은 바람에 움직였으며 모든 게 그렇게 그대로였다.

나는 강 근처에서 새끼 뱀들이 있는 둥지를 발견해 다 죽여 버렸다. 난 뱀이 싫었다. 콘스턴스 언니도 그러지 말라고 말린 적이 없었다. 집으로 돌아가던 길에는 아주 안 좋은 징조, 최악의 징조를 발견했다. 소나무 숲 속 나무에 못으로 박아 뒀던 책이 떨어져 있었던 거다. 못은 녹슬어서 못 쓰게 됐고 책은(아버지가 생전에 쓰시던 작은 공책으로, 돈을 빌려 간 사람들과 아버지 생각에 당신 부탁이라면 당연히 들어줘야 할 사람들 이름이 씌어 있었다) 이제 보호책으로는 무용지물이었다. 나무에 못 박기 전에 두꺼운 종이로 책을 철저하게 싸 두었는데도 못이 녹슬자 책은 땅에 떨어졌다. 혹시 나쁜 기운이 살아날지도 모르니 이 책은 없애 버리고 뭔가 다른 것, 예를 들어 어머니의 스카프나 장갑을 가져오는 게 좋을 것이었다. 그땐 미처 몰랐지만 그래 봤자 이미 늦은 상태였다. 그 남자는 벌써 집으로 오고 있었다. 내가 책을 발견할 때쯤 그는 진작 여행 가방을 우체국에 맡기고 우리 집으로 오는 길을 묻고 있었을 거다. 조너스와 나는 그저 배고픔이나 느끼면서, 집으로 뛰어가 바람을 일으키며 부엌으로 들어갔다.

"너 정말 잊어버려서 장화를 안 신고 간 거니?"

콘스턴스 언니는 얼굴을 찡그리려다 그냥 웃어 버렸다.

"메리캣도 참."

"조너스는 장화가 없어. 날씨 진짜 좋더라."

"내일쯤 우리 버섯 따러 가자."

"조너스랑 나는 오늘 배가 고픈데."

그때쯤 그는 벌써 검은 바위를 향해 마을을 통과하고 있었다.

다들 지나가는 그를 쳐다보며 궁금해하고 속닥거렸다.

줄리언 삼촌이 예전에 말했던 대로 우리는 그날이 우리의 평화롭고 느긋한 시절의 마지막 날이라는 걸 전혀 깨닫지 못했다. 콘스턴스 언니와 나는 히히덕거리며 점심을 먹었다. 우리가 행복해하는 바로 그때, 잠긴 출입문을 열어 보던 그가 오솔길을 들여다보고 숲을 헤매다가 아버지의 철조망 근처에서 잠시 멈춰 서 있다는 것도 모르고. 부엌에 앉아 있을 때 비가 내리기 시작해서, 우리는 비가 문간에서 흘러내려 정원을 적시는 게 보이도록 부엌문을 열었다. 콘스턴스 언니는 만족해했는데, 훌륭한 정원사라면 누구나 비에 대해 느낄 만한 감정이었다.

"이제 좀만 있으면 저기도 색깔이 화려해질 거야."

언니가 말했다.

"우린 언제나 여기 함께 있을 거야, 그렇지, 언니?"

"넌 여길 떠나고 싶지 않니, 메리캣?"

"우리가 갈 데가 있어? 우리한테 여기보다 좋은 데가 어디 있다고 그래? 저 밖에 우릴 원하는 사람이 누가 있어? 세상은 끔찍한 사람들 천지인데."

"난 가끔 궁금해."

언니는 잠깐 동안 아주 진지해졌지만 이내 몸을 돌려 나를 보고 웃어 보였다.

"걱정하지 마, 우리 메리캣. 나쁜 일은 하나도 일어나지 않을 거야."

내가 겨우 일이 분 정도 지나 그를 보았으니 그때가 바로 그가 출입구를 발견해 빗속에서 허겁지겁 진입로로 들어오기 시작한 순간이었을 거다. 그 일이 분 동안 나는 정말 많은 일을 할 수 있었다. 어떻게든 언니에게 주의를 줬을 수도 있고, 더 안전한 새 마법 단어를 생각해 냈을지도 모르고, 탁자로 부엌 문간을 막았을 수도 있다. 그러나 나는 그때 숟가락으로 장난을 치고, 조너스를 쳐다보고, 언니가 오한이 들자 이런 말이나 하고 있었다.

"스웨터 갖다 줄게."

그래서 그가 현관 계단을 올라올 때 나는 홀로 가는 중이었다. 식당 창문을 통해 그를 본 나는 잠깐 동안 얼어붙은 채 숨을 쉴 수가 없었다. 현관문이 잠겨 있다는 건 알고 있었다. 제일 먼저 그것부터 생각했다.

"콘스턴스 언니, 누가 밖에 있어. 부엌문 잠가, 얼른."

나는 움직이지 않고 조용히 말했다.

부엌에서 언니가 움직이는 소리가 들리기에 언니가 내 목소리를 들었으려니 했는데, 마침 줄리언 삼촌이 언니를 불러 그쪽으로 가 버린 터라 우리 집의 심장부가 텅텅 비고 말았다. 나는 현관문으로 달려가 기대어 서서 바깥에서 나는 발걸음 소리를 들었다. 그는 처음엔 부드럽게 문을 노크하다가 나중엔 쾅쾅 두드렸다. 나는 문에 기대어 노크 소리를 온몸으로 느끼면서 그가 지금 얼마나 가까이 있는지를 깨달았다. 나는 그가 나쁜 사람들 쪽이란 걸 대번에 알았다. 흘깃 본 얼굴로는 우리 집을 뱅뱅 돌면서 들어오려고 하고 창문을 들여다보고 찔러 보고 당겨 보고 기념품으로 우리 집 물건을 훔쳤던 나쁜 사람들 쪽이 확실했다.

그가 또다시 노크하더니 이번엔 소리 내 불렀다.

"콘스턴스? 콘스턴스 있어?"

하긴, 언니 이름이야 다들 알고 있다. 다들 언니 이름과 삼촌 이름과 언니 머리 모양이 어떻고 법정에서 입었던 원피스 세 벌 색깔이 뭐였는지 언니 나이가 몇 살인지 어떤 식으로 말하고 움직이는지 알고 있었고, 기회가 되면 얼굴을 빤히 들여다보면서 우는지 안 우는지 살폈다.

"콘스턴스 만나러 왔습니다."

그는 밖에서 이렇게 말했는데, 다들 꼭 그렇게 말했다.

누구건 그런 사람들이 왔던 때로부터 지금은 한참 시간이 흘렀건만 나는 그들 때문에 어떤 기분이 들었는지 하나도 잊지 않고 있었다. 처음엔 항상 다들 콘스턴스 언니를 보고 싶다는 일념으로 그 자리에 나타나서 언니를 기다렸다.

"저기 봐."

그들은 서로를 쿡쿡 찌르면서 손가락으로 가리키며 말했다.

"저 여자 저기 간다. 저 사람이야, 저게 바로 콘스턴스야."

"살인자 같아 보이진 않는데, 안 그래?"

그들은 서로 그렇게 말했다.

"잘 들어, 다음에 저 여자 다시 나오면 사진 찍을 수 있나 좀 봐."

"이 꽃이나 좀 꺾어 가자."

"정원에서 돌멩이든 뭐든 가져가자. 집에 갖고 가서 애들 보여 주게."

그들은 제 것인 양 아주 편하게 말했었다.

"콘스턴스?"

그가 밖에서 말했다.

"콘스턴스 없어?"

그는 다시 노크했다.

"콘스턴스를 만나러 왔습니다. 중요한 얘기가 있어요."

문을 밀든 밖에서 소리를 지르든 전화를 걸든 끔찍하고 소름끼치는 편지를 보내든 다들 언니한테 중요한 뭔가를 말하고 싶어 했다. 가끔 줄리언 블랙우드를 부를 때도 있었지만, 나를 보자고 하는 사람은 없었다. 그날 나는 저녁을 먹지 않고 방에서 근신했었다. 법정에 서는 게 금지됐고, 아무도 내 사진은 찍지 않았다. 다들 법정에서 언니를 보고 있는 동안 나는 고아원의 간이 침대에 누워 천장을 쳐다보면서 속으로 다들 죽어 버리기를 빌며 언니가 와서 집으로 데려가기만을 기다렸다.

"콘스턴스, 내 목소리 들리니? 제발 잠깐만 내 말 좀 들어 봐."

그가 밖에서 불렀다.

문 안쪽에서 나는 숨소리가 그에게 들리면 어쩌나 싶었다. 이다음에 그가 어떻게 할지 알고 있었다. 눈에 손차양을 만들어 비를 막으면서 집에서 몇 걸음 물러난 다음, 혹시 누가 내려다보지 않나 위층 창문을 쳐다볼 거다. 그러고는 언니와 나만 이용하는 조그만 길을 따라 집 옆쪽으로 가겠지. 옆문을 발견하면, 우리는 절대로 열지 않겠지만, 거기서도 콘스턴스 언니를 부르며 문을 두드릴 것이다. 현관문도 옆문도 안 열어 주면 경우에 따라 그들은 물러가기도 했다. 여기 왔다는 사실 자체가 막연하게나마 창피한 사람들, 제대로 볼 것도 없는데 차라리 여기 올 시간을 아끼거나 다른 데라도 갈걸 그랬다 싶어 하는, 애당초 애써 여기까지 올 생각도 말았어야 했는데 하고 후회하는 사람들은 안에 들어가 언니를 볼 수 없다는 사실을 알게 되자마자 얼른 자리를 떴다. 그러나 문마다 열어 보고 창문마다 두드려 가며 뱅글뱅글 우리 집 주위를 도는 끈질긴 사람들도 있었다. 나는 그들이 진입로에 시체로 뒹굴기를 바랐다.

"우리는 그녀를 만나 볼 권리가 있어."

그들은 그렇게 소리를 지르곤 했다.

"그 여자가 그 사람들을 다 죽였지, 그렇지?"

그들은 계단 앞까지 차를 몰고 와 주차를 했다. 대부분은 차창이 닫혔는지 차 문이 잘 잠겼는지 주의 깊게 확인하고는 우리 집을 쾅쾅 두들기면서 언니를 불러 댔다. 그들은 우리 집 잔디밭에서 소풍을 하고 우리 집 정면을 배경으로 돌아가며 사진을 찍고 자기들

개를 우리 집 정원에 풀어 놨다. 그들은 자기들 이름을 우리 집 벽과 현관문에 낙서했다.

"제발 좀, 나 진짜 들여보내 줘야 돼."

그가 밖에서 말했다.

계단을 내려가는 소리가 들리기에 지금쯤 위를 올려다보고 있겠구나 했다. 창문은 전부 잠겨 있었다. 옆문도 잠겨 있었다. 문 양쪽으로 나 있는 길고 좁은 유리 조각창으로 내다보는 짓은 안 하는 편이 나았다. 아주 조금만 움직여도 그들은 대번에 알아차렸다. 내가 응접실의 얇은 커튼을 살짝만 건드린다 쳐도, 저 남자는 집 쪽으로 달려오며 "저기다, 그 여자가 저기 있다" 하고 소리를 지를 것이다. 나는 현관문에 기대선 채, 문을 열었을 때 그가 진입로에 죽어 있는 모습을 발견하는 상상을 했다.

위층 창문에 늘 가리개가 쳐져 있는 탓에 대답 없이 텅 빈 얼굴로 자기를 내려다보는 듯한 이 집을, 그는 마주 쳐다보고 있었다. 그는 거기서 대답을 들을 수 없을 것이다. 나는 언니가 오한을 더 느끼기 전에 스웨터를 갖다 줘야 했다. 위층으로 올라가는 건 안전했지만 그가 밖에서 답을 기다리는 동안에 언니에게 합류하고 싶었으므로, 얼른 계단으로 뛰어 올라가 언니 방의 의자에서 스웨터를 낚아챈 다음 아래층으로 다시 뛰어 내려와 홀을 가로질러 부엌에 들어섰다. 그런데 탁자 앞 내 의자에 그가 앉아 있었다.

"나한테 마법 단어 세 개가 있어."

스웨터를 손에 쥐고 내가 말했다.

"멜로디 글로스터 페가수스 세 단어를 누가 입 밖으로 소리 내기 전까진 우린 안전했단 말이야."

"메리캣."

나를 부른 언니는 몸을 돌려 나와 눈을 마주하곤 미소 지었다.

"우리 사촌이야. 찰스 블랙우드. 보자마자 딱 알겠더라. 아버지를 닮았거든."

"그래, 메리구나."

그가 자리에서 일어섰다. 안에서 보니 그의 키는 더 컸고, 나한테 다가오면서는 점점 더 커졌다.

"네 사촌 찰스한테 키스해 주겠니?"

그의 뒤로 부엌문이 활짝 열려 있었다. 그는 이 안으로 들어온 첫 번째 사람이었다. 언니가 들인 것이었다. 언니가 일어섰다. 지금 나를 안 건드리는 게 좋다는 걸 알고 있을 텐데도 언니는 부드럽게 "메리캣, 메리캣" 하고 부르면서 나를 향해 팔을 뻗었다. 나는 철사로 꽁꽁 묶여 꽉 붙들린 채 숨을 쉴 수가 없었다. 도망쳐야 했다. 스웨터를 바닥에 던지고 문밖으로 나가 늘 가던 강으로 갔다. 조금 있다 조너스가 나를 찾아와서 함께 누웠다. 머리 위로 풍성한 나뭇가지를 드리운 나무들은 마치 내 비밀을 다 알고 놔 주지 않겠다는 듯 빽빽이 들어차 나를 짓눌렀다. 어둑하니 모인 나무들은 비를 막았다. 나는 나무들을 마주 쳐다보면서 잔잔하게 흐르는 물소리를 들었다. 저 안에는 그 어떤 사촌도, 찰스 블랙우드도, 침입자도 없었다. 이게 다 책이 나무에서 떨어졌기 때문이었다. 즉시 그 자리에서 교체하는 걸 소홀히 했더니 보호의 벽에 금이 가 버렸다. 내일이 되면 강력한 걸로 새로 하나 찾아서 나무에 못 박아야겠다. 땅거미가 지기 시작할 때쯤 나는 조너스가 내는 소리를 들으며 잠이 들었다. 한밤중에 나를 두고 사냥을 나갔던 조너스가 돌아와 몸을 녹이려고 나한테 몸을 부빌 때 어렴풋이 잠이 깼다.

"조너스."

내가 부르자 녀석이 편안하게 가르랑거렸다. 잠을 자고 일어나자 이른 아침 안개가 가볍게 강을 따라 어슬렁거리고 얼굴 주변을 휘감으며 살갗에 닿았다. 나는 공기로 된 붓 같은 안개의 촉감을 눈주위로 느끼고 머리 위의 나무들을 쳐다보면서, 소리 내어 웃으며 거기 누워 있었다.

강가에서 달고 온 안개 조각이 몸에 붙은 채로 부엌으로 들어갔을 때, 언니는 줄리언 삼촌의 아침 식사 쟁반에 음식을 놓고 있었다. 뜨거운 우유가 아닌 차를 준비하는 걸 보니 오늘 아침엔 줄리언 삼촌의 상태가 좋아진 것이 분명했다. 필시 아침에 일찍 일어나서 차를 달라고 하셨으리라. 내가 다가가 두 팔로 감싸자 언니는 몸을 돌려 나를 안았다.

"잘 잤니, 우리 메리캣."

"잘 잤어, 우리 콘스턴스 언니. 줄리언 삼촌은 오늘 나아지셨어?"

"훨씬, 훨씬 좋으셔. 어제 비가 왔으니 오늘은 화창할 거야. 오늘 저녁 식사 땐 우리 메리캣한테 초콜릿 무스를 만들어 줄게."

"사랑해, 언니."

"나도 사랑해. 자, 그럼 아침은 뭘로 먹을래?"

"팬케이크. 작은 크기로 뜨겁게. 달걀도 두 개 부쳐 줘. 오늘 내 날개 달린 말이 오면 언니를 데리고 달로 가서 같이 장미 꽃잎을 먹을 거야."

"어떤 장미 꽃잎에는 독이 있는데."

"달에서는 안 그래. 언니는 정말 이파리 하나만 있어도 땅에 심어 키울 수 있어?"

"어떤 잎은 가능해. 보드라운 털이 덮인 잎 종류는. 그걸 물에 넣어 두면 뿌리가 자라고, 그다음 꺼내서 땅에 심으면 그대로 한 그루 묘목처럼 자라는 거지. 물론 맨 처음에는 보통 묘목 같지가 않고 묘목 비슷한 거라고 해야겠지만."

"그 점은 아쉽네. 잘 잤니, 조너스. 가만 보니 너도 보드라운 털이 덮인 잎인가 보다."

"메리캣도 참."

"나는 색다른 묘목으로 자라는 이파리가 좋아. 완전 털투성이로."

언니는 웃고 있었다.

"네 말 듣고 있다가는 줄리언 삼촌이 아침 식사를 영영 못 하시겠다."

그러곤 쟁반을 들고 삼촌 방으로 들어갔다.

"따끈한 차가 왔습니다."

"어이구, 우리 콘스턴스구나. 오늘 아침은 찬란해. 일하기에 더할 나위 없는 날이야."

"햇볕 아래서 일광욕하기에도요."

조너스는 햇빛이 비치는 문간에 앉아 고양이 세수를 하고 있었다. 배가 고팠다. 혹시 잔디밭 위, 줄리언 삼촌의 휠체어가 놓일 자리에 깃털을 하나 놔둔다면 오늘 줄리언 삼촌에게 좋지 않을까? 잔디밭만큼은 아무것도 묻으면 안 되니까. 달에서 우리는 머리에 깃털을 꽂고 손에는 루비 반지를 꼈다. 달에서 우리는 황금 숟가락을 썼다.

"오늘이 새로운 장章을 시작하기 좋은 날일지도 모르겠다. 콘스턴스야."

"네, 줄리언 삼촌?"

"네가 보기에 내가 오늘 제44장을 쓰기 시작해야 할 것 같으냐?"

"그럼요."

"이미 쓴 장들도 약간씩 손질을 해야 할 텐데, 이런 건 좀체 끝이 나지 않는 일이라."

"머리 빗어 드릴까요?"

"고맙지만 오늘 아침엔 내가 빗을까 싶다. 어쨌든 남자가 되어 갖고 내 머리는 내가 책임져야지. 잼이 안 보이는데."

"갖다 드릴까요?"

"아니다. 어쩌다 보니 벌써 토스트도 다 먹었구나. 콘스턴스야, 점심에는 불에 구운 간 요리를 먹고 싶다만."

"해 드릴게요. 쟁반 내갈까요?"

"그래, 고맙다. 이제 머리를 빗으마."

언니가 부엌으로 돌아와 쟁반을 내려놓았다.

"이제 네 차례구나, 우리 메리캣."

"그리고 조너스도."

"조너스는 한참 전에 아침 먹었어."

"내 몫으로 잎을 하나 심어 줄래?"

"조만간 해 줄게."

언니는 고개를 돌려 잠시 귀를 기울이더니 말했다.

"아직 자나 보다."

"누가 아직 자는데? 잎 자라는 건 볼 수 있는 거야?"

"찰스가 아직 잔다고."

언니가 이렇게 말하는 순간 그날 전체가 내 주변으로 무너져 산산조각 났다. 문간의 조너스도 보였고 스토브 옆의 언니도 보였지만 내 눈엔 모두 흑백이었다. 나는 숨이 막혔고, 꽁꽁 묶여 있었고, 모든 게 싸늘해졌다.

"그 남잔 유령이었어."

내가 말했다.

콘스턴스 언니가 하하 웃는 소리가 현실이 아닌 것처럼 아득하게 들렸다.

"그럼 유령이 아버지 침대에서 자고 있네. 게다가 유령인데 어젯밤에는 밥도 푸짐하게 먹었고. 너 없는 동안."

"그 남자가 오는 꿈을 꿨어. 마당에서 잠이 들었다가 그가 오는 꿈을 꿨는데 꿈에서 내가 쫓아 보냈어."

나는 꽉 묶여 있었다. 언니가 내 말을 믿어 준다면 다시 숨 쉴 수 있으리라.

"그 사람이랑 나랑 어젯밤에 얘기 정말 많이 했는데?"

"가서 봐."

숨을 참으며 내가 말했다.

"가서 확인해 보라고. 그 남자 없다니까."

"메리캣도 참."

나는 도망갈 수 없었다. 언니를 도와야만 했다. 나는 유리잔을 집어 들어 바닥에 던져 깨 버렸다.

"이제 그 남자 없어질 거야."

콘스턴스 언니는 심각한 얼굴을 하고 부엌 탁자로 다가와 내 맞은편에 앉았다. 나는 탁자를 돌아가서 언니와 포옹하고 싶었지만, 언니는 여전히 흑백이었다.

"우리 메리캣, 잘 들어."

언니가 천천히 말했다.

"찰스가 우리 집에 왔어. 그 사람은 우리 사촌이 맞아. 삼촌이 살아 계시던 동안에는, 아서 블랙우드 삼촌 말이야, 우리 아버지의 형, 그러니까 큰삼촌이지. 찰스가 우리한테 오거나 우릴 도와줄 수 없었어. 왜냐면 큰삼촌이 허락을 안 했으니까. 큰삼촌은……."

언니는 말하다가 희미하게 미소 지었다.

"우릴 굉장히 못마땅하게 생각하셨지. 재판 동안에도 널 못 맡아 주겠다 그러셨는데, 알고 있었니? 삼촌 집에선 우리 이름을 절대로 언급하면 안 됐대."

"그럼 언니는 왜 그 남자 이름을 우리 집에서 언급하는 건데?"

"너한테 자초지종을 설명해야 되니까. 큰삼촌이 돌아가시자마자 찰스는 서둘러 우리를 도와주러 와 준 거야."

"우릴 어떻게 도와줄 건데? 우리 지금 되게 행복하잖아, 그렇잖아, 콘스턴스 언니."

"되게 행복하지, 메리캣. 그래도 사촌한테는 친절하게 대해 주렴."

약간 숨이 쉬어졌다. 괜찮을 것이다. 찰스는 유령이다, 하지만 쫓아낼 수 있는 유령이다.

"그 남자 없어지겠지?"

내가 말했다.

"영원히 여기 있을 생각은 아니겠지. 어쨌든 한번 들러 본 걸 테니까."

언니가 말했다.

뭔가를 찾아야 한다, 그를 쫓아내는 데 쓸 장치를.

"줄리언 삼촌도 그 남자를 만났어?"

"여기 왔다는 건 아시지만, 방에서 나오기엔 어젯밤에 너무 편찮으셔서 아직. 저녁 식사도 쟁반에다 갖다 드렸는데, 수프만 약간 드셨어. 오늘 아침에 차를 달라셔서 얼마나 다행인지."

"오늘 집 청소해야지."

"나중에, 찰스가 일어나고 나면. 찰스가 내려오기 전에 저 유리 조각부터 치우는 게 좋겠다."

언니가 유리 조각을 쓸어 담는 것을 지켜보았다. 오늘은 아주 작고 눈부신 것들로 가득한 반짝이는 하루가 될 것이다. 오늘은 집 청소를 끝내기 전까진 밖에 나갈 수가 없어서 아침을 빨리 먹어 봤자 소용이 없었다. 천천히 우유를 마시고 조너스를 지켜보면서 부엌에 계속 있었다. 우유를 다 마시기 전에 줄리언 삼촌이 언니더러 휠체어에 앉는 걸 도와 달라고 하셨다. 언니는 삼촌을 부엌으로 모시고 와 삼촌이 쓰던 원고가 있는 책상에 앉혀 드렸다.

"제44장을 정말로 시작해야겠다."

양손을 가볍게 마주치면서 삼촌이 말했다.

"약간 과장되게 시작한 다음에 곧장 뻔한 거짓말로 나갈까 봐. 콘스턴스 얘야."

"네, 줄리언 삼촌?"

"나, 우리 마누라가 아름다웠다고 쓸란다."

그 순간 우리 사이에 잠시 침묵이 흘렀다. 전에는 늘 조용했던 위층에서 누가 걸어 다니는 소리가 나자 다들 뭔가 싫었던 것이다. 머리 위로 걸어 다니는 저 소리, 불쾌했다. 콘스턴스 언니는 늘 조용조용 걸어 다니고 줄리언 삼촌은 아예 걷지도 못하시는데, 지금 이 발소리는 둔탁하고 규칙적이고 기분 나빴다.

"찰스가 내는 소리예요."

콘스턴스 언니가 위를 올려다보며 말했다.

"그렇구나."

줄리언 삼촌이 말했다. 삼촌은 조심스럽게 종이를 앞에 놓더니 연필을 집었다.

"우리 큰형님 아들이 와서 얼마나 재미있을지 기대되는구나."

삼촌이 말했다.

"재판 때 보여 준 큰형님 가족들 행동 중 몇몇 세부적인 부분을 저 애가 해명해 줄지도 몰라. 내 고백하자면 그 사람들이 무슨 대화를 했을지 추측해서 적어 놓은 것도 여기 어디 있다만……."

삼촌은 공책 중 한 권으로 시선을 돌렸다.

"가만있자, 이러면 제44장 쓰는 게 늦어지는데."

나는 조너스를 데리고 늘 앉는 구석 자리로 갔고, 언니는 아래층으로 내려오는 찰스를 보려고 홀로 갔다.

“잘 잤어요, 찰스.”

“잘 잤니, 코니.”

어젯밤 들었던 것과 같은 목소리였다. 언니가 그를 부엌으로 데리고 들어왔을 때 나는 내 구석 자리 안쪽으로 더 파고 들어갔고, 줄리언 삼촌은 종이를 만지다가 고개를 돌려 문간 쪽을 봤다.

“줄리언 삼촌. 드디어 만나 뵙게 돼서 기뻐요.”

“찰스, 넌 아서 형님의 아들인데도 돌아가신 우리 존 형님을 닮았구나.”

“아버지도 돌아가셨죠. 그래서 제가 여기 온 거구요.”

“큰형님은 죽을 때도 부자 아니셨냐? 형제 중에 돈하고 인연이 없는 건 나 하나더라고.”

“사실을 말씀드리자면, 줄리언 삼촌, 아버진 아무것도 안 남겨 주셨어요.”

“쯧쯧. 우리 아버지는 상당한 재산을 남겨 줬건만. 우리 셋이 나눠 가진 몫도 상당한 액수였거든. 내 몫은 눈 녹듯 없어질 게 뻔했지만 아서 형님은 안 그럴 것 같았는데. 혹시 네 엄마 사치가 심했냐? 형수님 기억이 똑똑히 안 나네. 우리 조카 콘스턴스가 재판 때 제 큰삼촌한테 편지를 썼던 게 기억나는데, 답장은 형수한테서 왔더라고. 이 집이랑 인연을 끊었으면 한다고.”

“그 전에 제가 여기 오려고 했었습니다, 줄리언 삼촌.”

“그랬겠지. 젊을 땐 호기심에 끌리니까. 그리고 네 사촌 콘스턴스만큼 악명을 떨치는 여자라면 젊은 남자한테는 매력적인 이성으로 다가올 테고. 콘스턴스야."

"네, 줄리언 삼촌?"

"내가 아침을 먹었더냐?"

"네."

"그럼 차를 한 잔 더 다오. 여기 이 젊은이하고 내가 할 얘기가 많겠구나."

나는 아직도 그를 똑바로 볼 수가 없었다. 그가 유령이라서 그런지도 모르고 너무 커서 그런지도 몰랐다. 우리 아버지를 너무도 닮은 그의 커다란 둥근 얼굴은 웃고 얘기하려 입을 움직이면서 콘스턴스 언니에게서 줄리언 삼촌으로 향했다가 다시 언니에게로 돌아갔다. 나는 최대한 구석으로 기어들어 갔지만 마침내 커다란 얼굴이 내 쪽을 향했다.

그게 말했다.

"이야, 메리가 여기 있었네. 안녕, 메리."

나는 고개를 숙여 조너스를 봤다.

"부끄러운가?"

그는 언니한테 물었다가 덧붙였다.

"신경 쓰지 마. 애들은 나 잘 따라."

언니가 웃었다.

"낯선 사람 보는 경우가 드물어서요."

언니는 전혀 어색해하지도 불편해하지도 않았다. 흡사 평생 찰스가 올 이날만을 기다려 온 것처럼, 무슨 말을 하고 어떻게 행동할지 사전에 정확하게 예습해 놨던 것처럼, 자기가 평생 살아온 집에 늘 찰스를 위한 방이 따로 마련되어 있던 것처럼 보일 지경이었다.

그는 일어나서 나한테 더 가까이 다가왔다.

“잘생긴 고양이네. 이름도 있니?”

조너스와 내가 같이 그를 쳐다봤고, 그러자 그에게 처음 할 말로 조너스의 이름이 제일 안전할지도 모르겠다 싶은 생각이 들었다.

“조너스요.”

“조너스? 너한테 특별한 친구니?”

“네.”

내가 대답했다. 조너스와 나, 우리 둘이 그를 쳐다보면서 눈 하나 안 깜빡이고 고개도 안 돌렸다. 여전히 우리 아버지 같은 인상을 주는 커다랗고 허연 얼굴이 가까이 있었고, 큰 입은 씩 웃고 있었다.

“우린 사이좋은 친구가 될 거야, 너랑 조너스랑 나랑.”

“아침 식사로 뭐 드실래요?”

언니는 그에게 물으면서 나를 보고 미소를 지었는데, 순순히 조너스의 이름을 말해 준 데 대한 상이었다.

“뭐든 주는 대로 먹지, 뭐.”

드디어 나한테서 고개를 돌리면서 그가 말했다.

“메리캣은 팬케이크 먹었어요.”

"팬케이크 좋지. 화창한 날에 멋진 사람들과 맛 좋은 아침 식사라. 뭘 더 바라겠어?"

"팬케이크라."

줄리언 삼촌이 논평을 시작했다.

"이 집에선 특별 대접을 받는 메뉴지, 나는 거의 안 먹지만. 지금 내 건강 상태로는 제일 가볍고 제일 빈약한 것들만 소화가 되거든. 팬케이크는 마지막 날 아침에도……."

"줄리언 삼촌, 삼촌 원고가 바닥에 떨어져 있어요."

언니가 말했다.

"제가 주워 드리겠습니다, 어르신."

사촌 찰스가 무릎을 꿇고 종이를 줍는 사이 언니는 이렇게 말했다.

"아침 먹고 나서 제가 가꾸는 정원을 보여 드릴게요."

"기사도 넘치는 젊은이일세."

찰스한테서 종이를 받아 들며 줄리언 삼촌이 말했다.

"고맙다. 내가 이젠 방을 휙 가로질러 가거나 바닥에 무릎을 꿇지 못하는데 그렇게 해 줄 사람이 있어 다행이야. 우리 조카 콘스턴스보다 한두 살 더 많지 않던가?"

"서른두 살입니다."

찰스가 말했다.

"콘스턴스는 지금쯤 스물여덟이겠지. 생일 축하하는 걸 오래전에 그만두긴 했지만 스물여덟이 맞을 거야. 콘스턴스야, 빈속에 이렇게 오래 얘기하면 안 된다. 내 아침 식사는 어딨냐?"

"한 시간 전에 드셨어요, 줄리언 삼촌. 지금 차를 타고 있구요, 사촌 찰스한테는 팬케이크 줄 거예요."

"찰스는 용감하구나. 네가 만드는 요리는, 진짜 수준 높은 요리긴 해도 모종의 약점이 있는데 말이다."

"콘스턴스가 만든 요리 먹는 거 하나도 안 무서운데요."

찰스가 말했다.

"정말이냐?"

줄리언 삼촌이 말했다.

"잘됐구먼. 나는 팬케이크처럼 부담스러운 식사가 예민한 위장에 영향을 끼치기 쉽다고 이야기한 거였는데. 네가 말한 건 비소였나 보구나."

"와서 아침 드세요."

콘스턴스 언니가 말했다.

조너스가 내 얼굴을 가려 주고는 있었지만 나는 웃고 있었다. 찰스가 포크를 집어 들 때까지 족히 삼십 초는 걸렸다. 그는 언니를 보며 계속 미소를 짓고 있었다. 마침내 자기를 지켜보는 언니와 줄리언 삼촌과 조너스와 내 시선을 그대로 느끼면서 그는 팬케이크 조각을 작게 잘라 입으로 가져갔지만, 차마 입안으로 집어넣을 용기는 못 냈다. 결국 팬케이크 조각과 함께 포크를 접시에 내려놓은 그는 얼굴을 돌려 줄리언 삼촌을 향했다.

"저기, 생각해 봤는데, 여기 있는 동안에 제가 여러분을 위해 할 수 있는 일이 있을 겁니다. 정원에서 땅을 파는 일이라든가, 아니면 심부름도 있겠고요. 제가 힘쓰는 일을 꽤 잘하거든요."

"어젯밤에 여기서 저녁을 먹었지만 오늘 아침에 안 죽고 일어났잖아요."

언니가 말했다. 나는 웃고 있었지만 언니는 돌연 짜증이 난 표정이었다.

"뭐?"

찰스가 말했다.

"아, 그랬지."

그는 깜빡 잊고 있었다는 듯 포크를 내려다보더니 드디어 그걸 집어 들어 팬케이크 조각을 재빠르게 입안에 집어넣고는 씹어 삼킨 다음에 언니를 올려다봤다.

"맛있는데."

언니가 생긋 웃었다.

"콘스턴스야."

"네, 줄리언 삼촌?"

"아무리 생각해도 오늘 제44장 시작 안 할란다. 그보다는 제17장으로 되돌아가야겠어. 내 기억하기로 거기에 네 사촌과 그 애 가족, 그리고 재판 때 그 사람들이 보여 준 태도에 대해서 약간 언급

해 놓은 게 있거든. 찰스, 자네는 똑똑한 젊은이지. 내가 네 얘기를 얼마나 듣고 싶은지 몰라."

"너무 오래전 얘긴데요."

찰스가 말했다.

"그러면 너도 적어 놓았어야지."

줄리언 삼촌이 말했다.

"제 말은요, 그냥 다 잊은 걸로 하면 안 되냐는 거죠. 당시 기억을 계속 되새기는 게 무슨 소용이 있습니까?"

"잊어?"

줄리언 삼촌이 말했다.

"잊는다고?"

"끔찍하고 안 좋은 시기였으니까 그때 얘길 계속하는 건 여기 있는 코니한테 아무 도움도 안 된다구요."

"젊은이, 내 일을 얕잡아보는 말을 하고 있구먼. 남자라면 일을 가볍게 보지 않는 법이야. 남자란 해야 할 일이 있으면 그 일을 하는 거야. 찰스, 그걸 잊으면 안 돼."

"전 그냥 안 좋았던 시절이나 코니에 대한 얘기는 하고 싶지 않다는 말씀을 드리는 겁니다."

"그럼 나도 어쩔 수 없이 지어내고 각색하고 상상해야겠구먼."

"더 이상은 이 문제에 대해 말하고 싶지 않습니다."

"콘스턴스야."

"네, 줄리언 삼촌?"

언니의 표정이 엄청 심각해졌다.

"정말 일어났던 일 맞지? 내 기억에는 일어난 일이 맞는데."

줄리언 삼촌이 확신이 안 서는 듯 손가락을 입에 대면서 말했다.

콘스턴스 언니는 머뭇거리다 대답했다.

"물론 정말 일어났던 일 맞아요, 줄리언 삼촌."

"내가 쓴 글은……."

줄리언 삼촌의 목소리가 잦아들었다. 삼촌은 원고를 가리켰다.

"맞아요, 줄리언 삼촌. 실제 있었던 일이에요."

찰스가 줄리언 삼촌에게 깍듯하지 않아서 나는 화가 났다. 나는 오늘이 반짝이는 것과 빛의 날이라는 걸 기억하고는 줄리언 삼촌의 의자 옆에 뭔가 밝고 예쁜 걸 하나 찾아다 놓아 드려야겠다고 생각했다.

"콘스턴스야."

"네?"

"나 밖에 나가도 될까? 지금 이 차림으로?"

"네, 괜찮을 것 같아요, 줄리언 삼촌."

언니도 마음이 언짢은 듯했다. 줄리언 삼촌은 울적하게 고개를 끄덕끄덕하시더니 연필을 내려놓으셨다. 언니가 줄리언 삼촌의 방으로 가서 숄을 갖고 나와, 아주 조심조심 삼촌 어깨에 둘러 드렸다. 찰스는 용맹스럽게 팬케이크를 먹느라고 고개도 들지 않았다.

자기가 줄리언 삼촌한테 실례한 걸 마음에 두고는 있는지 의심스러웠다.

“이제 밖으로 나가셔도 되겠어요.”

언니가 줄리언 삼촌한테 조용히 말했다.

“햇빛은 따뜻할 거고 정원도 환할 거고 삼촌은 점심으로 구운 간 요리를 드실 거예요.”

“아닐지도 몰라.”

줄리언 삼촌이 말했다.

“난 그냥 달걀만 하나 먹을까 싶다.”

콘스턴스 언니가 삼촌의 휠체어를 문까지 살살 밀고 가서 계단을 따라 조심조심 속도를 늦췄다. 찰스가 팬케이크 접시에서 고개를 들더니 도우려고 자리에서 일어서려 하자 언니가 머리를 저었다.

“삼촌을 위한 특별 자리에 모셔 드릴게요.”

언니가 줄리언 삼촌에게 말했다.

“제가 항상 삼촌을 볼 수 있는 자리구요, 거기 계시면 제가 한 시간에 다섯 번 손을 흔들어 드릴게요.”

언니가 줄리언 삼촌을 특별 자리로 모셔 가는 내내 말하는 목소리가 계속 들렸다. 조너스가 두 사람을 보려고 내 품을 떠나 문간에 가서 앉았다.

“조너스?”

찰스가 부르자 조너스가 그쪽을 쳐다봤다.

"내 사촌인 메리가 나를 좋아하지 않네."

찰스가 조너스한테 말했다. 나는 그가 조너스한테 말하는 방식이 마음에 들지 않았고 조너스가 그의 말을 알아듣는 것처럼 보이는 것도 마음에 안 들었다.

"어떡하면 메리가 날 좋아하게 될까?"

찰스의 말에 조너스가 재빨리 나를 봤다가 다시 찰스를 쳐다봤다.

"내가 사랑하는 사촌들을 보러 여기 왔는데, 사랑하는 사촌들과 몇 년이나 못 뵌 삼촌을 만나러 여기 왔는데, 메리는 나한테 예의 차릴 생각도 없나 봐. 조너스, 네 생각은 어때?"

싱크대에 뭔가 반짝이는 게 있어서 보니 맺힌 물방울 하나가 점점 커져서 막 떨어지기 직전이었다. 저 물방울이 떨어질 때까지 숨을 참을 수 있다면 찰스가 없어질지도 모른다 싶었지만, 사실은 그렇지 않을 거라는 걸 알고 있었다. 숨을 참는 건 너무 쉬운 일이니까.

찰스가 조너스한테 말했다.

"아, 뭐, 콘스턴스는 나를 좋아하니까 그러면 되지 싶네."

문간에 온 언니는 조너스가 자리를 비키길 기다리다가 결국 그 녀석 위를 넘어왔다.

"팬케이크 더 드려요?"

"아니, 많이 먹었어. 지금 작은 사촌하고 친해지려고 노력하는 중이야."

"얼마 안 가 재도 당신을 좋아하게 될 거예요."

언니가 나를 보며 말했다. 조너스는 몸단장에 빠져들었고 나는 겨우 무슨 말을 할지 생각해 냈다.

"우리 오늘 집 청소해야 돼."

줄리언 삼촌은 오전 내내 정원에서 주무셨다. 우리가 일하는 동안 언니는 자주 집 뒤쪽의 침실로 가서 창밖을 내려다보며 삼촌을 확인했는데, 가끔씩 다시 자리로 돌아가 어머니가 쓰시던 진주 장신구와 사파이어 반지와 다이아몬드가 박힌 브로치가 담긴 보석함의 먼지를 털어야 된다는 걸 까먹은 것처럼 손에 걸레를 그대로 든 채 거기 서 있었다. 나는 딱 한 번 창밖을 내다봤는데 눈을 감은 줄리언 삼촌과 가까이 서 있는 찰스가 보였다. 찰스가 채소밭 이랑과 사과나무 아래와 줄리언 삼촌이 주무시는 잔디밭을 가로질러 걷는다는 생각을 하니 불쾌했다.

"오늘은 아버지 방을 그대로 놔두자."

콘스턴스 언니가 말했다.

"찰스가 거길 쓰고 있으니까."

얼마 있다 언니는 한동안 고민한 이야기라는 듯 이렇게 말했다.

"어머니의 진주 장신구를 내가 사용해도 좋을지 모르겠어. 진주는 한 번도 해 본 적이 없어서."

"계속 보석함에 있던 거네. 꺼내야 될걸."

"걸고 있어도 누가 알아주기나 할까."

"내가 알아줄 거야. 언니가 지금보다도 더 예쁘게 보인다면야."

언니가 웃음을 터뜨리더니 말했다.

"나도 참 어떻게 됐나 보다. 나한테 진주가 뭐 그리 필요하다고."

"원래 있던 대로 보석함 안에 있는 게 제일이야."

찰스가 방문을 닫아 놔서 안을 들여다볼 수 없었기에, 그가 아버지 물건을 옮겼는지 서랍장 위 은으로 된 아버지의 옷솔 옆에 자기 모자나 손수건이나 장갑을 올렸는지 궁금했다. 옷장이나 서랍 안을 열고 그 안을 들여다봤는지도 궁금했다. 아버지 방은 집의 전면에 있었고, 그래서 나는 찰스가 창문을 통해 아래를, 집 앞 잔디밭 저 너머를, 길까지 이어진 긴 진입로를 보면서 집을 떠나 그 길을 가고 싶어 했을지 궁금했다.

"찰스가 여기까지 오는 데 얼마나 걸렸을까?"

내가 언니한테 물었다.

"네다섯 시간쯤일 것 같은데. 마을까지는 버스로 오고 거기서부터는 걸어야 했겠지."

"그럼 자기 집으로 돌아가는 데도 네다섯 시간이 걸리겠네?"

"그렇겠지. 일단 떠나면."

"그렇지만 우선 마을까진 걸어가야겠지?"

"네가 날개 달린 말에 태워 바래다주지 않으면 그렇겠지."

"나한테 날개 달린 말이 어딨다 그래."

"메리캣도 참."

콘스턴스 언니가 말했다.

"찰스는 나쁜 사람이 아냐."

거울이 반짝거렸고 어머니의 보석함 안에 든 다이아몬드와 진주가 어둠 속에서 빛을 냈다. 언니가 줄리언 삼촌을 보려고 창가를 오갈 때마다 홀에는 그림자가 이리저리 움직였고, 밖에는 새로 돋아난 잎들이 햇빛 속에서 바쁘게 움직였다. 찰스는 마법이 깨졌기 때문에 들어올 수 있었던 거다. 언니를 둘러싼 보호벽을 다시 봉인해서 찰스를 막는다면 이 집을 떠날 수밖에 없을 거다. 그의 흔적은 이 집에 절대 남지 않아야 했다.

"찰스는 유령이야."

내가 말하자 언니는 한숨을 쉬었다.

내가 걸레로 아버지 방의 문손잡이를 윤이 나게 닦았으니 적어도 찰스의 흔적 하나는 없어진 셈이었다.

위층 방들을 청소한 우리는 걸레와 빗자루와 쓰레받기와 대걸레를 들고 마치 집으로 걸어가는 한 쌍의 마녀들처럼 나란히 아래층으로 내려왔다. 응접실에서 우리는 황금색 다리가 달린 의자들과, 하프와, 심지어 어머니 초상화에 그려진 파란색 드레스까지, 우리를 향해 반짝이는 것들이라면 모두 먼지를 털어 냈다. 나는 빗자루 반대쪽 끝에 천을 달아 비틀비틀하면서 결혼 케이크 테두리처럼 생긴 몰딩의 먼지를 닦다가, 천장을 올려다보면서는 저게 실은 바닥이며 나는 무중력상태처럼 공중에 둥둥 떠서 내 빗자루를 내려다보며 바쁘게 빙빙 도는 거라고 상상했는데, 방이 어질어질하게 빙그르 돌더니 다시 바닥에서 위를 쳐다보고 있었다.

언니가 말했다.

"찰스가 이 방은 아직 못 봤어. 어머니가 이 방을 정말 뿌듯해하셨는데. 찰스에게도 바로 보여 줄걸 그랬어."

"오늘 점심으로 샌드위치 만들어 줄 수 있어? 강가에 가서 먹으려고."

"메리캣, 언젠가는 너도 찰스랑 식탁에 앉아야 할 거야."

"오늘 밤 저녁 식사 때 그렇게 할게. 약속해."

우리는 식당과, 은으로 된 다기 세트와, 의자에 높다랗게 솟은 나무 등받이에 쌓인 먼지를 치웠다. 언니는 몇 분마다 한 번씩 부엌으로 가서 뒷문을 통해 줄리언 삼촌의 상태를 확인했는데, 그러다 한번은 까르르 웃으면서 이렇게 말하는 소리가 들렸다.

"거기 진창 조심하세요."

나는 그게 찰스한테 하는 소리란 걸 알 수 있었다.

"어젯밤 저녁 식사 때 찰스보고 어디 앉으라 그랬어?"

내가 한번 물어봤다.

"아버지 의자에."

언니는 대답한 후에 이렇게 덧붙였다.

"찰스는 거기 앉아도 되는 완벽한 이유가 있어. 우리 집 손님인데다 심지어 우리 아버지를 닮기까지 했잖아."

"오늘 저녁에도 찰스가 거기 앉을까?"

"그래, 메리캣."

오늘 저녁에 찰스가 또 거기 앉는다 해도 흔적으로 치면 얼마 안 되는 거였지만, 그래도 나는 아버지 의자를 철저하게 닦았다. 나중에 은식기도 전부 닦아야 하리라.

우리는 집 청소를 끝내고 부엌으로 되돌아갔다. 찰스는 부엌 탁자에 앉아 파이프 담배를 피우면서 조너스를 보고 있었고, 조너스도 그를 마주 보고 있었다. 나는 우리 집 부엌에서 파이프 담배 연기가 피어오른다는 사실도 마음에 들지 않았고 찰스가 조너스더러 자기를 쳐다보게 하는 것도 싫었다. 언니가 뒷문으로 줄리언 삼촌을 모시러 나간 뒤 삼촌이 이렇게 말하는 소리가 우리한테 들렸다.

"도러시? 나 안 잤어, 도러시."

찰스가 또 조너스한테 말했다.

"메리가 나를 안 좋아하는데, 나를 안 좋아하는 사람들한테 내가 어떻게 빚을 갚는지 메리는 알고 있을까 몰라. 콘스턴스, 휠체어 미는 거 도와줄까? 낮잠 잘 주무셨어요, 삼촌?"

언니가 조너스와 내가 먹을 샌드위치를 만들어 줘서, 우리는 나무로 가서 점심을 먹었다. 나는 나무의 아래쪽, 포크처럼 갈라진 곳에 앉았다. 조너스는 내 근처 작은 가지에 앉아 새를 노리고 있었다.

내가 말했다.

"조너스, 더 이상 찰스 말 들으면 안 돼."

그러자 조너스는 감히 자기한테 명령할 생각을 하다니 깜짝 놀랐다는 듯 눈을 동그랗게 뜨고 나를 쳐다보았다.

"조너스, 그 사람은 유령이야."

조너스는 눈을 감더니 고개를 돌려 버렸다.

찰스를 몰아낼 딱 맞는 장치를 고르는 게 중요했다. 불완전하거나 잘못 적용된 마법은 우리 집에 더 많은 재앙을 불러올 뿐이다. 오늘은 반짝이는 것들의 날이라 나는 어머니의 보석을 생각해 봤으나, 흐린 날에는 효력이 크지 않을지도 모르는데다 언니도 건드리지 않은 보석을 정작 내가 그대로 두지 않고 보석함에서 꺼낸 걸 알면 언니가 화를 낼지도 몰랐다. 언제든 강력한 보호력을 발휘하는 책도 생각해 봤지만, 아버지의 책이 나무에서 떨어지면서 찰스를 불러들였으니 책은 찰스한테는 안 통하는 물건인지도 몰랐다. 나는 나무 밑동에 등을 기대고 마법을 생각했다. 사흘이 지나도 찰스가 없어지지 않으면 홀에 있는 거울을 깨 버려야지.

저녁 식사 때 그는 내 맞은편, 아버지의 의자에, 크고 허연 얼굴로 자기 뒤쪽 보조 찬장의 은식기를 가린 채 앉아 있었다. 찰스는 언니가 줄리언 삼촌 몫의 닭고기를 잘라서 접시에 바르게 놔 드리는 걸 지켜보고, 줄리언 삼촌이 처음 한 입을 베어 문 다음 그걸 입안에서 이리 굴리고 저리 넘기는 모습을 쳐다보았다.

콘스턴스 언니가 말했다.

“줄리언 삼촌, 여기 비스킷 있어요. 안쪽의 부드러운 부분을 드셔 보세요.”

언니가 깜빡하고 내 샐러드에 드레싱을 넣어 버렸지만, 어차피 저 크고 허연 얼굴이 저렇게 지켜보는 한은 먹을 생각도 없었다. 닭고기를 먹으면 안 되는 조너스는 내 의자 옆 바닥에 앉아 있었다.

“저분이 항상 두 사람하고 같이 식사해?”

줄리언 삼촌을 고갯짓으로 살짝 가리키면서 찰스가 콘스턴스 언니에게 물었다.

“몸 상태가 아주 좋으실 때만요.”

“너희가 어떻게 다 감당하는지 모르겠다.”

“그건 제가 말해 드리죠, 존 형님. 투자라는 것도 아버지가 돈을 버시던 시절하곤 달라졌습니다. 아버진 영리한 분이셨지만 시대가 변한다는 걸 이해를 못 하셨죠.”

줄리언 삼촌이 갑자기 찰스를 향해 말했다.

“누구한테 얘기하시는 거지?”

“삼촌은 당신이 우리 아버지인 존이라고 생각하시는 거예요.”

찰스는 줄리언 삼촌을 오랫동안 바라보다가 고개를 설설 젓더니 다시 자기 접시에 담긴 닭고기에 집중했다.

“젊은 조카, 네 왼쪽이 죽은 우리 마누라 자리였어.”

줄리언 삼촌이 말했다.

"마누라가 거기 마지막으로 앉았던 때가 훤히 기억나. 우린 그 때……."

"한마디도 하지 마세요."

찰스가 이렇게 말하며 줄리언 삼촌을 향해 손가락을 흔들었는데, 닭고기를 잡았던 탓에 손가락이 기름기로 번들거렸다.

"삼촌, 그 얘기는 이제 더 이상 안 하는 겁니다."

언니는 내가 저녁 식사 자리에 참석해서 만족한 듯, 내가 보자 미소를 지었다. 언니는 내가 누가 보고 있을 때 뭐 먹는 거 싫어한다는 걸 알고 있으니까, 내가 먹을 음식을 따로 빼 뒀다가 나중에 부엌에서 나한테 갖다 주겠지. 언니는 내 샐러드에 드레싱을 넣어 버린 걸 기억하지 못하는 모양이었다.

찰스가 닭고기가 담겨 있던 커다란 접시를 들고 안을 자세히 들여다보면서 말했다.

"오늘 아침에 보니까 바깥에 있는 뒤쪽 계단이 부서져 있더라고. 조만간 내가 고쳐 주면 어떨까? 나도 밥값을 해야지."

"그래 주면 정말 고맙죠. 그 계단은 오랫동안 우리 집 골치였거든요."

콘스턴스 언니가 말했다.

"그리고 파이프 담배 사러 마을에도 얼른 다녀와야 될 것 같은데, 그 김에 필요한 거 있으면 사 오고."

"하지만 화요일이니 내가 마을에 나갈 텐데."

내가 깜짝 놀라 말했다.

"그래?"

그의 크고 허연 얼굴이 고개를 돌리더니 식탁을 가로질러 나를 똑바로 보았다. 나는 대답하지 않았다. 일단 마을로 나가는 게 찰스가 자기 집으로 돌아가는 길의 첫 단계라는 걸 기억했다.

"우리 메리캣, 들어 봐, 찰스만 괜찮다면 언니 생각엔 좋은 의견인 것 같아. 네가 마을에 나가 있으면 항상 마음이 편치 않았거든."

언니가 웃었다.

"찰스, 제가 사 올 것 목록이랑 돈을 드릴게요. 우리 집에 장을 좀 보아다 주세요."

"돈을 집에다 보관해?"

"그럼요."

"잘하는 짓인지 모르겠다."

"아버지 금고에 있는데도요?"

"그래도 어쨌든."

줄리언 삼촌이 말했다.

"틀림없습니다, 선생님. 제가 맡기 전에 반드시 책들을 속속들이 살펴봤습니다. 제 눈은 속일 수가 없었죠."

"그럼 어디 작은 사촌 메리의 일을 대신해 볼까."

찰스가 다시 나를 쳐다보았다.

"저 애한테 다른 할 일을 찾아 줘야겠네, 코니."

저녁 식사 자리에 나오기 전에 그에게 무슨 말을 할지 미리 정해 놓은 터였다.

내가 그에게 말했다.

"알광대버섯에는, 세 가지 다른 독이 있다. 천천히 작용하지만 제일 강력한 아마니틴이 있다. 즉시 효과가 나타나는 팔로이딘과, 제일 독성이 덜하긴 하지만 적혈구를 녹여 버리는 팔린이 있다. 먹고 나서 일곱 시간에서 열두 시간이 지나야 첫 증상이 나타나는데, 어떨 땐 이십사 시간, 심지어 사십 시간이 될 때까지 안 나타나기도 한다. 증상은 맨 처음 격렬한 위통, 식은땀, 구토로 시작해서……."

"이봐."

찰스가 말했다. 그는 닭고기를 내려놨다.

"그만해."

콘스턴스 언니가 깔깔 웃었다.

"메리캣도 참."

말 사이사이 언니가 웃으며 말했다.

"너 진짜 웃긴다. 저거 제가 가르쳐 준 거예요. 강가랑 들판에 버섯들이 자라는데 저 애한테 독버섯이 어떤 건지 가르쳐 줬거든요. 메리캣 너 못 말리겠다."

"먹은 지 닷새에서 열흘 사이에 사망한다."

내가 말했다.

“난 그렇게 우습다는 생각이 안 드는데.”

찰스가 말했다.

“메리캣도 참.”

언니가 말했다.

006

찰스가 마을로 갔다는 것만으로는 집이 안전하지 않았다. 우선, 언니가 출입문 열쇠를 주었기 때문이었다. 원래는 우리 가족 각자가 열쇠를 하나씩 가지고 있었다. 아버지 하나, 어머니 하나, 열쇠들은 부엌문 옆의 걸이에 걸려 있었고, 찰스가 마을로 출발할 때 언니는 아버지 것이었을 열쇠를 그에게 주고, 사야 할 물건 목록과 필요한 돈도 주었다.

"돈을 이렇게 집에다 두고 있으면 안 돼."

찰스는 잠시 돈을 손에 꽉 쥐었다가 바지 뒷주머니에서 지갑을 꺼내면서 말했다.

"지금 너희처럼 여자밖에 없는 집에서 돈을 보관하고 있으면 위험해."

나는 부엌의 구석 자리에서 찰스를 지켜보고 있었으나, 조너스는 내가 찰스가 집에 있을 땐 곁에 못 오게 하는 바람에 자리에 없었다. 그가 언니한테 말했다.

"필요한 거 다 쓴 거 맞지? 두 번 가긴 싫거든."

나는 찰스가 검은 바위에 다다를 만큼 꽤 갔겠다 싶을 때까지 기다렸다가 이렇게 말했다.

"그 사람, 도서관 책은 안 가져갔네."

언니가 잠시 나를 바라보았다.

"요 못된 아가씨. 넌 찰스가 잊고 가기를 바랐구나."

"도서관 책이 있다는 걸 그 사람이 어떻게 알겠어? 이 집에 살지도 않잖아. 우리 책하고는 아무 상관도 없는 사람이고."

"너 말이야."

언니가 말하다 말고 스토브에 올려놓은 냄비를 들여다보았다.

"얼마 안 있으면 우리, 상추를 따게 될 것 같아. 요즘 날씨가 너무 따뜻해서."

"달에는……."

내가 말하다가, 멈췄다.

콘스턴스 언니가 나를 돌아보고 미소 지었다.

"달에는, 혹시 일 년 내내 상추가 난다? 맞니?"

"달에는 뭐든지 다 있어. 상추, 호박파이, 그리고 알광대버섯도.

고양이 털로 덮인 묘목도 있고 날개를 달고 춤을 추는 말도 있어. 자물쇠는 전부 단단하게 잘 잠겼고, 유령도 없어. 달에서는 줄리언 삼촌이 건강하시고 매일매일이 화창한 날씨야. 언니는 어머니 진주로 치장하고 노래를 부를 거고, 해가 내내 환하게 비추고 있어."

"나도 달에 갔으면 좋겠구나. 생강 쿠키를 굽기 시작해야 되나 모르겠네. 찰스가 늦게 오면 식을 텐데."

"내가 먹어 줄게."

"하지만 찰스가 생강 쿠키를 좋아한다고 그랬단 말이야."

나는 탁자에다 도서관 책 두 권을 세워 놓고 그 위에 한 권을 올리며 작은 집을 짓고 있었다.

"늙은 마녀."

내가 말했다.

"늙은 마녀한테는 생강 쿠키로 만든 집이 있지."

"아닌데."

콘스턴스 언니가 말했다.

"나는 우리 동생 메리캣하고 같이 사는 예쁜 집이 있는데."

나는 언니를 보고 웃었다. 스토브에 올려놓은 냄비를 고민하는 언니의 얼굴에 밀가루가 묻어 있었다.

"그 사람 어쩌면 영영 안 돌아올지도 몰라."

"와야 돼. 그 사람 주려고 내가 생강 쿠키를 만들고 있으니까."

찰스가 화요일 오전에 하는 내 일을 가져가 버려서 할 일이 없었다. 강으로 가 볼까 싶기도 했지만, 화요일 오전엔 한 번도 강에 간 적이 없기 때문에 강이 그 자리에 있을지조차 믿을 근거가 없었다. 내가 오는지 흘끗거리고 서로를 쿡쿡 찌르면서 마을 사람들이 나를 기다리고 있을까? 그러다 찰스가 나타나서 깜짝 놀라 돌아볼까? 혹시나 마을 전체가 메리 캐서린 블랙우드 양의 부재로 당황해서 더듬거리고 굼떠지지 않을까? 짐 도널이나 해리스가 아들들이 내가 올까 눈이 빠지게 길 위를 쳐다볼 생각을 하니 킥킥 웃음이 나왔다.

"뭐가 우습니?"

언니가 돌아보며 물었다.

"언니가 사람 모양 생강 쿠키를 만들면 내가 찰스라 이름 붙이고 먹어 버릴 생각을 했지."

"아유, 메리캣, 제발 좀."

보아하니 언니가 반은 나 때문에, 반은 생강 쿠키 때문에 짜증을 내겠구나 싶어서 얼른 도망가는 게 좋겠다고 생각했다. 할 일이 없는 날인데다 문밖으로 나가는 것도 불안한 것이, 찰스한테 쓸 마법 장치를 찾아보기 좋은 시간이었다. 나는 위층부터 살펴보기 시작했다. 생강 쿠키 굽는 냄새가 계단 중간까지 나를 따라왔다. 찰스는 방문을 열어 놓고 갔는데, 틈이 넓지는 않았지만 손을 안으로 밀어 넣는 데는 충분했다.

살짝 밀자 문이 활짝 열렸다. 나는 지금은 찰스가 쓰고 있는 우리 아버지 방을 들여다보았다. 보니까 찰스가 침대를 정돈해 놓은 건 분명 큰어머니가 그렇게 가르친 것이리라. 그의 여행 가방은 의자 위에 있었지만 닫혀 있었다. 아버지의 소지품들이 내내 보관되어 있던 서랍장 위에 찰스의 물건들이 있었다. 찰스의 파이프, 손수건 등등 아버지 방을 더럽히면서 찰스가 만지고 쓴 것들이 보였다. 서랍장의 서랍 하나가 약간 열려 있어서, 찰스가 아버지 옷들을 골라 봤나 하는 생각이 다시금 들었다. 콘스턴스 언니가 아래층에서 내 기척을 알아채길 원하지 않은 나는 아주 살금살금 방을 걸어가서 열린 서랍 안을 보았다. 우리 아버지 물건을 봤다는 사실을 내게 들켰다는 걸 알면 찰스가 좋아할 리 없다. 이 서랍 안에 든 물건이라면 찰스의 죄를 간직하고 있을테니 힘이 엄청나게 강력할지도 몰랐다. 그가 우리 아버지의 귀중품을 살피고 있었다는 걸 안 게 놀랍지도 않았다. 서랍 안에는 내가 알기로 금으로 된 시계와 시곗줄, 커프스 단추, 인장 반지가 들어 있는 가죽 상자가 있었다. 나는 어머니의 보석에는 손대지 않을 거지만 아버지의 귀중품에 대해서는 콘스턴스 언니도 한 번도 말한 적이 없고 방 치우러 이 안에 들어온 적도 없었으므로, 이 상자의 내용물은 꺼내 가도 되겠다고 생각했다. 시계는 작은 개별 맞춤 상자 안의 비단 안감 위에 놓인 채였는데, 초침은 움직이지 않았고 시곗줄은 그 옆에 똬리를 틀고 있었다. 반지는 손대지 않았다. 반지는 빠져나갈 입구가 없는 물건이라 손가락에 끼여 있다는 생각만 해도 언제나 꽉 묶이는 느낌이 들었다. 하지만 집어 들었을 때 손을 휘감으며 꼬이고 착 감기는 시곗줄은 마음에 들었다. 나는 서랍 안에 조심스럽게 상자를 도로 넣고 서랍을 닫은 다음 방을 나와 문을 닫고는, 내 방으로 시곗줄을 가져와 흡사 잠자는 황금 더미인 양 베개 위에다 구불구불 아무렇게나 쌓아 보았다.

처음엔 땅에 묻으려고 했지만 아버지의 서랍 속 상자 안에서 지금까지 얼마나 오랫동안 어둠 속에 있었던가 싶어 안됐다는 생각이 들었다. 이제는 높은 곳에 자리 잡아 햇빛 속에서 찬란하게 빛날 만하다고 판단한 나는 지난번 책이 떨어졌던 나무에 못으로 박아 두기로 했다. 언니가 부엌에서 생강 쿠키를 만들고 줄리언 삼촌이 방에서 주무시고 찰스가 마을 상점들을 들락날락할 때, 나는 침대에 누워 금시곗줄로 장난치고 있었다.

"그건 형님의 금시곗줄인데."

줄리언 삼촌이 신기한 듯이 몸을 앞으로 내밀면서 말했다.

"그걸 차고 땅에 묻히신 줄 알았더니만."

시곗줄을 내미는 찰스의 손이 떨리고 있었다. 그의 뒤쪽 노란색 벽을 배경으로 그 떨림이 눈에 보였다.

"나무에……."

그의 목소리도 떨리고 있었다.

"정말이지 기가 막혀서, 이게 나무에 못 박혀 있는 걸 찾았어. 이 집은 대체 어떻게 된 집이야?"

"별거 아녜요. 정말요, 찰스, 별거 아니래도 그러세요."

언니가 말했다.

"별게 아냐? 코니, 이건 금으로 된 거야."

"쓰는 사람도 없는데요, 뭘."

"고리 하나가 망가졌어."

찰스가 시곗줄을 아까워하며 말했다.

"내가 쓸 수도 있었는데. 귀한 물건을 다루는 법이 이렇게 고약해서야. 우린 이걸 팔 수도 있다고."

그가 언니에게 말했다.

"왜 팔아요?"

"형님이 분명 저걸 차고 묻히신 걸로 알고 있었는데, 형님은 뭐든 남한테 쉽게 주는 분이 아니셨지. 사람들이 저걸 자기한테서 떼어 놓을 거라고는 꿈에도 모르셨을 거다."

줄리언 삼촌이 말했다.

찰스는 언니에게 차근차근 설명했다.

"돈이 되니까. 이건 큰 금액을 받을 수 있는 금시곗줄이야. 생각 있는 사람이라면 이런 값진 물건을 나무에다 못 박고 돌아다니진 않아."

"계속 그렇게 걱정만 하다간 점심이 다 식겠어요."

"내가 갖고 가서 원래 있던 상자 안에 넣어 놔야겠어."

찰스가 말했다. 나 말곤 아무도 그가 시곗줄이 있던 자리를 알고 있단 사실을 눈치채지 못했다.

"나중에……."

말하면서 그가 나를 보았다.

"어쩌다 나무에 걸리게 된 건지 알아보자구."

언니가 말했다.

"메리캣이 건 거예요. 그러니까 그만 와서 점심 드세요."

"어떻게 알아? 메리가 그랬단 거?"

"항상 그러니까요."

콘스턴스 언니는 나를 보고 미소를 지었다.

"메리캣도 참."

"재가 정말 그래?"

찰스가 말하더니 나를 쳐다보면서 천천히 탁자 쪽으로 다가왔다.

"형님은 자신을 아주 아끼는 분이었어. 자기 몸 꾸미는 데 몰두하면서도 지나치게 깔끔을 떨진 않으셨지."

줄리언 삼촌이 말했다.

부엌은 조용했다. 언니는 줄리언 삼촌이 오후 낮잠을 주무시도록 침대에 눕혀 드리러 삼촌 방에 가 있었다.

"제 언니가 쫓아내면 불쌍한 메리는 어디로 가지?"

찰스가 조용히 듣고 있는 조너스에게 물었다.

"콘스턴스와 찰스가 사랑해 주지 않으면 불쌍한 메리는 어떻게 하지?"

왜 내가 찰스더러 그냥 떠나 달라고 얘기할 생각이 들었는지 그 이유는 모르겠다. 딱 한 번 정중하게 물어볼 필요는 있겠다 싶었을 수도 있고, 그 사람에게 떠날 생각이 없다면 생각이 들게 만들고 싶었을 수도 있고. 그가 집 안 곳곳을 다니는 바람에 더 이상 떼어 낼 수 없는 지경이 되기 전에 떠나 달라고 말하기로 결정했다. 우리 집에선 벌써부터 그의 냄새, 즉 파이프 담배와 면도 로션 냄새가 났고, 하루 종일 그가 내는 소음이 방마다 울렸다. 그의 파이프는 때때로 부엌 탁자 위에서 보였고 그의 장갑이나 담배 주머니나 셀 수 없는 성냥갑들이 우리 집 방들에 흩어져 있었다. 그는 매일 오후에 마을로 걸어가 신문을 가져와서는 아무 데나 놔뒀는데, 심지어 콘스턴스 언니가 볼지도 모르는 부엌에다가도 그랬다. 파이프에서 튄 불꽃 때문에 응접실 의자의 장미 문양 천에 작은 구멍이 났다. 아직 보지 못한 언니에게는 굳이 말하지 않기로 했는데, 상처 입은 우리 집이 스스로 그를 밀어내기를 바랐기 때문이다.

콘스턴스 언니, 하고 화창한 아침에 내가 말문을 뗐다. 찰스가 우리 집에 머문 지 사흘째였을 것이다.

"언니, 찰스가 아직 떠난다는 얘기 안 해?"

내가 찰스가 갔으면 할 때마다 언니는 점점 더 나한테 짜증을 냈다. 예전에는 말을 잘 들어 주고 웃어 주고, 오직 조너스와 내가 못되게 굴 때만 화를 냈지만, 지금은 어쩐지 내가 전혀 다른 사람으로 보인다는 듯 자주 얼굴을 찌푸렸다.

"내가 말했지. 찰스에 대한 말도 안 되는 얘긴 더 이상 안 듣겠다고 얼마나 말하고 또 말했니. 찰스는 우리 사촌이고, 와도 되는 손님이고, 자기가 가고 싶을 때 갈 거라고."

언니가 나한테 말했다.

"그 사람 때문에 줄리언 삼촌이 더 아프시잖아."

"찰스는 줄리언 삼촌이 만날 안 좋은 일만 생각하지 않도록 하려는 것뿐이야. 그 생각엔 나도 찬성이고. 줄리언 삼촌은 즐겁게 사셔야 돼."

"곧 죽겠다는 생각이 드는데 즐거우실 리가 없잖아?"

"내가 내 할 일을 못 한 탓이야."

언니가 말했다.

"무슨 소린지 모르겠어."

"난 지금껏 여기 숨어 있었잖아."

말을 어떤 순서로 해야 할지 전혀 모르겠다는 것처럼 언니가 천천히 말했다. 언니는 햇빛 속에서 금색 머리카락과 파란색 눈동자를 빛내며 웃지 않은 채 스토브 옆에 서 있다가, 천천히 입을 열었다.

"난 줄리언 삼촌이 내내 과거 속에서만 사시게, 그것도 끔찍했던 그날만 거듭해서 사시도록 방치한 거야. 너도 제멋대로 자라도록 내버려 뒀고. 너 머리 빗은 지 얼마나 됐는지는 아니?"

나는 화를 내고 싶지 않았고 특히나 언니에게는 더 그럴 수 없으니만큼, 대신 찰스가 죽어 버렸으면 했다. 언니는 그 어느 때보다도 보호벽이 필요했다. 여기서 만약 내가 화를 내고 외면해 버린다면 언니는 무너질 게 뻔했다. 나는 굉장히 조심조심 말을 시작했다.

"달에서는……."

"그래, 달 말이지."

언니가 말하더니 불편한 듯이 웃었다.

"다 내 잘못이야. 숨고 싶어서 그냥 흘러가도록 내버려 둔 건데 그게 얼마나 잘못인지 몰랐어. 너한테나 줄리언 삼촌한테나 못 할 짓을 한 거야."

"그런데다 찰스는 부서진 계단까지 고쳐 주고?"

"줄리언 삼촌은 병원에 계셔야 돼, 간호해 줄 간호사들이 있는. 그리고 너도……."

언니는 문득 자신의 동생 메리캣이 이제야 다시 보인다는 듯 갑자기 눈을 커다랗게 뜨더니 내게로 두 팔을 뻗었다.

"세상에나, 메리캣."

언니는 이렇게 말하면서 약간 웃었다.

"내가 널 야단치는 것 좀 봐. 내가 미쳤지."

나는 언니에게 다가가 팔을 감고 안았다.

"사랑해, 콘스턴스 언니."

"넌 착한 아이야, 메리캣."

내가 언니를 두고 찰스와 얘기하려고 밖으로 나간 때가 그 순간이었다. 나는 찰스와 얘기하는 게 영 꺼려졌지만, 정중하게 물어볼 시간이 얼마 남지 않아서 한 번은 물어봐야 한다고 생각했다. 찰스의 형체가 곁들여지니 정원조차도 낯선 풍경으로 변했다. 사과나무들 아래 서 있는 그의 뒤에서 나무들은 비뚤어지고 짧아 보였다. 나는 부엌문을 나와 그에게 천천히 걸어갔다. 말하기 직전까지도 도저히 친절하게 말할 자신이 없었으므로 너그러운 마음을 가지려고 노력했으나, 커다랗고 허연 얼굴이 식탁 너머에서 나를 보고 씩 웃던 모습이나 내가 움직일 때마다 지켜보던 것만 생각하면 그가 떠나 버릴 때까지 팡팡 때리고 싶었다. 그가 죽은 후에 콱콱 밟고 싶었고 그가 풀밭 위에 죽어 누워 있었으면 싶었다. 나는 억지로 너그러운 마음을 먹으면서 그를 향해 천천히 다가갔다.

"찰스?"

그가 고개를 돌려 나를 봤다. 나는 그가 죽은 모습을 봤으면 싶었다.

"찰스?"

"왜?"

"나, 당신이 제발 떠나 줬으면 하고 부탁하기로 했어요."

"그래, 나한테 부탁한다 이거로군."

"제발 떠나 주시겠어요?"

"아니."

나는 더 이상 할 말이 생각나지 않았다. 찰스가 우리 아버지의 금시곗줄을, 고리가 망가져서 휘어진 채로 차고 있는 게 보였고, 그의 호주머니 안에 아버지의 시계가 들어 있다는 건 보지 않아도 알 수 있었다. 내일이면 그가 아버지의 인장 반지를 끼겠거니 생각됐고, 콘스턴스 언니한테도 어머니의 진주 장신구를 걸치라 할까 궁금했다.

"조너스한테 접근하지 마."

내가 말했다.

"사실 말이야. 지금부터 한 달쯤 후에는, 궁금해, 아직 여기 '있을' 사람이 어느 쪽일지. 너일까, 아님 나일까?"

그가 말했다.

나는 집으로 달려 들어가 곧장 아버지 방으로 올라가서, 서랍장 위에 있는 거울을 한가운데에 금이 갈 때까지 신발을 들어 쾅쾅 찧었다. 그런 다음 내 방으로 와서 창문틀에 머리를 대고 잠이 들었다.

요즘 줄리언 삼촌한테 잘해 드리기로 한 걸 기억하고 있었다. 삼촌이 점점 더 많은 시간을 당신 방에서 보내시면서 아침과 점심 식사 모두를 쟁반에다, 그리고 저녁 식사는 식당에서 찰스의 경멸 어린 시선 속에 드셔서 마음이 무거웠다.

"삼촌 옆에서 떠먹여 주거나 할 수 없나? 음식을 온통 흘리잖아."

찰스가 언니에게 말했다.

"안 그러려고 해도 자꾸 그러네."

줄리언 삼촌이 언니를 보고 말씀하셨다.

"아기 턱받이라도 해 드려야겠어."

찰스가 웃으면서 말했다.

찰스가 아침마다 부엌에 앉아 햄이며 감자며 부친 달걀이며 따끈한 비스킷이며 도넛이며 토스트를 거하게 먹어 치우는 동안 줄리언 삼촌은 방에서 뜨거운 우유를 앞에 놓고 꾸벅꾸벅 조셨다. 가끔 삼촌이 언니를 부를 때면 찰스가 이렇게 말했다.

"바쁘다고 해. 저 사람이 침대에 오줌 쌀 때마다 쪼르르 뛰어갈 필요 없어. 저 사람은 그냥 누가 시중들어 주는 게 좋은 거야."

화창한 날이면 나는 항상 찰스보다 일찍 아침을 먹었는데, 다 먹기 전에 그가 내려오면 접시를 들고 밖으로 나가 밤나무 아래 풀밭에서 먹었다. 한번은 밤나무에서 새로 돋아난 잎을 하나 따서 줄리언 삼촌한테 가져가 창문틀에 놓아 드렸다. 나는 햇빛이 내리 쪼이는 밖에 서서 어두운 방 안에 가만히 누워 계신 삼촌을 들여다보며 어떻게 하면 더 잘해 드릴 수 있을까 궁리했다. 삼촌이 혼자 누워 항상 꾸는 줄리언 삼촌식 꿈을 꾸실 걸 생각하고, 부엌으로 들어가 언니에게 말했다.

"언니, 점심때 줄리언 삼촌한테 부드러운 케이크 좀 만들어 줄래?"

찰스가 입안에 음식을 잔뜩 물고 말했다.

"언니 지금 너무 바쁘다. 네 언니 하는 일이 거의 노예 수준이야."

"응, 언니?"

나는 언니에게 부탁했다.

"미안. 할 일이 너무 많아서."

언니가 말했다.

"그렇지만 줄리언 삼촌은 곧 돌아가실 텐데?"

"콘스턴스는 너무 바빠."

찰스가 말했다.

"저기 가서 놀아라."

어느 날 오후, 나는 찰스가 마을에 갈 때 뒤를 밟았다. 그날은 내가 마을에 가는 날이 아니었기 때문에 나는 검은 바위 근처에 멈춰서 찰스가 마을의 중앙 도로를 따라 걷는 걸 지켜봤다. 그는 걸음을 멈추고 가게 밖에 나와 햇살 속에 서 있던 스텔라와 잠시 얘기를 나누다가 신문을 샀다. 그가 벤치의 다른 남자들 옆에 앉는 걸 보고 나는 방향을 틀어 집으로 돌아왔다. 만약 내가 다시 마을로 장을 보러 간다면 찰스는 저기서 내가 지나가는 걸 지켜볼 사람들 중 하나

일 것이다. 콘스턴스 언니는 정원에서 일하고 있었고 줄리언 삼촌은 햇볕 아래 휠체어에서 주무시고 있었다. 내가 벤치로 조용히 가서 앉자 언니가 쳐다보지도 않고 물었다.

"메리캣, 어디 갔다 왔니?"

"여기저기. 내 고양인 어디에 갔어?"

언니가 말했다.

"아무래도 우리가 너 여기저기 돌아다니는 거 금지해야 될 거 같다. 너도 이제 좀 더 얌전해질 때가 됐고."

"'우리'라는 게 언니랑 찰스야?"

"메리캣."

언니는 무릎 꿇은 자세에서 상체를 일으켜 앞쪽으로 두 손을 마주 잡고는 내 쪽을 향했다.

"내가 너랑 줄리언 삼촌을 여기 나와 함께 숨어 지내도록 한 게 얼마나 잘못이었는지 최근에야 깨달았단다. 우린 세상을 직시하고 정상적인 생활을 해 보려고 했어야 했어. 줄리언 삼촌은 병원에서 적절한 치료와 간호사의 보살핌을 받으셨어야 했고, 우리도 다른 사람들처럼 살았어야 했어. 너도 이젠……."

언니는 말을 멈추더니 어쩔 바를 모르며 손짓을 했다.

"너도 이젠 남자 친구가 있어야지."

언니는 마침내 이렇게 말하더니, 스스로도 그 소리가 우스웠는지 웃기 시작했다.

"나한텐 조너스가 있잖아."

내 말에 우리 둘 다 소리 내어 웃자 줄리언 삼촌이 화들짝 잠에서 깨어 힘없이 같이 웃으셨다.

"언니는 내가 본 사람 중에 제일 웃기는 사람이야."

나는 언니한테 이렇게 말하고 조너스를 찾으러 갔다. 내가 여기저기 돌아다니는 동안 찰스가 집으로 돌아왔다. 그는 신문, 저녁 식사 때 자기가 마실 와인 한 병, 그리고 그가 열쇠를 갖고 있어 내가 출입문을 잠그는 데 대신 묶어 쓴 아버지의 스카프를 가져왔다.

"이 스카프 내가 매도 되는 건데."

그의 화난 목소리가 채소밭에서 들려왔다. 내가 아까 조너스가 있는 걸 찾아냈던, 상추 새싹들이 엉겨 있는 곳이었다.

"비싼 거잖아, 색도 내 맘에 들고."

"아버지 거네요."

언니가 말했다.

"그러고 보니 말인데, 조만간 그분 나머지 옷들을 더 살펴보고 싶은데."

찰스가 말하곤 잠깐 조용해졌다. 내 벤치에 앉는 것 같았다. 그러더니 다시 말을 시작했다, 정말 별거 아닌 듯이.

"내가 여기 있는 동안 네 아버지 서류들을 자세히 살펴봐야겠어. 뭔가 중요한 게 적혀 있을지도 모르니까."

"내 원고는 안 된다. 저 젊은 놈이 내 원고에 손가락 하나 댔단 봐라.”

줄리언 삼촌이 말했다.

“네 아버지 서재는 구경도 못 했잖아, 내가.”

찰스가 말했다.

“우린 그 방 안 써서요. 그 방에 있는 건 아무도 손댄 적 없구요.”

“물론 금고는 빼고 말이지.”

찰스가 말했다.

“콘스턴스야.”

“네, 줄리언 삼촌?”

“나중에 네가 내 원고를 맡아 줬으면 한다. 너 말고 다른 사람은 아무도 원고에 손대선 안 돼. 알아듣겠냐?”

“네, 줄리언 삼촌.”

콘스턴스 언니가 아버지의 돈을 보관하는 금고를 나는 손을 댈 수 없었다. 서재에 들어가는 건 허락됐지만 내가 서재를 싫어해서 문손잡이조차 만지지 않았다. 나는 언니가 찰스에게 서재를 열어 주지 않았으면 했다. 우리 아버지 침실을 이미 손에 넣은 그는 어쨌든 아버지의 시계와 금시곗줄과 인장 반지도 가졌다. 악마이자 유령이 되는 건 저 찰스한테도 버거운 일일 것이다. 그가 한 번이라도 깜빡하거나 잠시라도 가면이 벗겨진다면 그길로 당장 정체가 탄로 나서 쫓겨나게 되리라. 실수하는 일 한번 없이 언제나 같은 음성을 유지하고 같은 얼굴과 같은 태도를 보여 주다니 엄청나게 용의주도한 작자가 틀림없었다. 그는 무심코 본성을 드러내지 않도록 끊임없이 경계하고 있는 게 분명했다. 그가 죽으면 자신의 진짜 모습으로 돌아가는 건 아닐까 궁금했다. 날이 점점 쌀쌀해져서 언니가 줄리언 삼촌을 안으로 모실 거란 걸 안 나는, 조너스를 상추 위에서 자게 내버려 두고 집으로 돌아왔다. 부엌으로 들어가자 줄리언 삼촌이 책상 위에서 원고 더미를 작게 쌓아 올리느라 미친 듯이 펄럭대고 계셨고, 언니는 감자를 깎고 있었다. 찰스가 위층에서 돌아다니는 소리가 들렸다. 잠시나마 부엌이 따뜻하고 환하게 빛이 났다.

"조너스가 상추밭에서 자고 있어."

내가 말했다.

"샐러드에 들어 있는 고양이 털만큼 내가 좋아하는 것도 없지."

언니가 상냥하게 말했다.

"나한테 상자가 필요해졌다."

줄리언 삼촌이 선언했다. 삼촌은 한숨 돌리면서 원고 더미를 화난 얼굴로 쳐다보셨다.

"지금 당장, 이것들 전부를 상자 안에 넣어야 돼. 콘스턴스야."

"네, 줄리언 삼촌. 상자 찾아 드릴게요."

"내 원고를 전부 상자에 넣어 내 방에 두면 저 끔찍한 젊은 놈이 못 만지겠지. 걘 끔찍한 놈이다, 콘스턴스야."

"줄리언 삼촌, 사실 찰스는 정말 친절해요."

"정직한 녀석이 아냐. 걔 아버지도 정직하지가 않았지. 형님 두 분이 다 정직하지가 않았어. 재가 내 원고를 가져가려고 하면 네가 막거라. 나는 내 글에 손대는 거 허락하지 않을 거고 내 영역에 침입하는 것도 못 참는다. 콘스턴스야, 걔한테 그렇게 꼭 전하거라. 그 녀석은 근본도 모를 놈이라고."

"줄리언 삼촌……."

"사생아라는 뜻이 아니라 순전히 비유적인 표현으로 쓰는 말이다, 정말이야. 두 분 형님 다 기가 센 여자들과 결혼하셨으니까. 아까 그 말은 그냥…… 남자들 사이에서 쓰는 말이란다, 얘야. 네가 이런 말을 듣게 한 거 사과하마. 바람직하지 못한 사내 놈을 싸잡을 때 쓰는 말이지."

언니는 말없이 몸을 돌려, 지하실 계단과 그 아래 우리 집 제일 밑바닥에 몇 줄이고 늘어선 저장 음식들로 이어지는 문을 열고 조용히 계단을 따라 내려갔다. 우리는 찰스가 위층에서, 콘스턴스 언니가 아래층에서 움직이는 소리를 들을 수 있었다.

"오렌지 공 윌리엄도 사생아•였지."

줄리언 삼촌이 혼잣말을 했다. 삼촌은 종잇조각을 하나 집어 들어 뭔가를 적었다. 언니가 상자 하나를 들고 지하실 계단을 다시 올라와 줄리언 삼촌에게 드렸다.

"여기 깨끗한 상자를 가져왔어요."

"언다 쓰게?"

줄리언 삼촌이 물었다.

"삼촌 원고를 담아 두려고요."

"저 젊은 놈이 내 원고에는 절대 손 못 댄다, 콘스턴스야. 저 녀석이 들춰 보게 그냥 두나 봐라."

"이게 다 내 잘못이야. 삼촌은 병원에 계셨어야 되는데."

언니가 나를 돌아보며 말했다.

"상자에 내가 원고를 담을 테니, 콘스턴스 얘야, 미안하지만 그걸 이리 주겠니."

"즐거워하시는데 뭘."

내가 언니에게 말했다.

"난 다른 결정을 했어야 했어."

"줄리언 삼촌을 병원에 모시는 건 분명 잘하는 일이 아닐걸."

"하지만 그래야만 할 거야, 만약 내가……."

그러다 언니가 갑자기 말을 뚝 끊더니 싱크대로 돌아가 다시 감자를 깎기 시작했다.

"사과 소스에 호두 넣을까?"

언니가 물었다.

나는 언니가 말할 뻔한 말까지 들으며 아주 조용히 앉아 있었다. 시간이 점점 줄어들고 있었다. 우리 집을 꽉 묶은 채로, 터질 듯 나를 깔아뭉개면서. 홀에 있는 큰 거울을 깰 때가 된 건지도 모른다고 생각한 그때 찰스가 발을 쿵쿵거리며 계단을 내려와 홀을 가로

- **오렌지 공 윌리엄** _ 실제로는 오렌지 공 윌리엄(영국 왕 윌리엄 3세)이 아니라 정복자 윌리엄(영국 왕 윌리엄 1세)이 사생아이다. 윌리엄 1세가 아버지의 뒤를 이어 노르망디 공 자리에 올랐을 무렵, 신분 차이도 큰데다 정식 결혼을 하지 않았던 부모 때문에 그는 '사생아 공 윌리엄'이라는 별명을 얻었다.

질러 부엌으로 들어왔다.

"이거 이거, 다들 여기 있었네. 오늘 저녁 메뉴는 뭘까나?"

그가 말했다.

그날 저녁, 악기의 커다란 곡선이 어머니 초상화에 그림자를 드리웠다. 부드러운 음들을 꽃잎처럼 공중에 흩날리면서 콘스턴스 언니는 응접실에서 우리를 위해 하프를 연주했다. 언니는 〈스카이 섬으로 가는 바닷길〉과 〈잔잔히 흐르거라 애프톤 강이여〉 그리고 〈숙녀를 보았네〉 및 그 외 어머니가 연주하셨던 곡들을 연주했는데, 어머니의 손가락도 저렇게 숨쉬는 듯한 가락으로 사뿐사뿐 줄을 튕겼는지는 기억나지 않았다. 줄리언 삼촌은 내내 깨어 있으면서 연주를 들으며 생각에 빠져 계셨고, 찰스조차도 감히 응접실 가구에 발을 올릴 엄두를 못 냈다. 비록 그의 파이프에서 나온 담배 연기가 결혼 케이크 모양의 천장을 배경으로 떠다니고, 언니가 연주하는 동안 그가 계속 불안하게 서성거리긴 했어도.

"참 고상한 손놀림이야. 블랙우드 집안 여자들은 한결같이 솜씨들이 고상했지."

줄리언 삼촌이 말했다.

찰스가 벽난로 옆에 멈춰서 연료받이에 대고 파이프를 탁탁 두들겼다.

"예쁜데."

드레스덴 도자기 인형을 하나 집어 내리면서 찰스가 말했다. 콘스턴스 언니가 연주를 멈추자 그가 고개를 돌려 언니를 봤다.

"비싼 건가?"

"딱히 그렇진 않아요. 어머니가 좋아하셨던 인형들이에요."

줄리언 삼촌이 말했다.

"내가 특히 좋아했던 곡은 늘 〈실잔대꽃〉이었지. 콘스턴스 애야, 괜찮으면 그 곡을……."

찰스가 말을 잘랐다.

"더 이상은 안 됩니다. 이제 콘스턴스하고 이야기를 좀 해야겠어요, 삼촌. 둘이서 세워야 할 계획이 있어서요."

목요일은 내 힘이 최고로 강해지는 날이었다. 찰스 일을 해결하기 최적이었다. 아침에 언니는 저녁 식사 때 먹을 스파이스 쿠키•를 굽기로 결정했다. 딱한 결정이었다. 우리 중 누구라도 미리 알았다면 목요일이 마지막 날이 될 테니 안 구워도 된다고 말해 줬을 텐데. 하지만 줄리언 삼촌조차도 마지막 날인 줄은 모르고 계셨다. 목요일 아침에 삼촌이 약간 기운을 차리시기에 오전 늦게 언니가 스파이스 쿠키 냄새가 쫙 퍼진 부엌으로 모셔 왔고, 거기서도 삼촌은 계속해서 당신 원고를 상자에 담고 계셨다. 찰스는 못과 나무판자를 찾아다가 부서진 계단 옆에서 망치로 사정없이 쾅쾅거리고 있었다. 부엌 창을 통해 보니 솜씨가 어찌나 서툰지 나는 기분이 좋았

• **스파이스 쿠키** _ 생강, 호박, 당밀 등 강한 향이나 풍미가 있는 재료로 만드는 쿠키.

다. 실수로 망치가 엄지나 콱 때렸으면. 나는 모두가 한동안 각자의 자리에 있을 거라는 확신이 들 때까지 부엌에 머물러 있다가, 위층으로 올라가 콘스턴스 언니한테 내 위치를 들키지 않도록 살금살금 걸어서 아버지 방으로 들어갔다. 제일 먼저 할 일은 찰스가 살려 놓은 아버지 시계를 다시 정지시키는 거였다. 찰스가 시곗줄을 차지 않고 부서진 계단을 고치는 모습을 본 나는 그가 시계도 가지고 있지 않으리란 걸 알고 있었다. 시계와 시곗줄과 아버지의 인장 반지는 찰스의 담배 주머니와 네 갑의 성냥과 함께 아버지 서랍장 위에서 찾을 수 있었다. 나는 성냥에 손대면 안 되니 어떤 경우라도 찰스의 성냥갑에 손대는 일은 없을 것이다. 시계를 들자 찰스가 작동시킨 덕분에 째깍째깍 움직이는 소리가 들렸다. 이삼일 동안 계속 작동시킨 거라 맨 처음 상태 그대로는 되돌려 놓을 수 없었지만 그래도 용두를 계속계속 거꾸로 돌렸다. 시계에서 뭔가 잘못된 듯한 철컥 소리가 작게 나고 마침내 째깍거리던 소리가 멈출 때까지. 다시는 시계를 작동시키지 못할 거라는 확신이 들었을 때 나는 시계를 원래 있던 장소에 고이 내려놓았다. 이것으로 적어도 한 가지 물건은 찰스의 주문에서 벗어났으며 나는 드디어 그의 빈틈없는 난공불락의 껍데기를 뚫었다고 생각했다. 망가진 시곗줄은 나로선 신경 쓸 필요가 없었고, 반지는 원래 내가 싫어하는 거였다. 찰스가 만진 걸 전부 없애기는 거의 불가능했다. 하지만 내가 아버지 방을 다른 모습으로 바꿔 놓는다면, 나중에는 부엌과 응접실과 서재와 마침내는 정원마저 바꿔 놓는다면, 길을 잃은 찰스는 자기가 이 집을 알아보는 데 사용하던 표지로부터 분리되어, 이 집이 자기가 찾아왔던 그 집이 아니라는 걸 마지못해 납득한 뒤 떠날 거라는 생각이 들었다. 나는 아버지 방을 아주 빠르게, 소리 없이 바꿔 나갔다.

간밤에 나는 어두운 밖으로 나가 나뭇조각과 부러진 막대기와 나뭇잎들과 유리 및 금속 쓰레기를 땅과 숲에서 모아 커다란 바구니에다 담아 왔었다. 조너스는 모두가 잠든 밤에 몰래 걷는다는 사실에 들떴는지 내 옆에서 앞서거니 뒤서거니 했다. 나는 아버지 방을 바꾸며 책상에서 책을, 침대에서 담요를 뺀 다음, 빈 공간에 내가 챙겨 놓았던 유리와 금속과 나무와 막대기와 나뭇잎을 놓아 두었다. 아버지 물건들을 내 방에 둘 순 없어서 조용히 계단을 올라가 식구들의 물건들이 보관돼 있던 다락으로 그것들을 옮겼다. 아버지 침대에는 물 한 주전자를 부었다. 찰스는 다시는 거기서 잠을 못 잘 거다. 서랍장 위에 걸린 거울은 이미 깨져 있어서 찰스의 모습을 비추지 않을 것이다. 찰스는 책이나 옷도 못 찾을 거고, 나뭇잎과 부러진 막대기가 들어찬 방에서 당황하겠지. 나는 커튼을 찢어발겨서 바닥에 던져 버렸다. 이제 찰스는 밖을 훤히 내다봐야만 할 것이다. 멀리 뻗어 나가 저 너머 길로 이어지는 진입로를 봐야만 할 것이다.

나는 기쁜 마음으로 방을 쳐다봤다. 악마이자 유령인 남자는 쉽게 여기 나타나지 못할 것이다. 내 방으로 돌아가 침대에 누워 조너스와 놀고 있을 때 저 아래 정원 쪽에서 찰스가 콘스턴스 언니한테 고함을 질러 대는 소리가 들렸다.

"너무하잖아. 진짜 너무한다고."

찰스가 이렇게 말하고 있었다.

"또 왜요?"

콘스턴스 언니가 물었다. 언니는 부엌문 쪽으로 나와 있었는데, 저 아래 어디선가 줄리언 삼촌이 하는 말이 들려왔다.

"저 바보 녀석한테 고함 좀 그만 지르라고 해라."

나는 재빨리 내다봤다. 부서진 계단을 고치는 건 누가 봐도 찰스한테 무리였는지 망치와 나무판자가 땅 위에 그대로 널브러져 있고 계단은 여전히 부서진 상태였다. 강 쪽에서 이어지는 오솔길을 따라오는 찰스의 손에 뭔가가 들려 있었다. 이번엔 뭘 찾아냈나 궁금했다.

"이런 거 들어 본 적이나 있어?"

그가 말했다. 이젠 충분히 가까워졌는데도 여전히 고함을 지르고 있었다.

"이걸 보라고, 코니, 이걸 보란 말이야."

"메리캣 물건 같은데요."

언니가 말했다.

"이건 메리캣 물건이 아냐, 물건 같은 게 아니라니까. 돈이라고."

"기억나요. 달러 은화들. 그 애가 그 돈을 묻었던 때가 기억나네요.”

“이 안에 든 게 이삼십 달러는 족히 되겠어. 진짜 말도 안 된다고.”

“갠 뭐든 땅에 묻는 걸 좋아해서요.”

찰스는 내 일 달러짜리 은화 모음 상자를 앞뒤로 난폭하게 흔들어 대면서 여전히 소리를 질러 댔다. 혹시 땅에 떨어뜨리지 않을까 기대했다. 찰스가 땅 위에 엎드려 내 은화를 허겁지겁 긁어모으는 꼴을 한번 봤으면 좋겠는데.

그가 소리쳤다.

“이건 걔 돈이 아냐. 이걸 숨길 권리가 걔한테 왜 있냐고.”

찰스가 무슨 수로 내가 묻어 놓은 상자를 찾아냈는지 궁금했다. 떨어져 있는 거리와 상관없이 찰스와 돈이 서로를 찾아냈는지도 모르고, 아니면 혹시 찰스가 우리 집 땅을 체계적으로 남김없이 파 보는 데 혼신을 바치는 건지도 몰랐다.

“이건 최악이야. 최악이라고. 갠 그럴 권리가 없어.”

“피해 본 것도 없잖아요.”

콘스턴스 언니가 말했다. 나는 언니가 어리둥절해하고 있다는 걸 알 수 있었다. 부엌 안 어딘가에서 줄리언 삼촌이 뭔가를 쾅쾅 두드리며 언니를 부르고 있었다.

“돈이 이것뿐이라고 장담할 수 있어?”

찰스가 추궁하듯 상자를 앞으로 내밀었다.

"저 미친 애가 수천 달러를 온갖 데다, 우리가 절대로 못 찾을 데다 묻어 놓지 않았다고 어떻게 장담하냐고?"

"걘 뭐든 묻는 걸 좋아해서요. 가요! 줄리언 삼촌!"

여전히 상자를 소중하게 든 찰스가 콘스턴스 언니의 뒤를 따라 안으로 들어갔다. 그가 가고 나면 상자를 다시 묻을 수 있을 거라 생각했지만 기분이 좋지 않았다. 나는 계단 꼭대기로 가서 찰스가 홀을 지나 서재로 들어가는 걸 지켜보았다. 그는 분명 내 은화들을 아버지 금고에 넣을 작정이었다. 나는 재빨리 그리고 조용히 계단을 내려가 부엌을 통해 밖으로 나갔다.

"메리캣도 참."

내가 지나갈 때 언니가 말했다. 언니는 스파이스 쿠키를 식히려고 길게 늘어놓고 있었다.

나는 찰스 생각을 했다. 그를 파리로 만들어 거미집에 떨어뜨려 놓고, 붕붕거리는 파리의 몸에 갇힌 그가 꼼짝없이 묶여 버둥대며 죽어 가는 꼴을 볼 수 있었다. 그가 죽을 때까지 죽어라 죽어라 하고 빌 수도 있었다. 나무에 묶어 놓고서 몸이 나무로 변하고 나무껍질이 입을 덮을 때까지 그대로 내버려 둘 수도 있었다. 그가 오기 전까지 안전하게 잘 있었던 내 은화 모음 상자 자리에 구멍을 파고 묻을 수도 있었다. 그가 땅속에 묻힌다면 그 위를 발로 쾅쾅 구르면서 걸어 다닐 텐데.

찰스는 심지어 파 놓은 구멍을 메워 놓지도 않았다. 여기를 걷던 그가 땅이 파헤쳐졌던 흔적을 보고 멈춰서 안을 쑤셔 보다가, 이글이글한 눈을 하고 양손으로 미친 듯이 파 들어가서 마침내 내 은화 모음 상자를 발견하고는 놀람과 탐욕에 젖어 헐떡거렸을 모습을 상상할 수 있었다.

"나를 원망하지 마."

나는 구멍에게 말했다. 여기 묻을 다른 뭔가를 찾아야 했는데, 나는 그게 찰스였으면 했다.

그의 머리는 구멍에 꼭 맞을 터였다. 딱 맞는 동그란 돌을 발견하고 웃음을 터뜨리며, 나는 거기에 눈코입을 그려 넣고는 구멍에 묻었다.

내가 말했다.

"잘 가, 찰스. 다음부터는 다른 사람 물건 훔치고 다니지 마."

한 시간 남짓 강가에 머물렀다. 찰스가 드디어 위층으로 올라가 더 이상 그의 것도 아니고 아버지 것도 아니게 된 방으로 들어갔을 무렵 나는 아직 강가에 있었다. 한순간, 그가 내 은신처에 왔었을지도 모른다는 생각이 들었지만, 찰스가 정말로 들쑤시고 다녔다면 흔적이 남았을 텐데 아무것도 건드린 흔적이 없었다. 그러나 신경이 쓰일 만큼 충분히 가까이까지 접근했던 셈이라 평소 자던 자리의 풀과 이파리 들을 치우고 담요도 걷어서 털고, 모든 걸 새로 넣었다. 가끔 밥을 먹던 자리에 놓인 평평한 돌도 씻고, 입구에는 더 나은 나뭇가지를 가로질러 놓았다. 찰스가 은화를 더 찾으러 다시 올지, 여섯 개의 내 파란 구슬은 좋아할지 궁금했다. 드디어 배가 고파진 나는 집으로 돌아갔는데, 부엌에서 찰스가 아직도 고함을 지르고 있었다.

이제 그는 상당히 새된 목소리를 내고 있었다.

"내 참 기가 막혀서. 진짜 어이없고 기가 막힌다고!"

찰스가 얼마나 더 저렇게 소리를 지를 건지 궁금했다. 그는 우리 집에 증오에 찬 소음을 만들었다. 그의 목소리는 점점 더 가늘어지고 높아졌다. 저렇게 계속 소리 지르다가 꽥꽥 소리를 낼지도 몰라. 나는 부엌 계단, 조너스 옆에 앉아서, 찰스가 꽥꽥 소리를 내면 언니가 깔깔 웃을지도 모른다고 생각했다. 하지만 그런 일은 일어나지 않았는데, 내가 계단에 앉아 있는 걸 보자마자 그가 조용해지더니 다시 입을 열었을 때는 목소리를 낮게 깔면서 천천히 말했기 때문이다.

"돌아오셨군."

그가 말했다. 나에게 다가오지는 않았지만 그의 목소리가 내 가까이로 오는 것 같은 느낌이 들었다. 나는 그를 보지 않았다. 그를 보고 있는 조너스를 보았다.

"내가 널 어떻게 할지 아직 정하진 않았다만, 어떻게 하든 결코 잊지 못하게 해 주마."

"찰스, 그 앨 겁주지 마세요."

콘스턴스 언니가 말했다. 언니의 목소리도 맘에 들지 않았는데,

낯설게 들린데다 확신이 없는 어투였기 때문이다.

"어쨌든 전부 제 잘못이에요."

언니는 이제 저런 식으로 생각하기로 한 것이다.

나는 언니를 도와줘야겠다고 생각하고, 웃게 만들면 어떨까 했다.

나는 말했다.

"마귀광대버섯은, 대단히 맹독성이다. 붉은점박이광대버섯은 먹어도 되고 괜찮다. 키쿠타 마쿨라타는 독미나리로, 먹었을 경우 제일 강력한 독성을 발휘하는 야생초 중 하나다. 수궁초는 첫손가락에 꼽힐 만한 독성 식물은 아니지만, 스네이크베리는……."

"그만해."

찰스는 여전히 차분하게 말했다.

"콘스턴스 언니. 조너스랑 나, 점심 먹으러 왔는데."

"그 전에 먼저 찰스한테 설명을 해야 할 거야."

언니가 이렇게 말해서 나는 오싹해졌다.

찰스는 부엌 탁자에 앉아 있었는데, 의자를 뒤로 약간 밀고는 문간에 있는 나를 보려고 약간 몸을 튼 상태였다. 콘스턴스 언니는 그 뒤에서, 싱크대에 몸을 기대고 서 있었다. 줄리언 삼촌은 당신 책상에 앉아 원고를 헤집고 계셨다. 식히는 중인 스파이스 쿠키가 몇 줄이고 늘어서 있었고 부엌은 여전히 계피와 육두구 향으로 가득했다. 언니가 오늘 저녁 조너스에게 밥을 줄 때 스파이스 쿠키도 함께 주려나 싶었다. 그날이 마지막 날이었으므로 당연히 그러지

마귀광대버섯 Amanita Pantherina

/

환각과 신경 장애를 일으켜 복용량에 따라
사망에까지 이르게 하는 광대버섯과의 버섯.

못했지만.

"잘 들어."

찰스가 말했다. 그는 막대기와 흙을 한 움큼 갖다 놓은 채였는데, 언니한테 그런 게 정말로 자기 방에 있었다는 걸 보여 주려고 그랬을 수도 있고, 아니면 한 움큼씩 치우려고 그랬는지도 모른다. 막대기와 흙이 부엌 탁자에 올라온 모습은 잘못돼 보였고, 언니는 자기의 깨끗한 탁자에 올라온 흙 때문에 더 슬픈 건지도 몰랐다.

"잘 들어."

찰스가 말하기 무섭게 줄리언 삼촌이 말했다.

"저 젊은 녀석이 종일 저렇게 떠들면 난 여기서 일 못 한다. 콘스턴스, 그놈한테 잠시 조용히 하라고 해라."

찰스가 부드러운 목소리로 말했다.

"당신도 마찬가지야. 당신네 두 사람한테는 나도 참을 만큼 참았어. 하나는 내 방을 망가뜨리고 돈을 묻고 돌아다니고, 다른 하나는 내 이름조차 기억을 못 하지."

"찰스잖아."

내가 조너스한테 말했다. 돈을 묻은 쪽은 확실히 나였으니까, 이름을 기억하지 못하는 쪽은 내가 아니었다. 늙고 가엾은 줄리언 삼촌은 아무것도 못 묻고 찰스의 이름도 기억하지 못했다. 줄리언 삼촌한테 잘해 드려야 한다는 거 꼭 기억해야지.

"줄리언 삼촌한테 저녁때 스파이스 쿠키를 드리는 건 어때? 조너스한테도 하나 줄 수 있을까?"

나는 언니에게 부탁했다. 찰스가 말했다.

"메리 캐서린. 너한테 해명할 기회를 한 번 주지. 내 방을 왜 그렇게 엉망으로 만든 거지?"

대답할 이유는 없었다. 그는 언니가 아니었다. 내가 뭐라고 대답하든 혹시라도 우리 집에 대한 그의 희미한 장악력을 되살리는 데 도움이 될지도 모를 일이었다. 나는 계단에 앉아, 간질이면 휙휙 움직이고 꺾이는 조너스의 귀를 갖고 장난을 쳤다.

"대답해."

찰스가 말했다.

"저는 그거하곤 아무 상관도 없다고 몇 번이나 더 말씀드려야 됩니까, 존 형님!"

줄리언 삼촌이 원고 위에 손을 쾅 내리치더니 마구 흩어 버렸다.

"그건 여자들끼리 말다툼이지 제 일은 전혀 아닙니다. 저는 아내의 사소한 승강이엔 상관하지 않으니 형님도 그러시라고 강력하게 충고하겠습니다. 여자들 사이가 안 좋다고 품위 있는 남자들이 협박하고 비난하고 그래서야 되겠습니까. 체면이 깎이십니다, 형님. 체면이 깎인다구요."

"닥쳐."

찰스가 말했다. 그가 다시 고함을 지르기 시작하자 기분이 흡족했다.

콘스턴스, 하고 그가 약간 목소리를 낮추면서 말했다.

"진짜 끔찍해. 너 여기서 빨리 빠져나올수록 좋겠어."

"친형한테서 닥치란 소린 나도 안 들을랍니다. 저희가 이 집을 나가죠. 형님이 정말 원하신다면요. 하지만 형님도 곰곰 생각해 보시기 바랍니다. 아내와 전……."

"내 잘못이야, 전부 다."

언니가 말했다. 곧 울 것 같았다. 힘든 세월을 다 지나온 지금 언니가 또 울게 되는 건 생각해 본 적도 없었지만, 나는 꽉 묶여 있었고, 오싹했고, 언니 쪽으로 다가갈 수가 없었다.

내가 찰스에게 말했다.

"넌 악마야. 유령이고 악마야."

"뭐가 어째?"

"받아 주지 마세요. 메리캣이 하는 실없는 소리 듣지 마세요."

언니가 그에게 말했다.

"존 형님, 형님은 이기적인 사람입니다. 악당인지도 모르죠. 세상 물건에 지나치게 집착하고요. 가끔 궁금했어요. 형님이 진짜 신사가 맞는지."

"정신 나간 집이야."

찰스가 확신에 차서 말했다.

"콘스턴스, 여긴 정신 나간 집이라고."

"제가 방을 바로 치워 드릴게요. 찰스, 제발 화내지 말아요."

콘스턴스 언니가 난폭한 표정으로 나를 쳐다봤지만 나는 꽉 묶여서 언니를 볼 수가 없었다.

"줄리언 삼촌."

찰스가 일어나 줄리언 삼촌이 앉아 있는 책상으로 갔다.

"내 원고에 손대지 마라."

줄리언 삼촌이 원고를 손으로 가리려고 하면서 말했다.

"내 원고한테서 떨어져, 이 근본도 모를 놈아."

"뭐?"

"내가 사과하마."

줄리언 삼촌이 콘스턴스 언니를 보고 말했다.

"네가 들어서는 안 되는 말이었는데, 얘야. 그냥 이 근본도 모를 놈한테 내 원고에서 떨어지라고 말해 주렴."

찰스가 줄리언 삼촌에게 말했다.

"이봐, 분명히 말하는데 나도 참을 만큼 참았어. 내 당신의 웃기는 그 원고는 건들지도 않을 거고, 난 당신 형님 존도 아니야."

"당연히 넌 우리 형님 존이 아니지. 넌 형님보다 키가 일 센티미터는 작단 말이다. 풋내기에 근본도 모를 놈이고. 부끄럽게도 내 또 다른 형님이기도 한 네 아버지 아서한테 썩 돌아가서 내가 이러더라고 전해라. 원한다면 네 엄마도 보는 앞에서. 형수는 의지가 강한 여자였지만 가족 같은 맛이라곤 없었지. 그 여잔 가족의 연을 끊자더구나. 그 보답으로 내가 방금 한 고상한 말을 네가 그 여자 앞에서 한 번 더 말한다 해도 난 아무 불만 없다."

"이제 전부 지난 일이잖습니까, 줄리언 삼촌. 콘스턴스와 저는……."

"나한테 그따위 말투를 쓰다니 내 눈엔 네가 네 주제를 잊었구먼, 젊은 조카. 네가 뉘우치는 건 참 고맙다만 넌 내 시간을 너무 잡아먹었어. 이제부턴 찍소리도 내지 말고 조용히 하시게."

"삼촌 조카 메리 캐서린하고 얘기를 끝내기 전까진 싫습니다."

"내 조카 메리 캐서린은 죽은 지 오래됐다, 이 젊은 녀석아. 그 앤 자기 가족이 몰살당한 충격을 이기지 못했어. 너도 알고 있다고 생각했는데."

"뭐?"

찰스가 맹렬한 기세로 언니를 홱 돌아봤다.

"우리 조카 메리 캐서린은 고아원에서 죽었어, 제 언니가 살인죄로 재판받는 동안에, 아무도 돌봐 주지 않아서. 하지만 그 앤 내 책에선 거의 문제가 안 되니 그 애 얘긴 그렇게 끝낼 거다."

"그 애가 바로 저기 서 있는데요?"

손을 막 흔드는 찰스의 얼굴이 벌겠다.

줄리언 삼촌이 연필을 탁 내려놓고 찰스 쪽으로 얼굴을 반만 돌린 채 말했다.

"젊은 조카, 내 기억에 분명히 내가 하는 일이 얼마나 중요한지 일러 줬던 걸로 아는데. 그런데도 끊임없이 날 방해하는구나. 나도 참을 만큼 참았다. 이제부터 조용히 하든지 아니면 이 방에서 나가라."

나는 찰스를 보고 웃고 있었고 콘스턴스 언니조차도 미소를 짓고 있었다. 찰스는 줄리언 삼촌을 쳐다보며 서 있었다. 줄리언 삼촌은 당신 원고를 이리저리 뒤적이면서 중얼거렸다.

"망할 놈의 건방진 자식."

그러고는 언니를 불렀다.

"콘스턴스야."

"네, 줄리언 삼촌?"

"내 원고가 어째서 이 상자 안에 들어가 있는 거냐? 이러면 내가 다시 꺼내서 또 정리를 해야 한단 말이다. 그 젊은 녀석이 내 원고에 손댄 거냐? 그랬어?"

"아뇨, 줄리언 삼촌."

"내 생각에 걔가 책임을 너무 많이 지려는 거 같구먼. 가기는 언제 간다더냐?"

"저 안 갑니다. 저 여기 있을 거라구요."

찰스가 말했다.

"씨알도 안 먹힐 소리. 우린 방 없다. 콘스턴스야."

"네, 줄리언 삼촌?"

"점심으로 고기가 먹고 싶구나. 깔끔하게 잘 익힌 작은 고기로. 버섯도 곁들이면 좋겠고."

"네."

언니가 안도하며 대답했다.

"점심 준비를 해야겠네요."

마침내 그렇게 하게 돼서 기쁘다는 듯 언니는 부엌 탁자로 와서 찰스가 흘린 흙과 나뭇잎을 쓸어 냈다. 쓸어 모은 것들을 종이봉투에 담아 쓰레기통에 버린 후, 언니는 행주를 갖고 돌아와 탁자를 싹싹 닦았다. 찰스는 언니를 보고 나를 보더니 줄리언 삼촌을 보았다. 자기한테 보이고 들리는 게 무엇이든 꽉 휘어잡을 기운이 쏙 빠진 듯 누가 봐도 당혹한 모습이었다. 그렇게 사로잡힌 악마가 괴로워 몸을 이리 뒤집고 저리 젖히는 첫 번째 징후는 보기 즐거운 장면이었다. 나는 줄리언 삼촌이 정말 자랑스러웠다. 언니는 이제 더는 아무도 소리를 안 지르니 좋아서 찰스에게 생긋 웃어 보였다. 이젠 울 것 같지 않았다. 잠깐이나마 한껏 뒤틀린 악마의 모습이 언니에게도 스쳐 보였는지 이렇게도 말했다.

"찰스, 피곤해 보여요. 점심 드시기 전까지 가서 쉬세요."

"어디 가서 쉬라고?"

찰스는 아직 화가 안 풀린 상태였다.

"저 애한테 무슨 조치를 취하기 전까진 여기서 한 발짝도 안 나갈 거야."

"메리캣요? 왜 조치를 취해야 하죠? 제가 방을 청소해 드린다고 했잖아요."

"그럼 잴 벌주지도 않을 거란 소리야?"

"나를 벌준다고?"

그때 나는 사각형 문틀을 뒤로하고 부들부들 떨며 서 있었다.

"나를 벌준다고? 그러니까 저녁밥도 안 주고 방으로 쫓아낸다는 소리야?"

나는 뛰어나갔다. 뛰어서 안전한 들판까지 가서는 머리보다 키 큰 풀들이 나를 숨겨 주는 한가운데에 앉았다. 조너스가 나를 찾아와서 아무도 우릴 못 보는 그곳에 함께 앉아 있었다.

아주 오랜 시간이 지나고 나는 다시 일어났다. 갈 곳이 있었기 때문이다. 나는 여름 별채로 향했다. 지난 육 년 동안 여름 별채 근처에는 간 적이 없었지만, 찰스가 세상을 검게 만들었으니 이제 여름 별채만이 유일한 희망이었다. 조너스는 나를 따라오지 않았다. 그 고양이는 여름 별채를 싫어해서, 내가 그리로 이어지는 풀이 웃자란 오솔길 쪽으로 방향을 트는 걸 보더니 급한 볼일이 생각났다는 것처럼 다른 방향으로 가 버렸다. 나중에 다른 데서 또 만날 것이다. 내 기억에 여름 별채를 좋아한 사람은 아무도 없었다. 아버지가 처음 설계를 했는데, 강물을 가까이 끌어오고 작은 폭포도 만들려고 했었으나 별채를 지을 때 목재와 석재와 페인트에 뭔가가 들어가는 바람에 공사가 잘 마무리되지 않았다. 문간에서 안을 들여다보는 쥐를 언젠가 한 마리 보신 어머닌 그 후로 무슨 수를 써도 별채에 가려고 하시지 않았는데, 어머니가 안 가시니 아무도 안 가는 곳이 돼 버렸다.

나는 이 주변에는 아무것도 묻지 않았다. 땅이 검고 축축해서 거기 묻힌 그 어떤 것도 그리 편안치 못했으리라. 여름 별채 양옆으로 너무 가까이 딱 붙은 나무들은 지붕 위로 무겁게 숨을 쉬었고, 언젠가 여기 심었던 불쌍한 꽃들은 죽거나 야생의 거대한 흉물로 변해 있었다. 여름 별채를 가까이 가서 보면 내가 본 중에 제일 흉측한 곳이라는 생각이 들었다. 어머니가 상당히 진지하게 여길 불태우자고 하셨던 것도 기억났다.

안은 온통 축축하고 어두웠다. 돌로 된 바닥에 앉는 걸 좋아하지 않았지만 다른 장소가 없었다. 한때 여기에는 의자들도 있었고 낮은 탁자도 있었던 것 같은데 지금은 다 옮겨지거나 썩어서 없어졌다. 나는 바닥에 앉아 마음속에 식구들을 모두 제자리에 맞게, 식당 식탁 주변에 둥글게 앉혀 보았다. 아버지가 식탁 머리 부분에 앉았다. 어머니가 발치에 앉으셨고, 줄리언 삼촌은 어머니의 한쪽 옆에, 그리고 남동생 토머스는 반대쪽 옆에 앉았다. 아버지 옆에는 도러시 숙모와 콘스턴스 언니가 앉았다. 나는 콘스턴스 언니와 줄리언 삼촌 사이, 내 정당한, 나만 앉을 수 있는 내 고유의 식탁 자리에 앉았다. 천천히 나는 그들이 하는 얘기를 듣기 시작했다.

"메리 캐서린한테 책을 사 주려구요. 루시, 메리 캐서린에게 새 책이 있어야 하지 않아요?"

"메리 캐서린이 원하는 게 있으면 뭐든 가져야지, 동서. 우리가 제일 사랑하는 딸은 원하는 건 뭐든 가져야 하고말고."

"콘스턴스, 네 동생한테 버터가 모자라는구나. 얼른 전해 주거라."

"메리 캐서린, 우린 널 사랑한단다."

"메리는 절대 벌 받으면 안 돼. 루시, 우리가 제일 사랑하는 딸 메리 캐서린이 절대 벌 받으면 안 된다는 사실을 당신도 명심하도록 해요."

"메리 캐서린은 절대 잘못을 저지를 리가 없어. 그 아일 벌줄 일은 결코 없다고."

"루시, 내가 들었는데요, 말 안 듣는 애들은 벌로 저녁도 안 먹이고 방에서 못 나오게 한다던데요. 우리 메리 캐서린한테는 절대로 그런 일을 해서는 안 돼요."

"그래야지, 동서. 메리 캐서린은 절대 벌 받으면 안 돼. 절대로 저녁 식사도 안 주고 방으로 보내는 짓은 하면 안 돼. 메리 캐서린은 벌 받을 짓은 절대로 안 할 거야."

"우리가 사랑하고 아끼는 메리 캐서린은 보호하고 고이 보듬어야 하는 아이야. 토머스, 네 누나한테 네 저녁 식사를 주거라. 더 먹고 싶어 하잖니."

"도러시, 줄리언. 우리 사랑하는 딸이 일어서면 같이 일어서시오."

"우리가 친애해 마지않는 메리 캐서린에게 다들 고개 숙여 인사를 하세요."

008

나는 저녁을 먹으러 돌아가야 했다. 저녁을 먹는 식탁에는 내가 반드시 콘스턴스와 줄리언 삼촌과 찰스와 함께 앉아야 했다. 내가 자리에 없다는 걸 뻔히 보면서 그들이 거기 앉아 자기 식사를 씹고, 얘기를 나누고, 음식을 서로에게 건네준다는 건 상상할 수 없는 일이었다. 점점 몰려드는 어둠 속에서 조너스와 함께 오솔길을 따라 나와 정원을 가로질러 걸으면서, 나는 억누르고 있던 애정이 복받치는 걸 느끼며 우리 집을 바라보았다. 좋은 집이었다. 이제 곧 예전처럼 깔끔하고 예뻐지리라. 내가 잠시 멈춰 서서 지켜보고 있자, 조너스가 호기심이 일었는지 다리에 몸을 문지르며 왜 그러느냐고 속삭여 왔다.

"우리 집을 보고 있는 중이야."

내가 말해 주자 조너스는 내 옆에 조용히 서서 함께 고개를 들고 쳐다보았다. 지붕은 단호하게 하늘을 향해 솟아 있었고, 벽들은 단단하게 서로 맞붙어 있었고, 창문들은 검게 빛났다. 좋은 집이었고, 대부분이 깨끗한 상태였다. 부엌과 식당 창문에 불빛이 비쳤다. 저들의 저녁 식사 시간이니 나도 거기 있어야 했다. 나는 내 뒤로 문을 단단히 걸어 잠근 집 안에 있고 싶었다.

들어가려고 부엌문을 열자마자 집 안에 아직 가시지 않은 분노가 느껴졌다. 대체 누가 이렇게까지 한 가지 감정을 오래 유지할 수 있는 건가 싶어 아연했다. 쉴 새 없이 계속해서 말하는 그의 목소리가 부엌에서 똑똑히 들려왔다.

"걜 이대로 그냥 둬선 안 돼. 모든 게 이런 식으로 흘러가도록 두면 안 된다 이 말이야."

불쌍한 콘스턴스 언니. 저 잔소리를 듣고 또 들으면서 음식이 식어 가는 꼴을 봐야 하다니. 조너스가 나보다 먼저 식당으로 뛰어 들어가자 콘스턴스 언니가 말했다.

"걔가 여기 왔네요."

나는 식당 문간에 서서 잠시 주의 깊게 살펴봤다. 콘스턴스 언니는 분홍색 옷을 입고 머리를 예쁘게 뒤로 빗어 넘겼다. 내가 시선을 주자 나를 보고 미소를 지었는데, 그걸 보고 지금 언니가 얼마나 저 잔소리를 꾹 참고 있는 중인지를 알았다. 줄리언 삼촌의 휠체어는 식탁에 바짝 붙어 있는데, 언니가 삼촌 턱 밑에 냅킨을 끼워 드린 걸 보니 마음이 좋지 않았다. 마음대로 편히 식사하시도록 삼촌을 내버려 두지 않다니 너무했다. 삼촌은 언니가 언젠가 향기 가득한 여름날에 잘 손질해 놨던 완두콩을 곁들인 미트 로프를 들고 계셨다. 언니가 미트 로프를 잘게 썰어 드리자 줄리언 삼촌은 숟가락 뒷면으로 미트 로프와 콩을 으깬 다음 섞어 입으로 가져가셨다. 삼촌은 듣고 계시지 않았지만 목소리는 그칠 줄 모르고 계속됐다.

"그래, 돌아오기로 하셨다, 이거지? 그것도 때 하나는 기가 막히게 맞춰서, 우리 아가씨. 마침 네 언니와 내가 널 어떻게 따끔하게 혼내 줄지 정하고 있었지 뭐냐."

언니가 온화하게 말했다.

"얼굴 씻고 와, 메리캣. 머리도 빗고. 밥 먹는 자리에 단정하지 못한 꼴로 앉으면 어떡하니. 네 사촌 찰스는 벌써 너한테 화가 나 있단 말이야."

찰스가 포크로 나를 가리켰다.

"메리, 너한테 말해 두지만, 장난질은 이제 영원히 끝이다. 그 정도면 네가 숨기고 망가뜨리고 화내는 거 참을 만큼 참았으니, 이제부턴 가만두지 않기로 네 언니하고 내가 합의를 봤다."

나는 포크로 나를 가리키는 것도 맘에 안 들었고 저 목소리가 계속 떠드는 것도 싫었다. 저치가 저 포크로 음식을 찍어서 자기 입에 넣고 목구멍이나 콱 막혀 버렸으면.

"얼른 뛰어갔다 와, 메리캣. 음식이 식겠다."

언니는 내가 저 식탁에 앉아서는 먹지 않을 거라는 걸, 그래서 자기가 나중에 부엌으로 내 식사를 갖다 주리란 걸 알고 있었지만, 내 생각에 언니는 괜히 그 얘기를 해서 찰스에게 또 잔소리할 빌미를 주고 싶지 않은 것 같았다. 언니에게 웃어 보이고 홀 쪽으로 가는 내 등 뒤로 계속 떠드는 목소리가 들렸다. 이렇게 많은 말들이 집 안에 울려 퍼진 건 정말 한참 만이었다. 다 씻어 내려면 시간깨나 걸릴 것이다. 내가 위층으로 올라간다는 걸 저 두 사람이 확실하게 알 수 있도록 일부러 발소리를 쿵쿵 내면서 계단을 올라갔지만, 막상 계단을 다 올라간 다음에는 내 뒤의 조너스만큼이나 살금살금 걸었다.

언니는 그가 지내는 방을 치워 놓았다. 방 안에 어질러진 물건을 그냥 다 치워 버린 탓에 방이 상당히 휑뎅그렁해 보였다. 원래 있던 물건들을 내가 다락에다 갖다 놓는 바람에 도로 채워 놓을 방도를 몰랐던 것이다. 서랍장 서랍이 비어 있고, 옷장도, 책꽂이도 마찬가지였다. 거울도 없었고, 고장 난 시계와 망가진 시곗줄만이 서랍장 맨 위에 놓여 있었다. 언니는 젖은 침구를 치워 놓았다. 새 침구가 갖춰져 있는 걸로 봐서 매트리스를 다 말린 다음 뒤집어 놓은 것 같았다. 세탁하려고 떼어 냈는지 긴 커튼도 없었다. 그가 누워 있었는지 침대가 흐트러져 있었고, 파이프 담배가 아직 불이 붙은 채로 침대 옆 탁자에 놓여 있었다. 콘스턴스 언니가 저녁 먹으라고 불렀을 때 찰스는 여기 누워 있었겠지. 그러면서, 눈에 익은 뭔가가 아직 이 방에 남아 있지 않을까, 옷장 문의 각도나 천장에 비치는 불빛 한 번으로 이전의 모습을 고스란히 되살릴 수 있지 않을까, 하고 엉망이 된 방을 계속 둘러보고 또 둘러보진 않았을지 궁금했다. 언니가 혼자 저 매트리스를 뒤집었을 생각을 하니 미안했다. 보통은 내가 같이 돕는데, 또 모르지. 그가 다가와서는 자기가 대신 해 주겠다고 했을지. 언니는 심지어 파이프를 받칠 깨끗한 잔 받침까지 갖다 줬다. 우리 집에 재떨이가 없다 보니 찰스가 파이프를 둘 데를 계속 찾아 헤맬 때 찬장 선반에서 이가 빠진 잔 받침 한 벌을 가져와 파이프 올려놓으라며 준 거다. 잔 받침들은 분홍색에다 테두리를 따라 금색 이파리 장식이 둘러진 것이었다. 내가 기억하는 그 어떤 것보다도 더 오래된 그릇 세트 중 하나였다.

콘스턴스 언니가 부엌으로 그 잔 받침들을 들고 왔을 때 내가 물었다.

"누가 썼던 거야, 그거? 찻잔은 어디 가고?"

"나도 이 그릇을 쓰는 건 한 번도 못 봤어. 내가 부엌에 발을 들여놓기 훨씬 전 물건이야. 증조할머니 대의 어느 분이 지참금이랑 같이 가져온 건데, 한창 사용하다 이가 나가고 다른 그릇으로 대체된 끝에 결국엔 찬장 맨 위 칸에 모셔지게 된 거지. 이젠 이 잔 받침들하고 정찬용 접시 석 장밖에 안 남았어."

"그럼 찬장에다 둬야지. 집 여기저기에 흩어 놓을 게 아니라."

언니가 그것들을 찰스에게 주는 바람에, 그것들은 선반에서 자기들만의 소박한 여생을 얌전하게 보내는 대신 이젠 이렇게 죄 흩어지게 되었다. 응접실에 하나, 식당에 하나, 그리고 내 기억에 서재에도 하나가 있었다. 잔 받침은 약하지 않았다. 파이프가 그 위에서 타고 있는데도 침실에 있는 이 녀석 몸에는 금조차 가지 않았다. 오늘 하루 종일, 여기서 뭔가를 찾게 될 거란 걸 예감하고 있었다. 나는 잔 받침과 파이프를 탁자에서 쓸어 내듯 휴지통으로 밀었고, 그 둘은 그가 집 안에 들여놓은 신문지 위로 사뿐히 떨어졌다.

나는 내 눈이 신기했다. 내 눈 한쪽, 왼쪽 눈엔 황금색과 노란색과 주황색만 보였고, 다른 한쪽으론 파란색, 회색, 녹색 계통이 보였다. 아마도 한쪽 눈은 낮, 다른 한쪽 눈은 밤용이었는지도 모른다. 이 세상 사람 모두가 각각의 눈으로 각각 다른 색깔을 본다면 아직 알려지지 않은 새로운 색깔들이 많이 탄생할지도 모른다. 아래층으로 내려가려고 계단참에 왔을 때에야 까먹은 게 생각났다. 나는 도로 가서 세수를 하고 머리도 빗었다.

내가 식탁에 앉을 때 그가 물었다.

"왜 이렇게 오래 걸렸냐? 저 위에서 또 무슨 짓 한 거야?"

"분홍색 설탕 옷을 입힌 케이크 만들어 줄래? 가장자리에 작은 금색 나뭇잎 장식도 둘러서? 나, 조너스랑 같이 파티 열려고."

나는 언니에게 부탁했다.

"되면 내일 해 줄게."

언니가 말했다.

“저녁 먹고 나서 우리 장시간 대화를 좀 해야겠다.”

찰스가 말했다.

“독 가지.”

내가 그에게 말했다.

“뭐?”

“벨라도나를 말하는 거예요. 그런데 찰스, 제발 그 얘긴 아직 좀.”

“나도 이 정도면 많이 참은 거야.”

“콘스턴스야.”

“네, 줄리언 삼촌?”

“나, 접시 다 비웠다.”

줄리언 삼촌이 냅킨 위에 떨어진 미트 로프 작은 조각 하나를 발견하시곤 이내 입에 쏙 넣으셨다.

“이제 뭐 먹냐?”

“좀 더 드실래요, 줄리언 삼촌? 그렇게 잘 드시는 걸 보니 저도 참 좋아요.”

“오늘 밤엔 상당히 기분이 낫구나. 이렇게 푸짐하게 잘 먹은 게 며칠 만인지.”

줄리언 삼촌의 상태가 좋아서 나도 좋았고, 찰스한테 호된 맛을 보여 준 뒤라 삼촌 기분이 좋을 거라는 것도 알 수 있었다. 언니가 미트 로프 한 조각을 하나 더 작게 써는 동안, 줄리언 삼촌은 나이 든 눈에 사악한 빛을 띠고 찰스를 노려봤는데, 뭔가 독한 말씀을 하실 거라는 짐작이 갔다.

"젊은 조카."

마침내 삼촌이 입을 열었으나 찰스가 갑자기 고개를 홱 돌려 홀 쪽을 쳐다봤다.

"타는 냄새 같은데."

찰스가 말했다.

언니가 동작을 멈추고 고개를 들어 부엌으로 이어지는 문 쪽을 돌아봤다.

"혹시 스토브가?"

언니는 이렇게 말하더니 재빨리 자리에서 일어나 부엌으로 들어갔다.

"젊은 조카……."

"확실히 타는 냄새야."

찰스가 홀을 살피러 갔다.

"여기서 냄새가 나."

나는 그가 지금 누구한테 얘기를 하는 건가 궁금했다. 언니는 부엌에 있었고, 줄리언 삼촌은 당신이 하려던 말을 생각중이셨고, 나는 아예 듣고 있지 않았으니까.

"분명 뭔가 타고 있어."

찰스가 말했다.

"스토브는 아니에요."

콘스턴스 언니가 부엌 문간에 서서 찰스를 쳐다봤다.

찰스는 방향을 바꿔 내게로 가까이 다가왔다.

"혹시라도 이게 만약 네 짓이라면……."

나는 웃음을 터뜨렸는데, 찰스가 냄새를 쫓아 차마 위층으로 올라갈 엄두를 못 내고 무서워하고 있다는 게 뻔히 보여서였다. 그때 콘스턴스 언니가 말했다.

"찰스…… 당신 파이프……."

그러자 그가 몸을 돌려 계단을 뛰어 올라갔다.

"그러게 내가 부탁하고 또 부탁했건만."

언니가 말했다.

"파이프로도 불이 날까?"

내가 언니에게 묻던 그 순간, 찰스가 위층에서 꽥꽥 비명을 질렀다. 그 소리는 숲 속에서 어치가 내는 소리랑 똑같았다.

"저건 찰스 목소리로군요."

내가 정중하게 언니에게 말하자 언니는 서둘러 홀로 나가 위를 올려다봤다.

"어떻게 된 거예요? 찰스, 어떻게 된 거냐구요?"

"불이야!"

계단을 우당탕 내려오며 찰스가 말했다.

"뛰어, 도망가! 이 망할 놈의 집 전체가 타고 있어. 너희 집엔 전화도 없잖아!"

찰스가 콘스턴스 언니의 면전에 대고 고함을 질러 댔다.

"내 원고."

줄리언 삼촌이 말했다.

"나, 내 원고를 모아서 안전한 장소에 옮겨 놔야겠다."

삼촌이 휠체어를 움직이려고 식탁을 밀어내셨다.

"콘스턴스야."

"도망가! 도망가라니까, 이 바보야!"

찰스가 이제는 현관문에서 자물쇠를 마구 비틀면서 말했다.

"지난 몇 년간은 내 그닥 뛴 적도 없다, 젊은 놈아. 왜 이렇게 법석을 떠는지 모르겠구먼. 내 원고를 챙길 시간은 있단 말이다."

찰스는 현관문을 열고 문지방에서 고개를 돌려 콘스턴스 언니를 불렀다.

"금고는 갖고 나오지 말고 돈만 자루에 담아. 도와줄 사람을 찾는 대로 돌아올 테니까. 절대 당황하지 말고."

우리는 그가 마을 쪽으로 달려가면서 "불이야! 불! 불이야!" 하고 외치는 고함 소리를 들을 수 있었다.

"이게 무슨 일이람."

재밌다는 듯 언니가 말했다. 언니는 줄리언 삼촌의 휠체어를 밀어 삼촌이 방에 가는 걸 도와 드렸고 나는 홀로 나가 위층을 올려다봤다. 찰스가 아버지 방의 문을 열어 놓은 채로 가 버린 덕분에 방 안에서 타오르는 불의 움직임이 보였다. 불은 위쪽으로 타오르는구나. 저 불이 다락의 물건들도 태워 버리겠네. 찰스가 현관문도 열어 놓고 나갔고, 연기 한 줄기가 계단을 타고 내려와 그 틈으로 밖으로 흘러 나갔다. 불이 서두는 기색이 없어 보였기에 나도 빨리빨리 움직여야 된다든가 난리를 피우며 집 주변을 뛰어다녀야 할 필요를 느끼지 못했다. 위로 올라가 방문을 닫아 불을 안에 가두면 안 되나, 그렇게 전부 찰스에게 속하도록 만들면 안 되나 생각했지만, 막상 계단을 올라가려고 하자 불꽃 한 줄기가 예까지 내려와 홀에 깔린 카펫에 닿았고, 아버지 방에서 무거운 물체가 쿵 하고 쓰러지는 소리도 들렸다. 이제 저 안에 찰스의 흔적은 전혀 안 남겠지. 파이프마저도 완전히 불에 삼켜졌으리라.

"줄리언 삼촌이 원고를 모으고 계셔."

언니가 홀로 나와 내 옆에 서면서 말했다. 언니는 줄리언 삼촌의 숄을 팔에 걸고 있었다.

"우리도 밖으로 나가야 될 거야."

언니가 공포에 질린 걸 알고 내가 덧붙였다.

"현관 베란다의 덩굴 뒤에 숨으면 돼. 어두워서 괜찮아."

"며칠 전에 싹 청소해 놨는데. 이렇게 불이 나면 어쩌라고."

언니가 화가 난 것처럼 몸을 부르르 떨기에 나는 언니 손을 잡고 열린 현관문 쪽으로 이끌고 나갔다. 다시 집을 보려고 몸을 돌린 바로 그때, 끔찍한 사이렌 굉음과 함께 진입로에 불빛이 나타났고 우리는 문간에서 그 불빛 속에 갇혀 있었다. 콘스턴스 언니가 내 뒤로 얼굴을 숨기자, 거기 등장한 이는 제일 처음 소방차에서 내려 계단으로 달려온 사람, 짐 도널이었다.

"비켜라."

그는 우리를 제치고 집 안으로 들어갔다. 나는 언니를 데리고 베란다를 따라 걸어 덩굴이 우거진 구석 자리로 이끌었다. 언니는 구석에 처박혀서 덩굴에 바짝 붙었다. 나는 언니의 손을 꼭 잡았다. 그렇게 우리 둘은 저 인간들의 수많은 발들이 우리 집 문지방을 밟고 넘고, 호스를 끌어오고, 우리 집에 더러움과 혼란과 위험을 갖고 들어오는 광경을 지켜보았다. 불빛이 진입로와 현관 앞 계단으로 수없이 몰려드는 통에 확연하게 모습을 드러낸 집의 전면은 온통 하얗고 창백하고 불안해 보였다. 여태 그렇게 조명을 받은 적이 없었기 때문이다. 귀가 감당하기엔 너무나 무지막지한 굉음 속 어디선가 쉬지 않고 입을 놀리는 찰스의 목소리가 들렸다.

"서재에 있는 금고 가지고 나와요."

찰스는 그 말을 골백번도 더 했다.

안으로 밀고 들어가는 남자들 사이로 연기가 현관문을 통해 새어 나왔다.

"콘스턴스 언니, 언니, 저 사람들 쳐다보지 마."

내가 속삭이자 언니도 나한테 속삭였다.

"내가 보일까? 누가 보는 사람 있니?"

"다들 불만 쳐다보고 있어. 그러니까 소리 내지 말고 있어 봐."

나는 덩굴 사이를 비집고 조심스럽게 밖을 내다봤다. 긴 행렬을 이룬 차들과 마을의 소방차가 전부 최대한 우리 집 가까이에 주차를 했고, 마을 사람 전부가 올려다보고 쳐다보면서 거기 있었다. 웃는 얼굴도 보였고 겁에 질린 얼굴도 보였는데, 그때 우리가 있는 곳에서 아주 가까운 데서 누가 외쳤다.

"여자들하고 노인 한 사람이 있을 텐데 어떻게 됐어? 누구 본 사람 없어요?"

찰스가 어딘가에서 소리쳤다.

"피하란 경고를 충분히 들었으니까 괜찮을 겁니다."

휠체어를 탄 줄리언 삼촌도 뒷문을 통해 잘 빠져나오셨을 거야, 하고 나는 생각했다. 불길이 부엌이나 줄리언 삼촌 방 가까이까지 가고 있었단 생각은 들지 않았다. 호스가 보였고 남자들이 외치는 소리가 들렸다. 그들은 계단과 위층의 건물 앞쪽에 있는 침실에 온통 모여 있었다. 나는 현관문으로 들어갈 수 없었다. 언니를 여기 두고 혼자 간다 해도 저들 모두의 시선을 받으며 불빛 속에서 계단을 내려가지 않고는 도무지 뒷문 쪽으로 돌아갈 방법도 없었다.

"줄리언 삼촌이 겁내셨어, 혹시?"

내가 언니한테 속삭였다.

"내가 보기엔 짜증 나신 것 같던데."

언니가 대답하곤 몇 분 후에 다시 말했다.

"저 홀을 다시 깨끗하게 돌려놓으려면 정말이지 엄청나게 쓸고 닦아야겠다."

그러고는 한숨. 언니가 저 밖에 있는 사람들을 잊고 집 생각을 해서 다행이었다.

내가 언니에게 말했다.

"조너스는? 걔 어디 갔어?"

덩굴의 짙은 그림자 속에서 언니가 희미하게 미소 짓는 게 보였다.

"걔도 짜증 난 거지. 내가 원고 챙기시라고 줄리언 삼촌을 모셔드릴 때 뒷문으로 나가더라."

우리는 무사했다. 원고에 마음이 쏠려 있었다면 줄리언 삼촌이야 불이 났다는 사실 자체를 잊으실 법도 했지만, 조너스는 나무 그늘에서 이 광경을 지켜보고 있을 게 확실했다. 저들이 찰스의 불을 끄고 나면 언니를 다시 안으로 데리고 가서 다시 집 청소를 시작할 수 있겠지. 언니의 말이 더 없어지는 데 반해 진입로에는 점점 더 많은 차들이 따라 들어왔고 발걸음 소리는 끝도 없이 우리 집 문지방을 앞뒤로 넘나들었다. 머리에 쓴 모자에 '대장'이라고 씌어 있는 짐 도널을 빼면 누가 누군지 알아보기는 불가능했다. 우리 집 앞에서 불을 보며 웃고 있는 얼굴들의 이름 하나하나를 생각해 내는 게 불가능한 것처럼.

나는 생각을 명확하게 정리해 보려 했다. 집이 불타고 있었다.

우리 집 안에서 불이 났다. 참 이상하게도, 짐 도널과 그 외 이름을 알 수 없는, 모자를 쓰고 비옷을 입은 남자들에게 우리 집 뼈대를 타고 흐르던 불길을 잡는 능력이 있었다. 그건 찰스의 불이었다. 불에 정신을 집중하고 들으면 위층에서 노래하듯 타 들어가는 뜨거운 소음이 들렸지만, 그 소음 위로 혹은 주변으로, 집 안에 들어간 남자들의 목소리와 밖에서 구경하는 사람들의 목소리와 진입로에 들어서는 어렴풋한 자동차들 소리가 일어나 불이 내는 소음을 삼켜버렸다. 언니는 내 옆에 조용히 서서 때때로 집 안으로 들어가는 남자들을 쳐다봤지만, 대부분은 손으로 눈을 가리고 있었다. 언니가 흥분했구나, 그렇지만 위험한 건 아냐, 하고 생각했다. 이따금씩 다른 목소리들 위로 유독 도드라지는 목소리가 있었다. 짐 도널이 지시 사항을 외치거나 군중 속 누군가가 고함을 질러서였다.

"그냥 타게 내버려 두면 안 되나?"

어떤 여자가 웃으면서 커다랗게 소리쳤다.

"아래층 서재에서 금고 좀 꺼내 주세요."

이건 안전하게 군중 맨 앞줄에 있던 찰스 목소리였고.

"그냥 타게 내버려 둬라!"

끈질기게 소리치는 여자에게 우리 집 현관문을 들락날락하던 시커먼 남자들 중 하나가 고개를 돌리고 손을 흔들더니 씩 웃으며 응수했다.

"우리는 소방관입니다. 그래서 꺼야 돼요, 어쩔 수 없이."

"타게 두라니까요!"

여자가 외쳤다.

연기가 천지 사방에 자욱하고 아주 엉망이었다. 가끔 내다보면 사람들 얼굴이 연기에 그늘져 있었고, 연기는 현관문을 통해 무서운 기세로 뿜어져 나왔다. 어느 순간 집이 크게 무너지는 소리가 나면서 집 안에 들어간 사람들이 빠르고 급박하게 말하는 목소리가 들리자, 바깥에 있던 사람들의 얼굴은 연기 속에서 입을 헤벌린 채 행복한 표정들로 환하게 피어났다.

찰스가 맹렬하게 외쳤다.

"금고를 꺼내! 당신네들 두세 사람이 가서 서재에서 금고 좀 꺼내 와요! 집이 다 무너지게 생겼어!"

"그냥 타게 둡시다!"

여자가 외쳤다.

나는 배가 고파 저녁을 먹고 싶었다. 저들이 일을 마치고 집으로 돌아가고 언니와 내가 안으로 들어갈 수 있게 될 때까지 얼마나 더 오랫동안 우리 집이 불탈지 알고 싶었다. 현관 베란다에 선 마을 소년들은 우리가 위험을 느낄 정도로 조금씩 가까이에 다가왔지만, 걔들은 베란다가 아닌 집 안쪽만 쳐다보며 까치발로 서서 소방관들과 호스 너머에 뭐가 있는지 보려고 기를 썼다. 나는 지쳐서 얼른 끝나 버렸으면 했다. 그때, 불빛이 줄어들어 잔디밭 위에 선 사람들의 얼굴 표정을 알아보기 힘들어지자 소음 가운데 들려오는 목소리의 말투가 바뀌었다. 집 안에 있던 사람들 목소리는 더 확신에 차고 덜 날카로워졌고 대부분 만족에 찬 반면, 밖에 있던 사람들 목소리는 기운이 잦아들고 실망한 기색이 역력했다.

"꺼져 가네요."

누가 말했다.

"불길이 잡혔어."

다른 목소리가 거들었다.

"그래도 피해는 끝내주잖아."

웃음소리가 와하고 터졌다.

"유서 깊은 장소를 엉망으로 만들어 놨어."

"몇 년 전에 진작 태워 버렸어야 했는데."

"그 사람들까지 한꺼번에 다."

그 사람들이란 우리다, 언니하고 나.

"그러고 보니…… 그 사람들 본 사람 없어요?"

"운도 없게시리. 소방관들이 밖으로 내보냈다나 봐."

"아깝네."

불빛은 이제 잦아들었다. 오직 자동차 전조등만이 사람들을 비추었기에 바깥에 모인 사람들은 이제 눈살을 찌푸린 어두운 표정을 하고 그림자 가운데 서 있었다. 누군가 미소 짓는 게 보였다. 다른 어딘가에선 손이 올라와 천천히 흔들렸고, 여기저기서 안타까워하는 목소리가 들렸다.

"이제 거의 다 끝이네."

"꽤 잘 탔어."

짐 도널이 현관문을 통해 나타났다. 대장이라 쓰인 모자와 거구 덕분에 누구나 그를 알아보았다.

누가 말했다.

"이봐, 짐. 그냥 다 타게 내버려 두지 그랬나."

그는 양손을 들어 사람들을 조용히 시키곤 말했다.

"여러분, 불은 다 꺼졌습니다."

그는 아주 조심스레 손을 들어 올려 대장이라 쓰인 모자를 벗었고, 모두가 지켜보는 가운데 천천히 계단을 내려가 소방차로 가서 모자를 앞좌석에 놓았다. 그런 다음 허리를 굽혀 뭔가를 샅샅이 찾는가 싶더니만, 마침내, 모든 사람들이 보는 가운데 돌멩이를 하나 집어 들었다. 흐르는 적막 속에서 천천히 몸을 튼 그는 팔을 들어 올려 어머니의 응접실에 있는 키 큰 대형 창에 돌을 냅다 던져 깨버렸다. 그의 뒤에서 웃음소리가 벽처럼 우렁차게 솟아올라 점점 커졌다. 처음에는 계단에 있던 소년들, 조금 후엔 다른 남자들, 마침내는 여자들과 어린 아이들까지 파도처럼 우리 집으로 몰려들기 시작했다.

내가 불렀다.

"콘스턴스 언니, 콘스턴스 언니."

언니는 손으로 눈을 가리고 있었다.

이번에는 응접실의 다른 쪽 창문이 집 안쪽에서부터 깨어졌다. 보니까 누가 응접실에서 언니가 앉던 의자 옆의 램프를 휘두른 거였다.

무엇보다도 최악이었던 건, 웃음소리였다. 던져진 드레스덴 도자기 인형 중 하나는 현관 베란다의 울타리에 부딪혀 깨졌고, 다른 하나는 깨지지는 않았지만 바닥에 떨어져 잔디밭 위로 데굴데굴 굴렀다. 콘스턴스 언니의 하프가 아름다운 비명을 지르면서 넘어지는 소리가 들리는가 하면, 의자가 벽에 던져져 박살 나는 게 분명한 소리도 들렸다.

찰스가 어딘가에서 말했다.

"저기요. 여러분 중 두어 명만 금고 꺼내는 걸 도와주면 안 될까요?"

웃음소리 사이로, 누군가가 이렇게 시작했다.

"메리캣, 하고 콘스턴스가 말했지, 차 한잔 하실래요?"

박자감이 있으면서 귀에 확 꽂히는 구절이었다. 나는 생각을 돌려 보려고 했다. 나는 지금 달에 있는 거야. 제발 달에 있는 걸로 해줘. 그때 안에서 접시들이 깨지는 소리가 났는데, 그 순간 우리가 키 큰 창 밖에 있다는 사실을 깨달았고, 지금 저들은 점점 더 이쪽으로 가까이 다가오고 있었다.

"콘스턴스 언니, 우리 도망가야 돼."

내가 말했다. 언니는 손으로 눈을 가린 채 고개를 가로저었다.

"이대로 있으면 곧 저 사람들이 우릴 발견할 거야. 제발, 사랑하는 언니. 나랑 같이 뛰자."

"난 못 해."

식당 창문 바로 안쪽에서 고함 소리가 뻗어 나왔다.

"메리캣, 하고 콘스턴스가 말했지, 잠자는 건 어때?"

나는 창이 박살 나기 직전에 언니를 잡아당겨 피신시켰다. 의자를 던져 부순 것 같았는데, 아버지가 앉았고 찰스가 앉았던 식당 의자인 듯했다.

"빨리."

이 시끌벅적한 대소동 속에서 더 이상 조용히 있을 수 없었던 나는 언니의 손을 잡아끌어 계단을 향해 뛰어갔다. 우리가 불빛이 비치는 곳으로 들어왔을 때 언니는 줄리언 삼촌의 숄로 얼굴을 가렸다.

꼬마 여자애 하나가 뭔가를 쥐고 현관문을 통해 뛰어나오자 그 애 엄마가 뒤에서 아이 옷자락을 붙잡고 손을 찰싹 때렸다.

"그거 입에 넣었단 봐라."

엄마가 그렇게 소리를 지르자 꼬마 여자애는 콘스턴스 언니가 만든 스파이스 쿠키 한 줌을 떨어뜨렸다.

"메리캣, 하고 콘스턴스가 말했지, 차 한잔 하실래요?"

"메리캣, 하고 콘스턴스가 말했지, 잠자는 건 어때요?"

"절대 싫어요, 메리캣이 말했지, 나한테 독 탈 거잖아요."

안전해지려면 계단을 내려가 숲으로 들어가야 했다. 숲은 멀지 않았지만 차들의 전조등이 잔디밭을 비추고 있었다. 불빛 속을 헤치며 뛰어갈 때 혹시라도 언니가 발을 헛딛거나 넘어지지 않을까 하는 걱정도 들었지만, 그래도 어쨌든 우리에겐 숲으로 가는 것 외에 다른 방법이 없었다. 계단참 근처에서 우리는 둘 다 더 이상 선뜻 발을 떼지 못하고 망설였다. 창문들은 깨져 갔고 안에서는 사람들이 우리가 쓰던 접시와 유리잔과 은식기와 심지어 언니가 요리할 때 쓰던 냄비까지 던져 대고 있었다. 내가 앉던 부엌 구석 자리의 등받이 없는 의자는 무사할까. 우리가 멍하니 선 마지막 순간에, 차 한 대와 그 뒤를 이은 다른 차 한 대가 진입로를 따라 나타났다. 두 대의 차는 잔디밭에 불빛을 더 보태며 완만한 곡선을 그리다 집 앞에서 멈춰 섰다.

"도대체 이게 무슨 난리 법석이야?"

짐 클라크가 첫 번째 차에서 나오며 말하는 동안 옆 좌석에선 헬렌 클라크가 입을 쩍 벌리고 쳐다봤다. 우리를 미처 보지 못한 짐 클라크가 소리치며 앞을 헤치고 나아가 우리 집 문턱을 넘어 안으로 들어갔다.

"대체 여기서 다들 뭣들 하는 짓이냐고?"

헬렌 클라크는 우리를 전혀 못 보고서 바깥에서 우리 집만 쳐다보고 있었다.

짐 클라크가 집 안에서 소리 질렀다.

“미친 바보들. 이 미친 주정뱅이 바보들아.”

레비 박사가 두 번째 차에서 내려 집 쪽으로 헐레벌떡 달려갔다.

“이 사람들 전부 돌아 버린 거 아냐?”

짐 클라크가 안에서 이렇게 말하자 왁자한 웃음소리가 터져 나왔다.

“당신도 차 한잔 하실래요?”

안에서 누가 이렇게 소리 지르자 다들 웃었다.

“벽돌 하나하나 다 무너뜨려야 돼.”

누군가 안에서 말했다.

의사가 계단을 뛰어 올라와서 우리를 보지도 않고 옆으로 제쳤다.

“줄리언 블랙우드는 어디 있습니까?”

그가 문간에 있던 어떤 여자한테 묻자 이렇게 대답했다.

“묘지 깊숙이, 삼 미터 아래에.”

이때였다. 나는 언니의 손을 꼭 잡고 조심스럽게 계단을 내려가기 시작했다. 행여 언니가 넘어질까 싶어 뛰지는 않고 언니를 천천히 아래쪽으로 인도했다. 헬렌 클라크를 빼면 아직 아무도 우릴 볼 수 없었지만, 그녀마저도 하염없이 집을 바라보느라 바빴다. 등 뒤로는 짐 클라크가 외치는 소리가 들렸다. 그는 우리 집에서 사람들을 내보내려 하고 있었는데, 우리가 마지막 계단을 채 내려오기 전에 뒤에서 사람들 목소리가 들렸다.

“저기 있다.”

누가 외쳤는데 내 생각엔 스텔라 목소리 같았다.

"저기, 저기, 저기에."

나는 뛰기 시작했지만 언니가 비틀거렸고, 그들은 서로 밀치고 웃고 더 자세히 보려고 하면서 우리 주위를 빙 에워쌌다. 줄리언 삼촌의 숄로 얼굴을 가린 언니는 저들이 얼굴을 보지 못하게 하려고 애썼다. 서로 바짝 붙어 선 우리 둘은 우리를 둘러싼 사람들의 기에 눌려 잠깐 동안 얼음처럼 굳어 버렸다.

"쟤들을 집 안에 도로 집어넣고 다시 불을 붙이자."

"아가씨들, 우리가 두 사람을 생각해서 집을 잘 고쳐 놨어. 아가씨들이 원했던 모양 딱 그대로."

"메리캣, 하고 콘스턴스가 말했지, 차 한잔 하실래요?"

그 끔찍한 순간에, 나는 저들이 우리를 가운데 둔 채 손에 손잡고 노래를 부르며 춤을 추는 건 아닐까 생각했다. 헬렌 클라크가 자기 차 한쪽 면에 바짝 붙어 있는 게 보였다. 울면서 뭐라고 말하고 있었는데, 주변이 하도 시끄러워 들리지는 않았지만 뭐라고 말하는지 알았다.

"나 집에 갈래요, 제발, 집에 가고 싶어."

"메리캣, 하고 콘스턴스가 말했지, 잠자는 건 어때요?"

저들은 우리한테 닿지 않으려 했다. 내가 몸을 틀 때마다 그들은 약간씩 뒤로 물러났다. 사람들의 어깨 사이로, 고물 수집가 할러가 우리 집 베란다를 가로질러 어슬렁거리며 주워 온 물건들을 한쪽에 쌓아 올리는 게 보였다. 나는 언니의 손을 꼭 쥔 채로 약간 움직이다가 사람들이 물러설 때 나무들이 있는 쪽으로 재빨리 뛰기 시작했지만, 짐 도널의 마누라와 뮬러 부인이 웃으며 손을 앞으로 내밀고 우리 앞으로 나오기에 멈춰 서야 했다. 나는 언니를 잡아끌면서 방향을 틀어 다시 달렸지만 스텔라와 해리스가 아들들이 웃으며 앞을 막아섰고, 해리스가 아들들이 "묘지 깊숙이, 삼 미터 아래에서"를 외쳤을 때 다시 멈춰 섰다. 그다음, 나는 다시 언니를 이끌면서 이번엔 우리 집 쪽을 향해 뛰었는데, 서로 손을 잡은 식료품점 주인 엘버트와 그의 욕심쟁이 마누라가 함께 춤을 추듯 움직여 우리를 멈춰 세웠고, 그래서 우린 또 멈춰 섰다. 그다음엔 옆으로 갔는데, 짐 도널이 우리 앞으로 나섰고, 그래서 우린 멈춰 섰다.

"절대 싫어요, 메리캣이 말했지, 나한테 독 탈 거잖아요."

짐 도널이 정중하게 말했고, 또다시 원을 만든 사람들이 주의 깊게 간격을 유지하면서 우리 주변으로 몰려들었다.

"메리캣, 하고 콘스턴스가 말했지, 잠자는 건 어때요?"

노래와 외침과 해리스가 아들들의 울부짖음 위로, 그 모든 소리를 삼켜 버릴 듯한 웃음소리가 들렸다.

"메리캣, 하고 콘스턴스가 말했지, 차 한잔 하실래요?"

콘스턴스 언니는 한 손으로는 나를 붙잡고 다른 손으로는 줄리언 삼촌의 숄을 얼굴 위로 잡고 있었다. 나는 우리를 둘러싼 원형 대열에 틈이 생긴 걸 보고 다시 나무들 쪽으로 뛰었지만, 해리스가 아들들이 전부 거기, 한 명은 아예 바닥에 앉아 웃고 있었으므로 멈춰 설 수밖에 없었다. 몸을 돌려 집 쪽으로 뛰었지만 이번에는 스텔라가 앞으로 나오는 바람에 멈춰 섰다. 콘스턴스 언니가 비틀거렸다. 이러다 저들이 보는 앞에서 바닥에 나동그라지면 어쩌나, 그렇게 쓰러져 있을 때 저들이 춤추면서 우리를 짓밟지는 않을까 하는 걱정을 하며 나는 가만히 서 있었다. 무슨 일이 있어도 우리 언니가 저들 면전에서 넘어지게 할 수 없었다.

"그만하면 됐소."

짐 클라크가 현관에서 말했다. 목소리가 크지는 않았지만 모두가 들었다.

"작작들 하란 말입니다."

그가 말했다. 예의를 갖추는 침묵이 잠깐 흐르다가, 누군가가 말했다.

"묘지 깊숙이, 삼 미터 아래에서."

그러자 웃음소리가 와하고 솟아올랐다.

짐 클라크가 언성을 높이며 말했다.

"잘 들으시오. 잘 들어요. 줄리언 블랙우드가 죽었소."

마침내 사람들이 조용해졌다. 잠시 있다 찰스 블랙우드가 우리를 둘러싼 군중 사이에서 말했다.

"저 여자가 죽였나요?"

사람들은 천천히 작은 걸음으로 움직이면서, 우리로부터 물러

서며 후퇴했다. 그러자 우리 주변에 넓고 탁 트인 공간과 함께 누가 봐도 줄리언 삼촌의 숄이 분명한 물건으로 얼굴을 가리고 선 콘스턴스 언니가 드러났다.

"저 여자가 죽였냐구요?"

찰스 블랙우드가 또 물었다.

우리 집 문간에 서 있던 의사가 말했다.

"아닙니다. 줄리언은 노환으로 돌아가셨습니다. 이렇게 되기까지 참 오랫동안 기다리신 분이죠."

"이제 조용히 돌아들 가시오."

짐 클라크가 말했다. 그가 사람들 어깨를 잡고 차와 진입로가 있는 쪽으로 등을 약간씩 떠밀기 시작했다.

"얼른 가라고. 이 집에 죽은 사람이 나왔소이다."

수많은 사람들이 잔디밭을 걸어 떠나고 있는데도 너무나 조용해서 헬렌 클라크가 하는 말까지도 들렸다.

"불쌍한 줄리언."

나는 따라올 수 있도록 언니를 살짝 끌면서 어둠을 향해 조심스럽게 걸음을 뗐다.

"심장 마비로……."

의사가 현관에서 설명하는 동안 나는 한 걸음을 더 걸었다. 아무도 우리를 돌아보지 않았다. 차 문들이 부드럽게 닫히고 엔진들에 시동이 걸렸다. 나는 뒤돌아보았다. 작은 무리를 이룬 몇 사람이 의사 주변의 계단에 서 있었다. 대부분의 불빛이 방향을 돌려 진입로를 향해 갔다. 나무들 그림자가 우리 위로 내려앉는 게 느껴지자 서둘러 움직였다. 마지막 한 걸음만 더 걸으면 숲이었다. 나는 언니를 잡아끌며 나무 아래로, 어둠 속으로 얼른 들어갔다. 발이 잔디밭 풀을 떠나 숲 속 오솔길의 이끼 덮인 부드러운 길에 닿고 주변을 나무들이 둘러쌌단 사실을 알게 되자 멈춰 서서 콘스턴스 언니를 와락 안았다.

“이제 끝났어.”

나는 그렇게 말하면서 언니를 꼭 껴안았다.

“이제 괜찮아. 이젠 다 괜찮아.”

어둠 속에서든 빛이 환할 때든 나는 갈 길을 알고 있었다. 전에 은신처를 정돈하고 새로 꾸며 놓은 게 얼마나 잘한 짓이었는지, 덕분에 은신처가 지금 언니에게도 쾌적할 거라고 생각했다. 동화에 나오는 아이들처럼 언니한테 나뭇잎 이불을 덮어 주고 안전하고 따뜻하게 해 줘야지. 언니한테 자장가를 불러 주거나 이야기를 들려줄 수도 있겠다. 색깔 화사한 과일과 딸기 같은 걸 따다 주고 나뭇잎 컵에다 물도 떠 주고. 언젠가 우리는 달에 갈 거야. 은신처의 입구를 찾은 나는 언니를 이끌어 들어간 뒤 새로 쌓은 나뭇잎 더미와 담요가 있는 구석 자리로 안내했다. 언니를 살짝 밀어서 앉게 한 다음 줄리언 삼촌의 숄을 받아서 덮어 주었다. 구석에서 가르랑거리는 소리가 살짝 나기에 조너스가 여기서 계속 날 기다리고 있었다는 걸 알았다.

나는 입구에 나뭇가지를 놓았다. 저들이 불을 들고 여기까지 오더라도 우리를 보지는 못할 것이다. 완전히 깜깜하지는 않았다. 언니의 그림자도 보였고, 고개를 뒤로 젖히면 이파리들과 나뭇가지들 사이로 머나먼 우주로부터 내 머리를 향해 밝게 빛나는 두세 개의 별이 보였다.

어머니의 드레스덴 도자기 인형이 깨지던 광경이 떠올라서, 나는 소리 높여 언니에게 말했다.

"저 사람들 음식에 못 먹을 걸 집어넣고 전부 죽어 가는 꼴을 보고 말 거야."

콘스턴스 언니가 몸을 뒤척이자 나뭇잎이 바스락거렸다.

"전에 네가 그랬던 것처럼?"

언니가 물었다.

우리 사이에서 지금까지 한 번도 입 밖에 꺼낸 적 없는 말이었다. 육 년 동안 단 한 번도.

"그래."

잠깐 뜸을 들인 후 내가 대답했다.

"전에 내가 그랬던 것처럼."

009

밤중 어느 땐가 구급차가 와서 줄리언 삼촌을 싣고 갔다. 나는 삼촌의 숄이 없어졌다는 걸 저들이 눈치채면 어떡하나 싶었다. 숄은 지금 언니가 자면서 덮고 있었다. 꼭대기에 작고 붉은 등이 달린 구급차의 불빛이 진입로로 꺾어 들어오는 게 보였고, 줄리언 삼촌이 집을 떠나는 어렴풋한 소리, 망자의 면전이라 소곤소곤 부드럽게 말하는 사람들 목소리, 구급차 뒷문이 열렸다 닫히는 소리가 들렸다. 줄리언 삼촌의 시신을 가져가도 되는지 물으려던 건지 사람들이 우리를 두세 번 불렀지만, 목소리는 크지 않았고 숲까지 온 사람도 없었다. 나는 강가에 앉아 줄리언 삼촌한테 더 잘해 드릴걸 하고 후회했다. 줄리언 삼촌은 내가 죽었다고 믿으셨는데 지금은 삼촌이 죽은 사람이 됐다. 나는 생각했다. 우리 사랑하는 메리 캐서린에게 고개 숙여 인사해야지, 안 그럼 죽게 된다고.

강물은 어둠 속에서 졸린 듯 흘렀고 나는 이제 우리한테 어떤 집이 남았을까 생각해 보았다. 불이 모든 걸 없애 버렸을 테고 그렇게 지난 육 년간도 깡그리 타 버려서, 언니랑 내일 집으로 돌아가면 우리 집 식구들이 콘스턴스 언니가 가져올 저녁을 기다리며 식당의 식탁에 둥그렇게 둘러 앉아 우릴 맞이할지도 몰랐다. 어쩌면 우리는 로체스터 하우스에서 살고 있을지도 모르고, 아니면 마을이나 강에 띄운 집배나 산꼭대기 탑에서 살고 있을지도 몰랐다. 혹시 불이 스스로 상황을 뒤집기로 결심하고 우리 집을 버려둔 채 대신 마을을 태워 버렸을지도 몰랐다. 마을 사람들이 지금 전부 죽어 있는지도 몰랐다. 사실은 마을 자체가 작은 네모 칸들이 가지런하게 줄지어 선 커다란 게임판이고, 나는 방금 '화재 발생. 출발점으로 돌아가기' 칸을 지나 이제 단 한 번 주사위 던질 기회와 함께 마지막 몇 칸만을 남겨 놓은 상황인지도 몰랐다.

조너스의 털에서 연기 냄새가 났다. 오늘은 헬렌 클라크가 차를 마시러 오는 날이지만 집을 치워야 하니까 모임은 없을 것이다. 물론 집 청소를 하는 날은 원래 오늘이 아니었지만 어쩔 수 없다. 언니가 여기 강가로 가져와 함께 먹을 샌드위치를 만들었으면 좋았을 텐데 싶어 아쉬웠다. 집이 아직 준비가 안 됐는데도 헬렌 클라크가 차를 마시러 올까 궁금하기도 했다. 이제부터는 내가 잔을 건네지 않겠다고도 결심했다.

빛이 비쳐 들기 시작했을 때 언니가 잎 더미 위에서 뒤척이는 소리가 들려서, 언니가 깨면 더 가까이 있어 주려고 나는 은신처로 들어갔다. 눈을 뜬 언니는 제일 먼저 머리 위의 나무들을 보았고, 그다음 나를 보고 미소를 지었다.

"드디어 달에 왔네."

내가 이렇게 말하자 언니가 미소를 지었다.

"난 전부 꿈이라고 생각했어."

언니가 말했다.

"모든 게 실제로 일어난 일이야."

내가 말했다.

"줄리언 삼촌이 너무 안됐어."

"사람들이 밤에 와서 삼촌을 데려갔고, 우린 지금 여기 달에 와 있고."

"여기 와서 참 좋다. 데려와 줘서 고마워."

언니의 머리엔 나뭇잎이 붙어 있고 얼굴은 더러웠는데, 나를 따라 은신처로 같이 들어온 조너스는 그런 언니를 놀라서 쳐다봤다. 더러워진 언니를 한 번도 본 적이 없었기 때문이다. 미소가 사라진 얼굴로 잠시 조너스를 마주 쳐다보던 언니는 자신이 더럽다는 사실을 깨달았고, 내게 이렇게 물었다.

"메리캣, 이제 우리 어쩌지?"

"우선 집을 치워야겠지, 원래 치우는 날은 오늘이 아니지만 그래도."

"이런 판국에 집이라니, 세상에나, 메리캣."

"어젯밤 나 밥도 못 먹었어."

"세상에나, 메리캣."

언니가 일어나 앉더니 얼른 줄리언 삼촌의 숄을 벗고 나뭇잎을 털어 냈다.

"세상에나, 메리캣, 불쌍한 내 동생. 얼른 서두르자."

그러더니 벌떡 일어서기에 내가 제안했다.

"그 전에 언니는 세수부터 하는 게 좋겠어."

언니가 강가로 가서 손수건을 적셔 얼굴을 닦는 동안, 나는 오늘 아침엔 모든 게 참 낯설고 모두 반대로 됐다고 생각하면서 줄리언 삼촌의 숄을 털고 갰다. 전에는 줄리언 삼촌의 숄을 만져 본 적도 없었는데. 이제부터 규칙이 달라질 테지만 그래도 줄리언 삼촌의 숄을 개고 있자니 이상했다. 나중에 이 은신처로 다시 와서 청소도 하고 새 나뭇잎도 깔아야지.

"메리캣, 너 진짜 배고프겠다."

"우선 지켜보고 나서."

서두르지 말라고 언니 손을 잡으면서 말했다.

"소리 내지 않고 진짜 조심스럽게 가야 돼. 아직 누가 기다리면서 어슬렁거릴지도 모르니까."

내가 맨 앞에서 소리 없이 오솔길을 걸었고, 뒤로 콘스턴스 언니와 조너스가 따라왔다. 언니는 나만큼 완벽하지는 않았지만 그래도 소리를 내지 않는 편이었고 조너스는 당연히 아무 소리 없이 걸었다. 나는 숲을 나가 우리 집 뒤쪽, 채소밭 근처로 이어지는 길을 택했고, 숲 가장자리에 도착해 멈춰서 언니를 막아선 채 남아 있는 사람이 있나 조심스럽게 살펴보았다. 처음에는 늘 익숙한 모습 그대로 채소밭과 부엌문만 보였는데 바로 다음 순간에 언니가 헉하더니 신음처럼 "세상에나, 메리캣" 하고 말했다. 나는 그저 꼼짝도 않고 서 있었다. 우리 집 2층이 통째로 없어져 버린 것이다.

어제 내가 복받치는 애정을 느끼며 우리 집을 쳐다보며 서 있던 게 기억났다. 그땐 우리 집이 나무들 사이로 얼마나 훤칠하고 당당하게 한결같이 서 있나 싶었는데. 오늘 집의 형체는 시커멓고 뒤틀린 숲의 악몽 같은 풍경을 배경으로 부엌 위쯤에서 끝나 있었다. 창틀 일부에 아직 깨진 유리가 달려 있는 게 보였다. 저긴 내 창문이었다. 나는 내 방에서 저 창문으로 밖을 내다보곤 했다.

아무도 없고 아무 소리도 나지 않았다. 흉측함과 잔해와 수치를 이해해 보려 애쓰며 우리는 아주 천천히 집을 향해 움직였다. 채소들 사이로 떠다니는 재가 보였다. 상추는 먹기 전에 꼭 씻어야겠다. 토마토도 마찬가지고. 불이 이쪽으로는 전혀 번지지 않았지만, 잔디와 사과나무와 콘스턴스 언니의 정원에 있는 대리석 벤치까지 모든 게 연기에 그을린 느낌이고 모든 게 더러웠다. 집으로 점점 가까이 다가가면서 우리는 불이 아래층은 건드리지 못하고 침실들과 다락을 삼키는 것으로 그럭저럭 만족해야 했음을 똑똑히 볼 수 있었다. 콘스턴스 언니는 부엌문 앞에서 주저했지만 지금까지 수백 번도 더 열었던 문이 새삼 언니를 거부할 리 없었다. 언니는 걸쇠를 잡아 들어 올렸다. 지금 바람이 한 번 더 들어온다 해서 이 집이 뭐 그리 오싹해할 것 같진 않았지만 문을 여는 순간 집 전체가 부르르 떨리는 것 같았다. 언니가 문을 열려고 힘껏 밀었을 때도 불에 탄 목재가 아래로 떨어지지 않았다. 내가 반쯤 우려했듯 겉보기엔 멀쩡한 집이 실제론 다 잿더미인 것처럼 손이 닿았다고 갑자기 우르르 바스라지듯 무너져 내리거나 하지도 않았다.

언니가 말했다.

"내 부엌. 내 부엌이……."

언니가 문간에 서서 쳐다보았다. 나는 어쩌다 보니 우리가 밤사이 돌아오는 길을 잘못 들었나 보다, 어쩌다 보니 길을 잃고는 엉뚱한 시간대로, 혹은 엉뚱한 문으로, 혹은 엉뚱한 동화를 택해 여기 도착했나 보다 생각했다. 언니는 넘어지지 않으려고 문틀에 손을 올려놓고는 또다시 말했다.

"메리캣, 여긴 내 부엌이었는데. 그런데……."

"내 의자는 그래도 저기 있네."

내가 말했다.

옆으로 누워 있던 탁자가 부엌문이 안 열리게 막고 있던 방해물이었다. 나는 의자를 똑바로 세우고 함께 안으로 들어갔다. 의자 두 개가 부서졌고, 바닥은 깨진 접시와 유리잔과 뭉개진 음식 상자, 선반에서 쏟아져 찢겨진 종이로 처참한 상태였다. 잼과 시럽과 케첩 병들은 벽에 부딪혀 박살이 났다. 언니가 설거지를 하던 싱크대엔 깨진 유리 조각이, 누군가 흡사 하나하나씩 조직적으로 일부러 거기서 깬 것처럼 한가득 쌓여 있었다. 저들이 은식기와 조리 도구 들이 들어 있던 서랍들을 다 끄집어내서 탁자와 벽에 대고 부수는 바람에, 블랙우드 집안의 안주인들이 대를 이어 전한 은식기들은 휘어진 채 바닥에 흩어져 있었다. 블랙우드 집안 여자들이 테두리를 감치고, 몇 번이고 빨고 다리고 수선해 고이 간직해 온 식탁보와 냅킨 들은 식당의 보조 찬장에서 찢겨 나와 부엌 바닥에 끌려 나왔다. 우리 집에 있던 모든 부와 숨은 보물들이 깡그리 발각되어 부서지고 더럽혀진 느낌이었다. 찬장 제일 꼭대기 칸에 있던 접시가 깨져 있었고 우리가 쓰던 장미 무늬의 작은 설탕 통도 손잡이가 날아간 채 발치에서 뒹굴고 있었다. 언니가 허리를 굽혀 은숟가락 하나를 주웠다.

"이건 우리 할머니 결혼식 때 무늬였는데."

그러고는 숟가락을 탁자 위에 놓고 말했다.

"맞다, 병조림."

그러더니 지하실 문 쪽을 향해 갔다. 문은 닫혀 있었는데, 나는 어젯밤 저들이 저 문을 못 봤기를, 아니면 저 계단으로 내려갈 시간이 미처 없었기를 바랐다. 콘스턴스 언니는 발 디딜 데를 조심조심 골라 가더니 지하실 문을 열고 아래쪽을 내려다봤다. 나는 그토록 멋들어지게 저장된 수많은 병들이 죄다 깨져서 끈적하고 수북하게 지하실에 쌓여 있는 모습을 상상했지만 언니는 한두 걸음 계단 아래로 내려가더니 말했다.

"괜찮아, 무사해. 여기 있는 건 하나도 안 건드렸어."

언니는 지하실 문을 다시 닫고는 싱크대로 와서 손을 씻고 바닥에 있던 행주로 닦았다.

"우선, 너한테 아침 식사부터 만들어 줘야겠다."

조너스가 문간에 앉아 점점 더 환해지는 햇빛 속에 드러나는 부엌을 놀란 얼굴로 쳐다보았다. 그 녀석이 한 번 눈을 들어 나를 봤는데, 혹시라도 언니와 내가 이 지경을 만들었다고 생각하는 건가 싶었다. 나는 깨지지 않은 컵을 발견하고 집어 들어 탁자 위에 놓고는, 이 난리를 용케 피했을 법한 다른 물건들을 더 찾아보기로 했다. 어머니의 드레스덴 도자기 인형 하나가 다치지 않고 풀밭 쪽으로 굴러갔던 게 생각나 그게 끝까지 들키지 않고 그대로 살아남았을까 알고 싶었다. 나중에 한번 찾아봐야지.

순서대로 되는 것도 없었고 계획대로 된 것도 없었다. 평소와는 사뭇 다른 날이었다. 콘스턴스 언니는 지하실로 내려가서 웬 병들을 한 아름 안고 돌아왔다. 언니가 거의 노래하듯이 말했다.

"야채 수프, 딸기 잼, 치킨 수프, 절인 소고기야."

언니는 병들을 부엌 탁자에 놓더니, 천천히 돌아 바닥을 살폈다. 그러다 마침내 "찾았다" 하고 말하곤 구석으로 가 작은 소스 팬을 집어 들었다. 그러더니 갑자기 뭔가 생각난 듯 소스 팬을 내려놓고 식품 저장실로 갔다.

"메리캣, 이거 봐."

언니가 웃음을 터뜨리며 불렀다.

"사람들이 통에 넣어 둔 밀가루는 미처 못 봤나 봐. 소금도. 감자도."

설탕은 용케 봤나 본데. 바닥에 가득한 작은 알갱이가 발바닥에 그대로 느껴졌다. 나는 당연한 상상을 했다. 당연하게도 이 집에서 설탕을 찾아 다니던 그들은 흥겨운 한때를 보냈을 거라는. 아마도 서로에게 설탕을 한 줌씩 뿌려 댔겠지.

"블랙우드네 설탕, 블랙우드네 설탕, 맛 좀 볼래?"

이렇게 꽥꽥거리면서.

언니가 계속 말했다.

"저장실 선반엔 왔었나 봐. 시리얼이랑 향신료랑 통조림 음식들이 없어."

나는 바닥을 살펴보며 부엌을 천천히 걸어 돌아다녔다. 사람들이 마구잡이로 한 아름 들어 올려 그냥 던져 버렸나 보다 싶은 게, 통조림 캔들이 공중에 떠 있다 아래로 떨어진 것처럼 여기저기 움푹 파인 채 흩어져 있고 시리얼과 차와 크래커 상자들은 발에 밟혀

입구가 터져 있었기 때문이다. 향신료 통들은 개봉도 안 하고 전부 한구석에 던져져 있었다. 언니가 만든 스파이스 쿠키 냄새가 아직도 어렴풋이 난다 싶더니만 바닥에 짓이겨진 쿠키 몇 개가 눈에 띄었다.

언니가 빵 한 덩이를 들고 식품 저장실에서 나왔다.

"자, 봐, 사람들이 못 찾아낸 게 뭔지. 그리고 냉장고에 달걀이랑 우유랑 버터도 그대로더라."

사람들이 지하실 문을 못 찾았다면 그 안에 있는 냉장고를 못 본 것도 당연했고, 덕분에 이미 충분히 엉망진창인 바닥에 달걀까지 추가되는 불상사가 없어 천만다행이었다.

나는 상하지 않은 의자 세 개를 한 번에 찾아내서 원래 있던 자리인 탁자 주변에 놓았다. 조너스는 내 구석 자리, 등받이 없는 의자에 앉아 우리를 지켜보고 있었다. 나는 치킨 수프를 손잡이 없는 컵에 따라 마셨고, 콘스턴스 언니는 빵에 버터를 바르려고 칼을 씻었다. 비록 당시엔 알지 못했지만 우리가 이전까지 지켰던 시간과 규칙적인 일과는 이제 끝난 것이었다. 내가 그때 언제 의자 세 개를 찾고 언제 버터 바른 빵을 먹었는지, 의자를 찾고 나서 빵을 먹었는지, 아니면 먹는 걸 먼저 했는지, 두 가질 동시에 했는지 모르겠다. 한번은 콘스턴스 언니가 홱 옆을 돌아보더니 칼을 탁 놓았다. 그러고는 줄리언 삼촌 방의 닫힌 문 쪽으로 가다가 살짝 미소를 띠고 돌아왔다.

"삼촌이 일어나시는 기척이 들린 것 같아서."

언니는 이렇게 말하고 다시 자리에 앉았다.

우린 아직 부엌 밖으론 나가지 않았다. 우리 집이 어느 정도 남아 있는지, 식당과 홀로 이어지는 저 닫힌 문들 너머에 과연 어떤 것들이 우리를 기다리고 있는지 아직 알 수가 없었다. 우리는 문간을 통해 들어오는 햇빛과 의자와 치킨 수프에 감사하면서 조용히 부엌에 앉아 있을 뿐, 이 이상을 감당할 준비가 되어 있지 않았다.

"사람들이 줄리언 삼촌을 데려가서 어떻게 하려는 걸까?"

내가 묻자 언니가 슬프게 말했다.

"장례식을 치르겠지. 다른 식구들 때는 생각나니?"

"나 고아원에 있었잖아."

"난 그때 갈 수 있게 해 주길래 다른 식구들 장례식에 갔었어. 기억이 나. 이제 줄리언 삼촌 장례식이 열릴 거고, 클라크가 식구들, 캐링턴가 식구들이 올 거고, 아담한 라이트 부인도 분명히 참석하겠지. 서로 얼마나 침통한지 얘기도 나눌 테고. 우리도 같이 참석했는지 찾아보려고 할 테고."

그 사람들이 우리가 참석했는지 찾아볼 거라고 생각하자 오싹한 기분이 들었다.

"삼촌도 다른 식구들 묻힌 곳에 같이 묻히시겠지."

"줄리언 삼촌을 위해 나도 뭔가 묻고 싶은데."

내가 말했다. 언니는 말없이, 탁자 위에 가만히 놓인 자신의 긴 손가락을 보고 있었다.

“줄리언 삼촌은 돌아가셨고, 다른 식구들도 그렇고, 우리 집 대부분도 없어졌어, 메리캣. 남은 건 우리 둘뿐이야.”

“조너스도.”

“그래, 조너스도. 우린 지금까지보다 더 틀어박혀서 살아갈 거야.”

“그렇지만 오늘은 헬렌 클라크가 차 마시러 오는 날인데?”

“안 돼. 다신 그런 일 없을 거고, 더 이상은 안 돼.”

침묵 속에 우리가 부엌에 함께 앉아 있는 동안에는 집의 다른 부분을 보는 걸 미룰 수 있었다. 도서관 책들은 아무도 손을 대지 않은 채 여전히 선반 위에 있었는데, 하긴, 도서관 재산인 책을 굳이 건드릴 사람이 누가 있었겠나 싶었다. 도서관 재산을 망가뜨리면 결국 벌금을 물게 되잖아.

언제나 바쁘게 왔다 갔다 하던 언니도 지금은 움직이고 싶지 않은 것 같았다. 언니는 주변의 폐허를 쳐다보지 않고, 자기가 오늘 아침에 잠에서 깼단 사실을 애초부터 안 믿는다는 양 마치 꿈이라도 꾸는 듯 멍한 모습으로 두 손을 펼쳐 놓고 부엌 탁자 가장자리에 앉아 있었다.

“우리, 집을 치워야 돼.”

내가 걱정이 돼서 말했는데, 언니는 나를 쳐다보고 미소만 지었다.

더 이상은 못 기다리겠다는 기분이 든 나는 "난 보러 갈래" 하고는 자리에서 일어나 식당으로 통하는 문을 향해 갔다. 언니는 꼼짝하지 않고 나를 쳐다보았다. 내가 문을 열자 축축한 냄새와 나무 탄내, 파괴의 냄새가 끔찍하게 밀어닥쳤다. 키 큰 창에서 떨어져 나온 유리가 바닥에 깨져 나뒹굴었고 보조 찬장 위에 있던 은다기 세트는 휩쓸려 땅에 떨어진 뒤 기괴하고 형체를 알아볼 수 없게 짓밟혀 있었다. 이 방 의자들도 부서져 있긴 마찬가지였다. 저들이 의자를 들어 창문과 벽에 냅다 던져 댔던 게 기억났다. 나는 식당을 나와 홀로 들어갔다. 현관문은 활짝 열려 있었고, 이른 아침 햇빛이 그림자 문양을 만들어 깨진 유리와 찢어진 천을 어루만지면서 마루와 바닥과 홀에 내려와 앉았다. 잠시 후에 나는 바닥에 있는 찢어진 천이 언젠가 어머니가 사 미터 넘는 길이로 만드신, 응접실 창에 드리웠던 천이란 걸 알아보았다. 밖에는 아무도 없었다. 나는 열린 문간에 서서 정면 잔디밭에 난 자동차 타이어 자국들과 어지럽게 춤을 추는 발자국, 그리고 소방 호스가 끌렸던 자리에 생긴 물웅덩이와 진흙을 보았다. 어질러져 있는 현관 베란다를 보니 어젯밤 고물장수 할러가 부서진 가구들을 한쪽에 착착 쌓아 올리던 모습이 떠올랐다. 그가 오늘 트럭을 몰고 다시 와서 할 수 있는 한 많이 쓸어갈 계획인지, 아니면 고물을 쌓아 올리는 그 자체가 좋은 나머지 고물을 보기만 해도 충동을 억누르지 못하고 어제도 그렇게 쌓아 올리기만 했던 건지는 알 수 없었다. 나는 아무도 보는 사람이 없다는 확신이 들 때까지 문간에 서서 기다렸다가, 현관의 계단을 뛰어 내려가 잔디밭으로 가서 아직까지 깨지지 않고 덤불의 뿌리 뒤에 숨어 있던 어머니의 드레스덴 도자기 인형을 무사히 발견했다. 언니한테 가져갈 생각이었다.

부엌 탁자에 말없이 앉아 있던 언니는 내가 드레스덴 도자기 인형을 앞에 놓자 잠시 바라보다가 손에 쥐더니 자기 뺨에 대 보았다.

"다 내 잘못이야. 어찌 됐든 다 내가 잘못해서 이렇게 된 거야."

"사랑해, 콘스턴스 언니."

"나도 사랑해, 메리캣."

"그럼 나랑 조너스한테 저번에 말한 작은 케이크 만들어 줄 거야? 분홍색 설탕 옷 입히고 금색 나뭇잎 장식으로 테두리도 둘러서?"

언니는 고개를 저었다. 나는 언니가 대답을 안 해 줄 거란 걸 금세 알아차렸다. 언니는 곧바로 깊이 심호흡을 하더니 자리에서 일어나며 말했다.

"우선, 부엌부터 치워야겠어."

"이건 어떻게 하려고?"

드레스덴 도자기 인형을 손가락 끝으로 살살 만지면서 물었다.

"원래 있던 자리로 돌려놔야지."

언니가 홀로 나가는 문을 열고 걸어가서 응접실 문간으로 가자

나도 뒤를 따랐다. 홀은 상대적으로 깨뜨릴 게 적어서인지 방들보다는 덜 어질러졌지만, 그래도 부엌에서 딸려 나온 잔해가 있어서 여기저기 떨어져 있는 숟가락과 접시들을 밟고 지나가야 했다. 응접실에 들어갔을 때, 어머니 초상화가 당신의 응접실이 당신 주변으로 온통 파괴된 꼴을 우아하게 내려다보고 있는 광경을 본 나는 충격을 받았다. 흰색 결혼 케이크 테두리 모양의 몰딩은 연기와 그을음으로 시커멓게 변해 절대로 복구될 수 없는 몰골이었다. 언제나 이곳을 깔끔하게 유지하기도 했고, 어머니가 생전에 이 방을 좋아하셨기에, 나는 부엌이나 식당보다 이 응접실을 보는 게 훨씬 더 괴로웠다. 어젯밤 여기 있던 사람들 중 누가 언니의 하프를 밀어 쓰러뜨렸는지 알고 싶었다. 하프가 넘어지면서 낸 비명 소리를 기억했다. 의자는 장미가 수놓인 천이 찢어졌고, 의자를 차고 소파 위에서 구른 바로 그 발들이 남긴 축축한 자국들로 더러웠다. 창들도 깨지고 그 앞에 드리워졌던 천도 다 찢어져서 밖에서도 우리 모습이 훤히 보였다.

"덧문을 닫으면 될 것 같은데, 내가 해 볼게."

언니가 문간에서 차마 방 안으로 못 들어오고 주저하고 있을 때 내가 말했다. 나는 이제껏 아무도 이렇게 밖으로 나간 적은 없겠지 하고 생각하며 깨진 창을 통해 현관 베란다로 나갔다. 덧문 고리는 쉽게 열 수 있었다. 덧문들은 창만큼이나 키가 컸다. 원래는 여름이 지나 가족 전부가 시내의 집으로 옮겨 가면 남자가 사다리를 타고 올라가 덧문을 닫도록 만들어진 거였지만, 마지막으로 덧문을 닫은 때로부터 세월이 너무 많이 흐르는 바람에 고정 장치인 고리에 녹이 슬어 있었다. 나는 고리가 집에서 떨어져 나가도록 무거운 덧문을 흔들기만 하면 됐다. 덧문을 휙 회전시켜 닫으면서 그대로 고정하려니 내 키로는 아래쪽 걸쇠에만 손이 닿았다. 머리 위로 걸쇠 두 개가 더 있었다. 언젠가 밤이 되면 사다리를 들고 나와 두 개를 마저 잠글지도 모르지만 지금으로선 이 아래쪽 걸쇠로만 지탱하게 두는 수밖에 없었다. 양쪽 키 큰 창의 덧문을 닫은 후 나는 현관 베란다를 돌아 현관문을 통해 안으로 들어와, 이젠 햇빛도 없이 침침한 가운데 언니가 서 있는 응접실로 갔다. 언니는 벽난로 선반으로 와서 드레스덴 도자기 인형을 원래 있던 자리, 어머니 초상화 아래쪽에다 놓았고, 바로 그 짧은 찰나, 그늘진 거대한 방이 마땅히 그래야 하듯 제자리로 돌아갔다가 다시 영원히 무너져 버렸다.

바닥에 깨져 있는 물건들 때문에 우리는 조심해서 걸어야 했다. 아버지의 금고는 응접실 문 바로 안쪽에 뒹굴고 있었는데, 그걸 보고 내가 웃고 언니조차도 미소를 지었던 건, 아무도 금고를 열지도 못했고 이 이상 옮기지도 못했다는 게 명명백백했기 때문이다.

"어리석은 사람들."

언니가 말하면서 발끝으로 금고를 톡 쳤다.

어머니는 늘 사람들이 당신의 응접실을 칭찬하면 좋아하셨지만, 이제는 아무도 창문에서 안을 들여다볼 수 없고 두 번 다시 아무도 이 방을 보지 못할 것이다. 콘스턴스 언니와 내가 응접실을 나오면서 문을 닫은 이후로 단 한 번도 다시 열지 않았으니까. 언니는 내가 현관 베란다로 나가 식당의 키 큰 창들에 달린 덧문도 닫는 동안 현관문 안쪽에서 기다렸다. 내가 안으로 들어와 현관문을 닫고 잠그자 다시금 우리는 안전해졌다. 홀은 현관문 양쪽에 세로로 길게 난 유리 조각창을 통해 들어오는 두 줄기 좁고 가는 햇빛을 제외하곤 어두컴컴했다. 이렇게 홀이 어둡다 보니, 우리는 유리 조각창을 통해 밖을 볼 수 있지만 밖에서는 눈을 바짝 갖다 대도 안이 보이지 않았다. 시커멓게 된 계단은 우리 머리 위의 시커먼 어둠이나 불탄 방들로 이어졌다. 방들에 난 작은 구멍들로는 참으로 멋지게도, 하늘이 점점이 보였다. 지금까지는 언제나 지붕이 우리를 하늘로부터 가려 줬는데 하늘에 이렇게 무방비한 상태로 놓이게 될 줄은 생각도 못 했다. 날개 달린 짐승들이 소리 없이 나무에서 날아와 부서지고 불에 탄 우리 집 서까래에 앉아 우리를 내려다본다는 상상만은 하지 않으려고 마음을 단단히 먹었다. 저 앞에 부서진 의자라도 갖다 놔서 바리케이드 삼는 게 현명할지도 모르겠단 생각이 들었다. 다 젖고 더러워진 매트리스가 계단 중간에 걸쳐 있었다. 그들이 호스를 들고 서서 불과 싸우고 불을 끈 지점이었다. 나는 우리 집이, 벽과 바닥과 침대와 다락의 상자에 들어 있던 것들이 다 어디로 갔을까 궁금해하면서 계단 발치에 서서 위를 올려다보았다. 아버지의 시계는 타서 없어졌고 어머니의 별갑 소재 몸단장 세트도 마찬가지였다. 뺨에 공기가 스쳤다. 그 공기는 눈에 보이는 저 하늘에서 불어 들어왔지만 연기와 폐허의 냄새가 났다. 우리 집은 포탑이 달리고 하늘로 열린 성이었다.

"부엌으로 들어가자."

언니가 말했다.

"여긴 도저히 못 있겠다."

조개껍데기를 줍는 아이들처럼, 동전을 찾아 낙엽을 헤치고 다니는 노파들처럼, 우리는 아직 부서지지 않고 쓸 만한 물건이 있을까 싶어 망가진 쓰레기들을 일일이 뒤집어 가며 부엌 바닥에 발을 질질 끌고 찾아다녔다. 부엌을 한 방향으로 따라 걷다가 가로지르고 대각선으로 오가며 찾은 실용적인 물건을 부엌 탁자 위에 작게 모아 쌓았는데, 우리 둘이 쓰기에는 제법 넉넉했다. 손잡이가 붙어 있는 컵 두 개, 없는 컵 몇 개, 접시 대여섯 장, 오목한 그릇 세 개. 통조림 음식도 온전하게 수습할 수 있었고 향신료 통들도 원래 있던 선반으로 착착 되돌아갔다. 은식기도 대부분 찾아내서 그중 대부분을 우리가 할 수 있는 한 잘 편 다음 적당한 서랍에 집어넣었다. 대대로 블랙우드 집안 며느리들이 각자 자기만의 은식기와 그릇 세트와 식탁보, 침구류를 갖고 시집을 온 덕에 이 집에는 버터나이프와 수프 국자, 케이크 서빙 칼이 열 개 넘게 있었다. 어머니의 제일 좋은 은식기는 식당 보조 찬장 안의 변색 방지 상자 안에 들어 있었지만, 사람들이 찾아내 바닥에 죄다 흩어 놓았다.

우리가 찾아낸 온전한 컵 중 안쪽에 연한 노란색이 칠해진 녹색 컵을 나더러 쓰라고 언니가 말했다.

“지금까지 그 컵을 쓴 사람을 내가 본 적이 없거든. 내 생각엔 할머니나 고조고모할머니가 그 세트를 혼수로 가져오셨던 것 같아. 전엔 같은 세트 접시도 있었어.”

콘스턴스 언니는 오렌지꽃이 그려진 흰색 컵을 고르고, 같은 문양의 접시도 골랐다.

“우리가 이 접시를 썼던 시절이 생각나네. 내가 아주 어렸을 때 우리 집에서 매일 쓰던 식기였지. 제일 좋은 그릇은 금색 테두리가 둘러진 흰색 세트였고. 그러다 어머니가 새로 제일 좋은 세트를 들여오시면서 금색 테두리 그릇이 매일 쓰는 그릇이 되고 이 꽃무늬 접시들은 깨져서 반쯤 없어진 다른 세트들과 함께 식품 저장실 선반에 보관하게 된 거야. 최근 몇 년 동안 헬렌 클라크가 차를 마시러 올 때만 빼고 난 어머니가 매일 쓰시던 그릇을 썼어. 우리 이제 숙녀처럼 밥을 먹겠네. 손잡이 있는 컵을 써 가며.”

우리가 갖고 싶고 쓸 수 있는 것만 꺼낸 다음, 언니는 굵은 빗자루를 가져와서 나머지 쓰레기들을 식당으로 쓸어 넣었다.

“이러면 눈에 띄지 않겠지.”

언니가 홀도 깨끗하게 쓸어 준 덕분에 우리는 부엌에서 현관문까지 갈 때 식당을 거칠 필요가 없어졌다. 우리는 식당으로 통하는 문은 전부 닫아 버리고 다신 열지 않았다. 나는 하나 남은 작은 드레스덴 도자기 인형이 컴컴한 응접실, 어머니의 초상화 아래에 작지만 당당하게 서 있겠지 하는 생각과, 우리가 다신 그 방을 치우지 않기로 한 결심을 동시에 떠올렸다. 응접실 창에 드리웠던 찢어진 천까지 언니가 쓸어 버리기 전에 나는 언니에게 그 천을 열고 닫을 때 썼던 끈을 좀 잘라 달라고 부탁했다. 언니는 끝에 금색 장식 술이 달린 쪽으로 잘라 주었다. 나는 줄리언 삼촌을 위해 묻을 물건으로 이것도 괜찮을까 고민했다.

우리 일이 끝나고 언니가 부엌 바닥을 닦자 우리 집은 새집처럼 깨끗해 보였다. 현관문에서 부엌문까지 아무 방해물도 없고 모든 게 깨끗했다. 너무 많은 것들이 없어진 부엌은 헐벗은 모습이었지만, 언니가 우리가 쓸 컵과 접시와 오목한 그릇을 선반에 올려놓고 조너스에게 우유를 담아 줄 납작한 냄비도 찾아내자 상당히 안심이 됐다. 현관문을 잠그고, 부엌문도 잠근 다음 걸쇠까지 건 뒤에 우리는 부엌 탁자에 마주 보고 앉아 각자의 컵에 우유를 따라 마셨다. 조너스도 자기 냄비로 우유를 마시고 있었는데, 바로 그때 현관문에서 노크 소리가 들렸다. 나는 잠깐 멈춰서 부엌문이 걸쇠까지 잠겨 있다는 사실을 확인한 다음 지하실로 도망간 언니의 뒤를 따라갔다. 우리는 지하실 계단의 어둠 속에 앉아 귀를 기울였다. 저 멀리 현관문에서 노크 소리가 쉬지 않고 계속되더니 웬 목소리가 이름을 불렀다.

"콘스턴스? 메리 캐서린?"

"헬렌 클라크다."

언니가 속삭였다.

"차 마시러 온 걸까, 언니?"

"안 돼, 다신 싫어."

헬렌 클라크라면 충분히 그럴 거라 우리 둘이 예상한 대로, 그녀는 우리를 부르며 집 주변을 돌아왔다. 그녀가 부엌문을 노크했을 때 우리 둘은 숨을 멈추고 꼼짝도 하지 않았는데, 부엌문의 위쪽 반이 유리창이어서 들여다보일 수도 있었기 때문이다. 하지만 우리는 이미 지하실 계단에 안전하게 내려와 있었고 그녀는 문을 열 수 없었다.

"콘스턴스? 메리 캐서린? 둘 다 안에 있어?"

사람들이 자물쇠가 잠겨 있을 거란 생각을 못 하고 무심코 열려 있는 문으로 슬며시 들어오려고 할 때 그러는 것처럼 그녀는 문손잡이를 잡고 흔들었다.

"여보, 애들이 이 안에 있는 거 난 알아. 스토브 위에 무슨 요리가 보여. 당신이 문 좀 열어 줘요."

그녀가 목소리를 높이며 말했다.

"콘스턴스, 와서 나하고 얘기 좀 해. 너무 만나고 싶어. 짐?"

그녀가 다시 남편을 부르더니 말했다.

"걔들 이 안에 있고 내 목소리도 들릴 거야, 틀림없어."

짐 클라크가 말했다.

"당신 목소리야 당연히 들리겠지. 이 정도면 아마 저 마을에서도 당신 목소리가 들릴걸."

"걔들은 분명 어젯밤 사람들 행동을 오해했을 거야. 콘스턴스가 분명 놀랐을 텐데, 다들 해를 끼치려고 그런 건 아니라고 말해 줘야 돼. 콘스턴스, 내 말 좀 들어 봐, 제발. 우리가 너희랑 어떻게 하면 좋을지 결정할 때까지 너랑 메리 캐서린이 우리 집에 와 있으면 해. 다 괜찮아, 진짜야. 우린 그 사건들 전부 다 잊어버릴 거야."

"저 여자가 우리 집을 밀어 쓰러뜨릴까? 어떻게 생각해?"

내가 속삭이자 콘스턴스 언니는 말없이 고개를 가로저었다.

"여보, 문을 부술 수 있을까?"

"당연히 안 돼. 그냥 걔들끼리 있게 놔두자고, 헬렌. 걔들도 때가 되면 밖으로 나올 거야."

"그렇지만 콘스턴스가 이런 일을 얼마나 심각하게 받아들이는데. 지금 아주 겁에 질려 있을 거라고."

"그냥 놔둡시다."

"걔들만 놔두면 안 돼, 그거야말로 그 아이들한테 최악의 선택이라구요. 난 걔들이 여길 나와서 내가 돌봐 줄 수 있는 우리 집으로 같이 갔으면 좋겠어."

"걔들이 안 가고 싶어 하는 것 같은데?"

짐 클라크가 말했다.

"콘스턴스? 콘스턴스? 거기 있는 거 알아. 나와서 문 좀 열어 봐."

나는 부엌문의 창에 천을 대든가 판지를 대는 게 좋겠다고 생각했다. 그런데 그것 갖고는 헬렌 클라크가 우리 스토브에 올려놓은 냄비를 들여다보는 걸 막기엔 역부족일 거다. 창문 위로 커튼을 핀으로 고정해 가릴 수 있다면, 만약 창문 전체를 가리면 헬렌 클라크가 바깥에서 쾅쾅 두들기더라도 지하실 계단에 숨을 필요 없이 조용히 식탁에 앉을 수 있겠지.

짐 클라크가 말했다.

"그냥 갑시다. 걔들 안 나올 거야."

"그래도 우리 집에 데려가고 싶어요."

"우리는 할 만큼 했어. 다음에 또 와 봅시다. 저 애들이 당신을 만나 볼 생각이 들겠다 싶을 때에."

"콘스턴스? 콘스턴스? 제발 대답해 봐."

한숨을 폭 내쉰 언니는 계단 난간에 손가락을 안절부절 거의 소리 안 나게 톡톡톡 두드려 댔다.

언니가 내 귀에 대고 말했다.

"저 여자 빨리 갔으면 좋겠는데. 이러다 수프가 끓어 넘치겠어."

헬렌 클라크가 "콘스턴스? 콘스턴스?" 하고 부르고 또 부르다가 집을 돌아 차 있는 데로 가는 행태는 마치 우리가 숲 속 어딘가, 아니면 혹시 나무 위, 아니면 상추 잎 아래, 아니면 나무 덤불 뒤에서 불쑥 튀어나오려고 기다리고 있다는 것 같았다. 멀리 차 시동 거는 소리가 들렸을 때 우리는 지하실에서 나왔다. 언니는 수프의 불을 껐고 나는 홀을 따라 현관문으로 가서 그들이 확실히 갔는지, 문이 단단히 잘 잠겼는지 확인했다. 그들의 차가 진입로를 벗어나는 걸 봤는데도 헬렌 클라크가 "콘스턴스? 콘스턴스?" 하고 부르는 소리가 아직 귀에 들리는 것 같았다.

"저 여자 분명 차 마시러 온 거야."

부엌으로 돌아와서 내가 말하자 언니가 대꾸했다.

"이젠 우리한테 손잡이 있는 컵도 두 개밖에 없는걸. 그 여자도 이제 여기서 차 마실 일은 절대 없을 거다."

"줄리언 삼촌이 안 계셔서 그건 좋네, 안 그럼 우리 중 누구는 깨진 컵을 써야 했을 테니까. 언니, 줄리언 삼촌 방 정리할 거야?"

언니가 스토브에서 몸을 돌려 나를 바라봤다.

"메리캣. 우리 이제 어떡하지?"

"집도 치웠고, 음식도 있고, 헬렌 클라크를 피해서 잘 숨었고. 그런데 뭘 더 할 게 있겠어?"

"어디서 자? 시간이 몇 시나 됐는진 어떻게 알고? 옷은 또 뭘 입을 건데?"

"시간을 알아야 할 필요가 뭐가 있어?"

"먹을 것도 언젠간 떨어질 거야. 지하실의 저장 음식도 무한정 있는 게 아니고."

"잠은 강가에 있는 내 은신처에서 자도 되잖아."

"안 돼. 거기가 숨을 때는 좋아도 너한텐 진짜 침대가 있어야 돼."

"계단에서 매트리스를 봤어. 내 침대에서 나온 걸걸. 그걸 끌어 내려서 씻은 다음에 햇볕에 말리면 돼. 한쪽 모퉁이가 타긴 했지만."

"잘됐다."

언니가 말했다. 우리는 계단으로 가서 어색한 자세로 매트리스를 잡았다. 기분 나쁘게 축축하고 더러웠다. 우리는 나뭇조각과 유리 조각이 딸린 채로 매트리스를 질질 끌고 홀로 내려와서, 언니가 깨끗하게 닦아 놓은 부엌 바닥을 가로질러 부엌문까지 가져갔다. 잠긴 문을 열기 전에 나는 조심스럽게 바깥을 내다봤고 문이 열리고 나서도 먼저 나가서 사방을 샅샅이 점검했는데, 안전했다. 우리는 매트리스를 끌고 잔디밭으로 나가서 어머니의 대리석 벤치 가까이 햇볕을 받는 자리에 놓았다.

"줄리언 삼촌이 이 자리에 앉아 계시곤 했잖아."

내가 말했다.

"오늘 같은 날은 줄리언 삼촌이 햇빛 쪼이시기엔 좋은 날인데."

"돌아가셨을 때 안 추우셨기를 바라. 잠깐이나마 햇빛을 느끼셨을지도 모르고."

"나한테 삼촌 숄이 있었잖아. 그게 없어져서 섭섭하지 않으셨다면 좋겠어. 메리캣, 나 여기다 뭐 심을까 봐. 삼촌이 곧잘 앉아 계시던 이 자리에."

"나도 삼촌을 위해 뭐 묻을 건데. 언니는 뭐 심으려고?"

언니가 몸을 기울여 부드럽게 잔디를 만졌다.

"꽃. 노란색 꽃으로."

"잔디밭 한가운데다 불쑥 노란색 꽃이라니, 웃길 것 같아."

"왜 거기 그런 꽃이 있는지 우린 그 이유를 알잖니. 다른 사람은 어차피 못 볼 텐데 뭘."

"나도 노란색으로 묻을까 봐. 줄리언 삼촌이 추우시지 않게."

"우리 게으른 메리캣, 그보다 먼저 해야 할 일이 있어. 물을 한 냄비 떠 와서 매트리스를 깨끗하게 문질러 봐. 나는 부엌 바닥을 한 번 더 씻어 낼 테니까."

우리는 정말 행복해질 거야, 하고 나는 생각했다. 할 일도 엄청나게 많고 매일의 일과 순서도 다시 정해야 되겠지만 그래도 우린 정말 행복해질 거야. 콘스턴스 언니는 낯빛도 파리하고 사람들이 언니 부엌에 해 놓은 짓 때문에 아직 수심에 잠겨 있었지만, 아랑곳없이 선반 하나하나를 문지르고 식탁을 닦고 또 닦고 창과 바닥을 청소했다. 우리가 쓰는 접시들이 당당하게 선반에 올라갔고, 우리가 구출한 통조림들과 뜯지 않은 음식 상자들이 식품 저장실에 꽉 차게 줄지어 섰다.

"나, 조너스한테 스튜에 쓸 토끼를 잡아 오라고 훈련시킬 수도 있어."

내가 이렇게 말하자 언니가 웃었고 조너스는 멍한 표정으로 돌아봤다.

"저 고양인 크림이랑 럼 케이크랑 버터로 익힌 달걀 먹고 사는데 너무 길들여져서 메뚜기 한 마리나 제대로 잡을지 의심스러운데?"

"나 메뚜기 수프는 입도 못 댈 것 같아."

"어쨌든 지금 내가 만드는 건 양파파이야."

언니가 부엌을 청소하는 동안 나는 두꺼운 판지 상자를 찾아서 조심스럽게 형태를 갈라 부엌 창문을 가릴 커다란 판지 조각을 만들었다. 망치와 못은 전에 찰스 블랙우드가 부서진 계단 수리한다고 용을 쓰다 공구실에 놔둔 채였다. 나는 부엌 창문이 완전히 덮여 아무도 못 들여다볼 정도가 됐다 싶을 때까지 문에 판지를 걸치고 못을 박았다. 두 개의 부엌 창문 위로 판지를 더 박자 부엌은 캄캄해졌지만 안전해졌다.

"부엌 창문은 더러워지도록 그냥 두는 게 더 안전할 거야."

내가 이렇게 말하자 언니는 깜짝 놀라 대답했다.

"아무리 그래도 난 더러운 창문이 있는 집에는 안 살 거다."

우리가 일을 끝냈을 때 부엌은 아주 깨끗해졌지만 빛이 거의 안 들어와서 반짝반짝 윤이 나진 않았고, 그래서 언니 마음에는 차지 않았다. 언니는 햇빛과 환한 것과 사랑스러운 부엌에서 빛을 받으며 요리하는 걸 좋아했으니까.

"우리가 항상 조심해서 살펴본다면, 문은 열어 둘 수도 있어. 자동차가 우리 집 앞에 서는 소리가 나면 분명히 우리 귀에 들릴 거야. 그러니까 사람들이 오더라도 아무도 이 뒤쪽으로는 못 들어오도록 집 양옆으로 바리케이드를 치는 방법을 짬이 날 때 내가 생각해 볼게."

"헬렌 클라크는 분명 다시 올걸."

"어찌 됐든 그 여자도 이젠 절대 못 들여다봐."

오후가 지나가고 있었다. 문을 열어 놓아도 햇빛은 바닥에 살짝밖에 들어오지 않았다. 조너스는 스토브 가까이에 있는 콘스턴스 언니에게 다가가 저녁을 달라고 했다. 부엌은 따뜻하고 편안하고 익숙하고 깨끗했다. 벽난로가 있으면 참 좋을 텐데. 불 옆에 우리끼리 앉아서, 하고 생각하다가 안 돼, 하고 멈췄다. 불이라면 이제 신물이 나.

"현관문이 잘 잠겨 있는지 확인해 보고 올게."

내가 말했다.

현관문은 잠겨 있고 밖에는 아무도 없었다. 내가 부엌으로 돌아오자 언니가 말했다.

"내일 내가 줄리언 삼촌 방을 청소할게. 집이 엄청 작아져서 이제부턴 정말 깨끗하게 써야겠어."

"언니가 거기서 자려고? 줄리언 삼촌 침대에서?"

"아니, 메리캣. 네가 거기서 잤으면 해. 우리 집에 남은 침대는 그거 하나뿐이야."

"난 줄리언 삼촌 방에 들어가면 안 되는데?"

언니는 신기한 듯이 나를 쳐다보면서 잠시 말이 없다가, 이렇게 물었다.

"메리캣, 줄리언 삼촌이 돌아가셨는데도 말이니?"

"아까 찾아서 깨끗하게 닦은 매트리스가 원래 내 침대에서 나온 거잖아. 난 내가 앉던 부엌 구석 자리에 그거 놓고 잘 거야."

"메리캣도 참. 어쨌든 오늘 밤엔 안됐지만 우리 둘 다 바닥에서 자야 돼. 매트리스는 내일이나 돼야 마를 테고 지금 줄리언 삼촌의 침대는 더러우니까."

"내 은신처에서 나뭇가지 가져올 수 있는데. 나뭇잎도."

"내가 열심히 닦아 놓은 부엌 바닥에?"

"그럼 담요 가져올게, 줄리언 삼촌의 숄도."

"나가려고? 지금? 그 먼 데까지?"

"밖에 아무도 없어. 이제 거의 어두워진데다 나, 아주 안전하게 갔다 올 수 있어. 누가 오면 문을 닫고 잠가. 난 밖에서 보고 문이 잠겨 있으면 맘 놓고 집에 올 수 있을 때까지 강가에서 기다리다 올게. 보호자 삼아 조너스 데리고."

나는 강까지 죽 뛰어갔는데 조너스가 나보다 빨라서 내가 은신처에 다다랐을 쯤에는 그 녀석이 먼저 와 기다리고 있었다. 뛰는 게 좋았고, 다시 집으로 돌아오는 것도, 부엌문이 열려 있는 것도, 그 안에 따뜻한 불빛이 있는 것도 좋았다. 나는 조너스와 같이 들어온 다음 문을 닫고 걸쇠를 걸었다. 그렇게 우리는 밤을 맞을 준비를 마쳤다.

“저녁 식사가 맛있게 됐어.”

요리 덕분에 온화해진 언니가 행복해하면서 말했다.

“와서 앉아, 메리캣.”

문을 닫았기 때문에 언니는 천장의 불을 켜야 했다. 탁자에 우리 음식들이 깔끔하게 차려져 있었다.

“내일 내가 은식기를 닦아 보려고. 그리고 우리, 밖에 있는 밭에서 먹을 것도 좀 들여와야 돼.”

“상추가 재를 잔뜩 뒤집어썼던데.”

언니가 창문을 가린 까만 네모 모양의 판지를 쳐다보며 말했다.

“내일은 또, 네가 만든 판지 창을 가릴 커튼 같은 걸 만들 방법도 생각해야겠다.”

“내일 내가 집 양옆에 바리케이드를 칠게. 내일 조너스가 우리한테 토끼를 잡아 올 거야. 내일 내가 시간이 몇 시인지 추측해서 언니한테 말해 줄게.”

멀리 집 앞에 차 한 대가 와서 서는 소리가 들리자 우리는 서로를 쳐다보며 입을 다물었다. 이제야, 하고 나는 생각했다. 이제야 우리가 얼마만큼 안전한지 제대로 알 수 있겠구나. 나는 자리에서 일어나 부엌문에 걸쇠가 걸려 있는지 확인했다. 내가 판지 너머로 밖을 볼 수 없으니 저들도 이쪽을 볼 수 없을 거라 확신했다. 노크가 현관문 쪽에서 시작됐지만 현관문이 잠겼는지 확인할 시간은 없었다. 우리가 현관 쪽으로는 안 갈 거란 걸 알고 있다는 듯 그들은 잠깐 노크를 하더니, 뒤쪽으로 돌아오는 길을 찾느라 어둠 속에서 비틀거리며 다가오는 소리를 냈다. 짐 클라크의 목소리에다, 내 기억으론 레비 박사 목소리가 났다.

짐 클라크가 말했다.

"하나도 안 보여. 완전 칠흑이구만."

"창문 한쪽 틈으로 빛이 한 줄 새어 나오는데요."

나는 궁금했다. 어디에서? 대체 창문 어디에 아직 틈이 있단 거지?

"그럼 안에 있겠군, 잘됐네. 다른 데 있을 리가 없지."

"전 그저 그 아이들이 다쳤거나 아픈 건 아닌지 알고 싶어서 온 겁니다. 그 아이들이 이 안에 갇혀서 도움을 바라고 있을 거란 생각은 하고 싶지 않거든요."

"난 개들을 우리 집에 데려가기로 돼 있소."

짐 클라크가 말했다.

그들은 뒷문으로 왔다. 목소리가 바로 바깥에서 들리자 언니는 식탁 너머 내 쪽으로 손을 뻗어 왔다. 저들한테 안이 보인다는 낌새가 느껴지면 우리는 지하실로 함께 도망갈 것이다.

"젠장, 전부 막아 놨네."

짐 클라크가 이렇게 말하자 나는 생각했다. 잘됐어, 아, 정말 다행이야. 공구실에 진짜 나무판자가 있다는 걸 지금까지 깜빡 잊고 있었다. 그것보다 훨씬 약한 저 판지밖에 생각이 안 났다니.

"블랙우드 양?"

의사가 불렀고, 둘 중 한쪽이 문을 노크했다.

"블랙우드 양 있어요? 레비 박사입니다."

"여기 짐 클라크도 같이 왔다. 헬렌 남편인데, 아내가 지금 너희들을 엄청 걱정하고 있어."

"다쳤나요? 아픈 덴 없어요? 혹시 도움이 필요한 상태입니까?"

"헬렌은 너희가 우리 집에 왔으면 해. 지금 집에서 너희를 기다리고 있고."

"들어 봐요."

의사가 말하자 나는 그가 유리창에 거의 닿을 듯 얼굴을 아주 가까이 갖다 댔구나 싶었다. 그는 정말 다정한 목소리로 조용조용 말을 했다.

"잘 들어요, 아무도 여러분을 해치지 않을 거예요. 우린 여러분 친구입니다. 우린 여러분을 돕고 싶고 괜찮은지 확인하고 싶어서 여기까지 온 거지 절대 괴롭힐 생각은 없어요. 여러분이 무사하고 잘 있다는 말만 해 주면 두 번 다시 방해하지 않을 거라고 약속합니다. 그 말 한마디만 들으면 돼요."

"사람들이 이렇게 계속 너희들 걱정을 하게 만들어서야 되겠어."

짐 클라크가 말했다.

"한마디만 대답해 달라니까. 잘 있다는 말만 한 번 해 주면 돼요."

의사가 말했다.

그들은 대답을 기다렸다. 저들이 유리창에 얼굴을 바짝 대고 안을 보려 애쓰는 게 느껴졌다. 언니가 식탁 너머로 나를 보고 약간 미소를 지었고, 나도 마주 웃었다. 우리의 보호책은 훌륭했고 저들은 안을 볼 수가 없었다.

"내 말 들어요."

의사는 이렇게 말하면서 목소리가 아까보다 좀 커졌다.

"들어 봐요, 줄리언의 장례식이 내일입니다. 여러분도 알고 싶을 거라 생각해 알려 드려요."

짐 클라크가 말했다.

"벌써 화환이 엄청나게 와 있어. 그렇게 꽃들이 많은 걸 보면 너희도 참 좋아할 거야. 우리도 꽃 보냈고, 라이트가도, 캐링턴가도 보냈어. 우리 모두가 줄리언한테 보낸 화환을 보면 너희도 친구들이 이런 사람들이었구나 하고 생각이 달라질 거야."

줄리언 삼촌에게 누가 화환을 보냈는지 알면 왜 우리 생각이 달라질 거라는지 알 수가 없었다. 꽃에 파묻힌 줄리언 삼촌, 꽃으로 가득 찬 줄리언 삼촌은 분명 우리가 매일 보던 줄리언 삼촌의 모습과는 하나도 안 닮았을 거다. 꽃 더미 덕분에 줄리언 삼촌이 춥진 않으실지도 모르지. 줄리언 삼촌이 죽은 모습을 상상해 보자 주무실 때의 얼굴만 떠올랐다. 클라크가와 캐링턴가와 라이트가 사람들이 불쌍한 줄리언 삼촌이 속절없이 죽어 누워 있는 위로 꽃들을 한 아름씩 퍼붓는 모습을 생각해 보았다.

"너네 친구들을 이렇게 쫓아 버리기만 해선 아무것도 안 돼, 응? 헬렌이 너희한테 뭐라고 전하라 했느냐면……."

저들이 문을 미는 게 느껴졌다.

"들어 보세요. 아무도 귀찮게 안 할 겁니다. 그러니까 딱 한마디만, 잘 있다는 말 한 번만 해 주십시오, 네?"

"우리가 계속 이렇게 찾아오진 않을 거야. 알지? 아무리 친구라 해도 참아 주는 데 한계가 있어."

조너스가 하품을 했다. 침묵 속에서 콘스턴스 언니가 천천히, 조심스럽게 식탁의 자기 자리 쪽으로 몸을 틀더니, 버터 바른 비스킷을 하나 들어서 소리 없이 작게 한 입 베어 물었다. 나는 웃음이 터질 뻔해서 손으로 입을 막았다. 언니가 소리 없이 비스킷을 먹는 모양이란 인형이 먹는 척하는 것처럼 웃겼다.

"제기랄."

짐 클라크가 말하고 문을 두드렸다.

"제기랄."

"이게 마지막입니다. 안에 있는 거 알아요. 제발 마지막으로 딱 한 번만……."

의사가 말했다.

"어우, 됐어. 그렇게 소리쳐 봤자 보람도 없잖소."

짐 클라크가 말했다.

"내 말 좀 들어 봐요."

의사가 말했고, 나는 그가 자기 입을 문에 대고 말한다고 생각했다.

"조만간 도움이 필요하게 될 거예요. 아플 수도 있고, 다칠 수도 있고. 그럼 도움이 필요하다구요. 만약 그런 일이 생기면 얼른……."

"내버려 두라니까. 자, 갑시다."

짐 클라크가 말했다.

그들의 발걸음 소리가 집 옆을 지나 돌아가는 게 들렸다. 나는 혹시 저들이 우리를 속이는 건 아닐까, 가는 척하다가 조용히 돌아와 소리 없이 문밖에 서서 기다리는 건 아닐까 생각했다. 언니는 안에서 소리 없이 비스킷을 먹고 짐 클라크는 소리 없이 밖에서 듣고 있는 모습을 상상하자 오싹한 기운이 등을 타고 흘렀다. 이러다 이 세상에 다시는 소리가 안 나는 게 아닐까 싶어서. 그때 차에 시동이 걸리고 차가 멀리 사라지는 소리가 집 현관 앞에서 들렸다. 언니는 소리를 꽤 크게 내면서 접시에 포크를 내려놓았다. 나는 다시 숨을 쉬기 시작하며 물었다.

"줄리언 삼촌을 어디다 모셨을까? 언니 생각엔 어때?"

"같은 장소겠지."

언니가 멍하니 대답했다.

"시내에. 그런데 메리캣."

언니가 갑자기 고개를 홱 쳐들면서 말했다.

"왜, 콘스턴스 언니?"

"나 너한테 사과하고 싶어. 어젯밤에 내가 못된 말을 해서."

그 기억이 떠오르자 나는 얼어붙은 채 싸늘해져서 언니를 쳐다보았다.

"내가 참 못되게 굴었어."

언니가 말했다.

"식구들이 왜 죽었는지 네가 절대로 떠올리게 해선 안 됐는데."

"그럼 이제부터 생각나게 하지 마."

나는 손을 뻗어 언니의 손을 잡고 싶었지만 움직여지지가 않았다.

"난 네가 다 잊었으면 했어. 그 일은 절대로 입 밖에 내지 말아야지 했는데 말해 버리다니, 미안해."

"내가 그걸 설탕에 넣었던 거."

"알아. 그때도 난 알고 있었어."

"언닌 설탕을 절대 안 먹으니까."

"안 먹지."

"그래서 그걸 설탕에다 넣었던 거야."

언니가 한숨을 내쉬었다.

"메리캣."

언니는 말했다.

"우리 이 얘긴 절대로 하지 말자. 두 번 다시 절대로."

나는 오싹했지만, 언니가 나를 보고 친절하게 미소 짓는 걸 보니 괜찮았다.

"사랑해, 콘스턴스 언니."

"나도 사랑해, 우리 메리캣."

조너스가 바닥에 앉았다가 그대로 잠드는 걸 보니 나에게도 그렇게 불편하지는 않을 것 같았다. 언니는 담요 밑에 나뭇잎과 부드러운 이끼를 까는 게 나아 보였지만 부엌 바닥을 다시 어지럽힐 수는 없었다. 제일 좋은 자리다 싶어 담요를 등받이 없는 내 의자 근처 구석 자리에 놓자 조너스는 그 의자 위로 올라가 앉아 나를 내려다보았다. 언니는 스토브 가까이 바닥에 누웠다. 어둠 속에서도 부엌 한쪽에 있는 언니의 얼굴이 창백한 게 보였다.

"언니, 편해?"

내가 묻자, 언니는 웃음을 터뜨렸다.

"이 부엌에서 내가 시간을 얼마나 많이 보냈니."

언니가 말했다.

"그런데도 바닥에 누워 볼 생각을 전에는 왜 못 했을까 싶어. 내가 그렇게 잘 돌봐 줬으니 이 바닥도 환영해 줘야 된다고 생각해, 나는."

"내일은 우리, 상추 뜯어 오자."

천천히, 우리의 매일 일과가 자리를 잡아 갔고, 그렇게 행복한 나날이 형태를 갖춰 갔다. 아침에 일어나자마자 나는 홀로 가서 현관문이 잠겨 있는지부터 확인했다. 주위에 아무도 없는 이른 아침에 우리는 제일 활발하게 움직였다. 출입문이 열려 있고 길이 개방돼서 아이들이 여기까지 올 수도 있단 생각을 그땐 미처 하지 못했다. 어느 날 아침, 현관문 옆에 서서 세로로 긴 유리 조각창으로 밖을 내다보며 서 있는데, 아이들이 우리 집 앞마당에 와서 노는 게 보였다. 이 길을 다녀도 되는지 확인하려고 부모들이 애들을 먼저 보냈는지도 모르고, 아니면 애들이란 원래 아무 데서나 놀려고 하기 때문인지도 몰랐다. 아이들은 우리 집 앞에서 노는 게 약간 꺼림

칙했는지 목소리가 기어들어 갔다. 나는 재들이 애들이고 애들은 놀기 마련이니까 그냥 놀러 왔나 싶다가도, 정말은 얄팍한 애들의 가면을 쓰고는 있지만 우리를 찾아보라고 여기로 보내진 첩자인지도 모른다는 생각이 들었다. 그런데 지켜보다 보니 딱히 신빙성 없는 가설이었다. 아이들은 버릇없이 막 움직이면서도, 내가 본 바에 따르면, 우리 집 쪽은 한 번도 쳐다보지 않았다. 얼마나 더 기다리면 재들이 현관으로 살금살금 다가와서 작은 얼굴들을 덧문에다 대고 문틈으로 들여다보려고 할까? 언니가 내 뒤로 다가와서 어깨 너머로 밖을 보았다.

"지나가는 사람 애들이야."

내가 언니에게 말했다.

"얼굴이 없거든."

"눈이 있는데?"

"재들은 그냥 새라고 생각하자. 그러니까 우릴 못 봐. 재들은 아직 모르고 믿고 싶지도 않겠지만, 앞으로 절대로 우릴 볼 수 없을 거야."

"내 생각엔 이제 저렇게 한 번 왔으니 분명 또 올 것 같은데."

"지나가는 행인들이야 오겠지, 하지만 이 안은 못 봐. 나 이제 아침 먹어도 돼?"

부엌은 내가 아침에 부엌문의 걸쇠를 빼고 열어서 햇빛이 들어오게끔 하기 전까진 늘 어두웠다. 내가 문을 열면 조너스는 계단에 앉아 일광욕을 했고 언니는 아침 식사를 만들면서 노래를 불렀다. 아침을 먹고 나면 언니가 설거지를 할 동안 나는 계단에 조너스와 함께 앉아 있었다.

집 양쪽 옆에 바리케이드를 설치하는 건 생각보다 쉬웠다. 어느 날 밤에 언니더러 손전등을 들고 있으라고 하고 내가 어찌어찌 해냈다. 우리 집 양옆에 나무와 덤불이 특히 가까이 붙어 자라 집 뒤쪽이 가려지고 집 주변을 돌아가는 유일한 길이 좁아진 지점이 있었다. 나는 할러가 우리 집 현관 베란다에 만들어 놓은 고물 더미에서 물건을 하나씩 날라와서, 부서진 판자며 가구 같은 것들로 그중 제일 좁은 지점을 막으면서 쌓아 올렸다. 물론 이렇게 한다고 정말 아무도 못 들어오는 건 아니었다. 애들이라면 쉽게 이 위로 기어오를 수 있을 테니까. 하지만 누구든 여기를 지나가려고 할 경우엔 큰 소리가 나고 부서진 판자가 무너지고 하는 통에 우리가 부엌문을 걸어 잠글 시간을 충분히 벌 수 있었다. 전에 내가 공구실에서 판자를 찾아 부엌의 창문 위로 조잡하게 못 박아 놓긴 했지만, 집 양옆으로도 바리케이드 삼는답시고 그렇게 설치하는 건 싫었다. 누구라도 와서 보면 내가 얼마나 무식하게 작업했는지 알게 될 것이기 때문이었다. 나는 속으로 생각했다. 부서진 계단도 내가 수리하면 어떨까 몰라.

"왜 웃는 거니?"

언니가 물었다.

"우리는 지금 달에 있는 거라 생각했는데, 내가 애초에 상상했던 것하곤 꽤나 달라서."

"그래도 정말 행복한 곳인 건 맞아."

언니가 식탁으로 아침 식사를 날라 오고 있었다. 스크램블드에그에 잘 구워진 비스킷, 그리고 언니가 황금빛 여름날 언젠가 만들어 두었던 블랙베리 잼이었다.

"음식을 가능한 한 안에 많이 들여와야 돼."

언니가 말했다.

"채소들이 오매불망 우리가 빨리 와서 가져가길 기다리고 있다는 생각을 하게 되는 게 싫어. 그리고 집 안에 음식을 더 많이 안전하게 쟁여 두면 내 기분이 더 편안할 것 같고."

"내가 날개 달린 말 타고 가서 언니한테 계피랑 백리향이랑 에메랄드랑 정향이랑 금색 천이랑 양배추 갖다 줄게."

"루바브도 추가해 줘."

채소밭으로 갈 때는 부엌문을 열어 둘 수가 있었는데, 밭에서는 누가 바리케이드로 접근하는지 훤히 보여서 필요하다면 언제든지 집으로 뛰어갈 수 있었기 때문이다. 우리는 바구니를 들고 가서 아직 재가 묻어 회색인 상추, 토마토와 오이, 나중엔 각종 딸기 종류들과 멜론까지 들여왔다. 보통은 나도 땅과 공기의 기운이 남아 촉촉한 그대로 과일과 채소를 먹곤 했지만, 우리 집이 타면서 나온 재가 묻어 더러워진 상태로는 아무것도 먹기 싫었다. 더러움과 검댕

대부분은 씻겨 나갔고 밭 주변의 공기는 상쾌하고 깨끗했지만, 연기는 아직 땅에 남았고 언제까지나 거기 남아 있을 것 같았다.

우리가 안전하게 둥지를 틀자마자 언니는 줄리언 삼촌 방의 문을 열고 청소를 했다. 언니는 줄리언 삼촌의 침대에서 침대 시트와 담요를 갖고 나와 부엌 싱크대에서 빤 다음 바깥에서 햇볕에 널어 말렸다.

"줄리언 삼촌의 원고는 어떻게 할 거야?"

내가 묻자 언니는 싱크대 가장자리에 손을 올려놓은 채 머뭇거렸다.

"전부 상자 안에 넣어 둘까 봐."

마침내 언니가 말했다.

"그리고 상자를 지하실에 둘까 봐."

"병조림들이랑 같이?"

"병조림들이랑 같이. 삼촌은 당신 원고가 예의를 갖춘 대우를 받길 바라셨을 거야. 그리고 당신 원고가 제대로 보존되지 않을까 봐 줄리언 삼촌이 노심초사하시는 것도 싫고."

"나는 가서 현관문이 잠겨 있나 확인해 볼게."

아이들은 종종 우리 집 앞마당에 와서 우리 집 쪽은 보지 않고 자기들끼리 기세 좋게 뛰면서 괴상하게 움직이거나 아무 이유 없이 서로를 때리면서 소리 안 내기 게임을 하며 놀았다. 현관문이 잠겨 있나 확인하러 갈 때마다 나는 밖에 아이들이 있는지 내다봤다.

이제 사람들이 우리 오솔길을 걸어가는 모습이 상당히 자주 보였는데, 한때는 오직 내 발만 닿았던 곳에 발을 들여놓으며 이곳에서 저곳으로 이동하는 데 그 길을 이용했다. 내 생각에 그들은 이래도 된다는 걸 보여 주려고 각자 한 번씩은 특별히 원하지 않는데도 그 길을 가는 것 같았지만, 그중 유독 우리를 미워하는 사람들은 한 번 이상씩 찾아왔다.

언니가 줄리언 삼촌의 방을 청소하는 동안 나는 기나긴 오후를 백일몽으로 보냈다. 내 옆에서 잠이 든 조너스와 함께 나는 문지방에 앉아 고요하고 안전한 정원을 내다보았다.

"메리캣, 이것 봐."

언니가 옷을 한 아름 안고 나한테 오면서 말했다.

"이것 좀 봐, 줄리언 삼촌한테 양복 두 벌하고 외투하고 모자가 있더라."

"한때는 똑바로 잘 걸으셨다고 삼촌이 직접 말씀하시기도 했잖아."

"삼촌이 몇 년 전에 양복을 한 벌 사러 간다며 나가시던 게 아주 아스라이 기억나. 그때 사신 옷이 이 중 하난 거 같아. 둘 다 별로 안 낡았거든."

"식구들이랑 지냈던 마지막 날에 삼촌이 입은 옷은 어떤 거였을까? 저녁 식사 땐 어떤 넥타이를 매셨을까? 분명 삼촌은 그런 걸 기억해 주길 바라셨을 텐데."

언니는 웃지 않고 나를 잠시 쳐다보았다.

“이 중에는 없을 거야. 나중에 병원으로 내가 모시러 갔을 때는 잠옷이랑 가운을 입고 계셨거든.”

“지금 그 두 벌 중에 하나를 입고 계셔야 하는 건데.”

“아마 짐 클라크의 옛날 양복을 입고 묻히셨겠지.”

언니는 지하실을 향해 가다가 중간에 멈췄다.

“메리캣?”

“왜, 콘스턴스 언니?”

“너 줄리언 삼촌의 이 옷들이 집에 유일하게 남은 옷가지란 거 알고 있니? 내 것도 다 타 버렸고 네 것도 다 타 버려서.”

“다락에 있던 다른 식구들 것도 전부 다.”

“난 지금 입고 있는 이 분홍색 원피스밖에 없어.”

나도 내려다봤다.

“난 갈색이네.”

“게다가 네가 입은 옷은 세탁도 하고 수선도 해야 돼. 우리 메리캣은 어떻게 된 게 그 모양으로 옷을 찢어 놓을 수가 있니?”

“내가 나뭇잎으로 옷을 짜 볼게. 당장. 도토리로 단추도 달고.”

“메리캣, 농담이 아냐. 우린 줄리언 삼촌의 옷을 입어야 될 거라고.”

“난 줄리언 삼촌 물건 만지면 안 돼. 추운 겨울에 대비해서 이끼로 안감을 대고 모자는 새의 깃털로 만들어 써야지.”

"달에선 아주 잘 어울리는 차림이겠구나, 이 바보 아가씨야. 달에선 조너스처럼 항상 털옷을 입을지도 모르지. 하지만 지금 당장 우리 집에선 줄리언 삼촌이 입으시던 셔츠 중 하나를 입게 될 거야. 바지 같은 것도."

"아님 줄리언 삼촌의 목욕 가운이랑 잠옷이겠지. 싫어. 나 줄리언 삼촌 물건에 손대면 안 되는 거 알잖아. 나 나뭇잎 옷 입을 거야."

"이젠 손대도 돼. 이제부턴 손대도 된다니까."

"싫어."

언니가 한숨을 푹 쉬었다.

"그럼, 내가 이걸 입은 꼴을 보게 되겠구나."

언니가 그렇게 말하곤 갑자기 멈칫하더니 웃음을 터뜨렸고, 나를 쳐다보고는 다시 웃었다.

"왜 그래, 콘스턴스 언니?"

언니는 줄리언 삼촌의 옷을 의자 등받이에 걸어 두고, 여전히 웃으면서 식품 저장실로 들어가 서랍 하나를 열었다. 언니가 뭘 찾는지 알 것 같아 나도 웃어 버렸다. 그런 다음 언니는 돌아와 식탁보를 한 아름 내 옆에 내려놓았다.

"이거면 당신한테 아주 잘 어울릴 거예요, 우아한 메리캣 양. 이것 봐. 노란 꽃 테두리가 있는 이걸 입으면 어떤 기분이겠니? 이 예쁜 빨간색과 흰색 체크무늬는? 다마스크 무늬는 안 되겠다, 얘. 너무 뻣뻣해서 안 편한데다 기운 자국도 있어."

나는 일어나서 빨간색과 흰색 체크무늬 식탁보를 들어 나한테 대보았다.

"머리가 들어갈 구멍만 언니가 뚫어 주면 되겠네."

내가 말했다. 기분이 좋았다.

"지금은 바느질할 도구가 없어. 그냥 허리 주위를 끈으로 묶든가 토가처럼 늘어뜨려야겠다."

"다마스크 무늬는 망토처럼 걸칠래. 나 말고 또 누가 다마스크 망토를 입겠어?"

"메리캣, 세상에나, 메리캣."

언니가 들고 있던 식탁보를 떨어뜨리더니 두 팔 벌려 나를 안았다.

"우리 아기 메리캣한테 이 언니가 무슨 짓을 한 걸까? 집도 없고, 먹을 것도 없고, 식탁보를 옷이라고 입히고. 언니가 무슨 짓을 한 거냐고, 응?"

"콘스턴스 언니."

내가 말했다.

"사랑해, 콘스턴스 언니."

"헝겊 인형처럼 식탁보나 입히고."

"콘스턴스 언니. 우린 정말 행복해질 거야, 콘스턴스 언니."

"세상에나, 메리캣."

언니가 나를 꼭 안아 주었다.

"정말이야, 언니. 우린 정말로 행복해질 거야."

콘스턴스 언니한테 더 생각할 시간을 주지 않으려고 바로 옷을 갈아입었다. 언니는 내가 고른 빨간색과 흰색 체크무늬 식탁보에서 머리가 들어갈 구멍을 오려 냈다. 나는 거기에 언니가 전에 응접실 천에서 잘라 준, 장식 술이 달린 금색 끈을 가져와서 벨트처럼 허리에 둘러 묶었는데, 내 눈에는 정말 근사해 보였다. 언니는 처음엔 마음 아파하다가 내가 입은 모습을 보고는 슬프게 뒤돌아서서 싱크대에서 맹렬하게 내 갈색 원피스를 박박 문질렀지만, 나는 내 가운이 맘에 들어서 그걸 입고 춤을 추었다. 얼마 지나지 않아 언니도 미소를 되찾았다. 나를 보고 소리 내어 웃었다.

"로빈슨 크루소는 동물 껍질을 걸치고 살았지."

내가 언니에게 말했다.

"나처럼 이런 화려한 옷이랑 금색 벨트가 없어서."

"내가 봐도 너 지금 최고로 밝아 보인다."

"언닌 줄리언 삼촌의 껍질을 입을 거지. 난 식탁보가 더 좋아."

"지금 네가 입은건 오래전에 잔디밭에서 아침 식사할 때 깔았던 게 확실해. 그런 빨간색과 흰색 체크무늬는 식당 식탁에는 당연히 쓰지 않는 식탁보거든."

"언젠가 난 잔디밭에서 먹는 여름 아침 식사가 될 거고, 언젠가는 촛불 켠 자리의 격식 차린 저녁 식사가 될 거고, 언젠가는…….”

“아주 더러운 메리캣이 되겠지. 옷은 좋은 걸 입었는지 몰라도, 얼굴은 더러워. 아가씨, 우리가 거의 전부 잃긴 했어도, 깨끗한 물하고 빗은 있답니다.”

줄리언 삼촌의 방 덕분에 이거 하나는 다행이었다. 언니를 설득해서 삼촌의 휠체어를 갖고 나와 정원을 가로질러 밀고 가서 내가 만든 바리케이드에 보태게끔 했던 것이다. 언니가 텅 빈 휠체어를 미는 모습은 보기 낯설었고, 잠시 동안 나는 두 손을 무릎 위에 올린 채 휠체어를 탄 줄리언 삼촌을 눈앞에 그려 보려고 했지만, 줄리언 삼촌의 존재감이 남아 있는 건 휠체어 자리의 닳은 부분과 쿠션 밑에 끼워 놓은 손수건뿐이었다. 돌아가셔서 눈에 보이지 않는 줄리언 삼촌이 여전히 휠체어에 앉은 채로 침입자들을 노려보고 위협하실 테니, 덕분에 휠체어는 내 바리케이드에서 진면목을 발휘할 것이다. 원고도 상자에 들어가고 휠체어도 바리케이드에 올려지고 칫솔도 버려지고 심지어 줄리언 삼촌 방에 있던 삼촌의 냄새마저도 없어지면서 줄리언 삼촌이 완전히 사라져 버릴지도 모른다는 생각에 괴로웠지만, 땅이 부드러워졌을 때 언니가 줄리언 삼촌이 생전에 앉으셨던 잔디밭 자리에 노란색 장미 덤불을 심었고, 나는 어느 날 밤에 강으로 가서 줄리언 삼촌의 머리글자가 쓰인 금색 연필을 강가에 묻어, 강물이 늘 삼촌 이름을 부르게끔 했다. 전에는 절대로 가지 않던 조너스도 이젠 줄리언 삼촌의 방에 들어가게 되었지만,

나는 여전히 들어가지 않았다.

헬렌 클라크는 그 뒤로 두 번 더 우리 집에 와서 우리를 부르며 제발 대답을 해 달라고 통사정했지만 우리는 조용히 앉아만 있었다. 내가 만들어 놓은 바리케이드 때문에 집 뒤로 돌아올 수 없다는 걸 알게 되자 그녀는 현관문 앞에서 이제부턴 찾아오지 않겠다고 말하고는 그 말대로 더 이상 오지 않았다. 어느 날 저녁, 아마도 콘스턴스 언니가 줄리언 삼촌의 장미 덤불을 심은 날 저녁이었지 싶은데, 우리가 저녁을 먹으면서 식탁에 앉아 있을 때 희미한 노크 소리가 현관문에서 들려왔다. 헬렌 클라크가 내는 소리라기엔 너무너무 약했다. 나는 식탁을 떠나 현관문이 잠겼는지 확인하려고 소리 없이 얼른 홀을 가로질러 갔다. 언니도 궁금해서 뒤따라왔다. 우리는 조용히 문에 대고 귀를 기울였다.

"블랙우드 양?"

누가 밖에서 목소리를 낮춰 말했다. 우리가 이렇게 가까이 있는 걸 이 사람이 지금 알고 있는 건가?

"콘스턴스 양? 메리 캐서린 양? 안에 없어요?"

밖에 어둠이 완전히 깔리진 않았지만 우리가 서 있는 이 안에서는 서로의 얼굴도 희미하게만, 그저 허연 얼굴이 문에 닿아 있는 걸로만 보일 뿐이었다.

"콘스턴스 양?"

그가 다시 말했다.

"저기요."

아무도 보는 사람이 없나 확인하려는 듯 그가 머리를 양쪽으로 왔다 갔다 움직였다.

"저기요, 닭고기 가져왔어요."

그는 문을 부드럽게 똑똑 두드렸다.

"내 말이 들렸으면 좋겠네요. 닭고기를 가져왔습니다. 아내가 직접 손질해서 아주 잘 구웠고, 쿠키랑 파이도 있어요. 듣고 있어요?"

언니의 눈이 놀라서 커다래지는 게 보였다. 나는 언니를 쳐다봤고 언니는 나를 쳐다봤다.

"부디 내 말을 들어 주면 좋겠어요, 블랙우드 양. 내가 당신 집 의자를 하나 부쉈는데, 미안하게 됐습니다."

그가 아주 조용히 문을 또 두드렸다.

"그럼, 바구니는 계단에다 두고 갈게요. 내 말을 들었길 바라며 이만 갑니다."

우리는 발걸음 소리가 살금살금 사라지는 걸 들었고, 잠시 시간이 흐른 후에 언니가 말했다.

"어떻게 해? 문 열어 볼까?"

내가 대답했다.

"나중에. 완전히 어두워지면 내가 나가 볼게."

"어떤 파이일지 궁금해. 내가 만든 것만큼 맛있을까?"

우리는 저녁을 마저 먹은 뒤 아무도 현관문이 열리는 걸 보지 못할 거라는 확신이 들 때까지 기다렸다가 홀로 가서 잠긴 문을 열고 밖을 내다봤다. 냅킨이 덮인 바구니 하나가 계단에 놓여 있었다. 내가 그걸 갖고 들어오고 언니가 받아 부엌으로 가져가는 동안 나는 문을 잠갔다.

내가 들어갔을 때 언니가 말했다.

"블루베리 쿠키네. 게다가 꽤 맛있어. 아직 따뜻하고."

언니는 냅킨에 싸인 닭고기와 작은 쿠키 봉투를 애정 어린 손길로 하나씩 조심조심 꺼냈다.

"전부 다 아직 따뜻해. 남편이 바로 갖다 줄 수 있도록 안주인이 저녁 먹고 난 후에 바로 구웠나 봐. 하나는 이 집에 준다고 파이를 두 개 구웠으려나. 아직 따뜻할 때 포장해서 남편한테 갖다 주라고 했겠지. 쿠키들이 충분히 바삭하지 않은 걸 보면."

"내가 바구니 가져다가 현관 베란다에 도로 놓고 올게, 그래야 그 남자도 우리가 가져갔다는 걸 알지."

"아니, 아니."

언니가 내 팔을 잡았다.

"내가 냅킨 빨아서 넣을 때까지 기다려. 이대로 주면 그 여자가 날 뭐라고 생각하겠니?"

때때로 그들은 집에서 직접 만든 베이컨, 또는 과일, 아니면 언니가 만든 것보다는 확실히 못한 수제 잼이나 절임 들을 가져왔다. 대부분은 구운 닭을 가져왔고. 어떨 땐 케이크나 파이, 쿠키는 자주, 또 언제는 감자 샐러드나 코울슬로일 때도 있었다. 한번은 누가 소고기 스튜 한 냄비를 갖다 놓았는데 언니가 내용물을 따로따로 분리했다가 자기만의 소고기 스튜 조리법대로 다시 합쳐 끓여 냈다. 때로는 베이크트 빈스나 마카로니 냄비가 와 있기도 했다.

"저 사람들 덕분에 우리 집에서 이 마을 최대 규모의 교회 만찬회가 열리네."

내가 막 갖고 들어온, 누가 집에서 만든 빵 한 덩이를 보면서 언니가 이렇게 말한 적도 있었다.

이런 것들은 집 앞 계단에, 항상 저녁 무렵 소리 없이 놓여 있었다. 우리 생각으론 남자들이 일을 마치고 집에 돌아오면 여자들이 바구니를 채워 놓고 기다리고 있다가 들려서 보내는구나 싶었다. 그들은 서로에게 들키고 싶지 않은 듯, 그리고 음식을 갖다 준다는 게 어쩐지 만인이 보는 앞에서 하기엔 부끄러운 행동인 것마냥 아무도 모르게 어두울 때 찾아오는 것 같았다. 요리를 하는 여자가 많네, 하고 언니가 말했다.

언젠가 언니는 콩을 하나 맛보면서 나한테 얘기했다.

"여기 이 사람은, 케첩을 너무 많이 썼어. 지난번 여자는 당밀을 더 넣었더니만."

한두 번은 바구니 안에 쪽지도 있었다.

“이건 접시를 깬 값입니다”라든가 “커튼 건을 사과드립니다” 혹은 “하프를 그렇게 만들어서 미안해요” 등등. 우리는 언제나 바구니를 가져왔던 장소 그 자리에 그대로 갖다 두었고, 완전히 깜깜해지고 주위에 아무도 없다는 확신이 들기 전까진 절대로 현관문을 열지 않았다. 나는 현관문이 잠겼는지 확실히 하려고 늘 주의 깊게 점검했다.

나는 강가로 더 이상 갈 수 없게 됐다는 사실을 알게 됐다. 줄리언 삼촌이 거기 계셨는데도 언니한테서는 너무 멀리 떨어진 거리였다. 나는 숲이 끝나는 경계 이상은 절대 밖으로 더 나가지 않았고 콘스턴스 언니는 채소밭까지만 나갔다. 나는 땅에 물건을 더 묻을 수 없게 됐고, 돌도 만지지 못하게 되었다. 매일 나는 부엌 창문 위로 못 박아 놓은 판자를 들여다보고 조금이라도 틈이 보이면 그 위에 판자를 더 못질했다. 매일 아침 나는 곧바로 현관문이 잠겼나 확인했고 콘스턴스 언니는 부엌을 청소했다. 우리는 상당히 많은 시간을 현관 가까이에서 보냈는데, 대부분의 사람들이 지나가는 오후엔 특히 더 그랬다. 우리는 현관문 양쪽에 한 명씩 앉아서는, 판자로 다 가려져서 각자에게 밖을 훔쳐볼 작은 구멍 하나씩만 있을 뿐 밖에서는 안을 들여다볼 수 없는 조각창을 통해 밖을 내다보았다. 아이들이 놀고 사람들이 걸어서 지나가는 게 보이고 그들의 목소리도 들렸는데, 그들은 휘둥그레 뜬 눈으로 쳐다보며 사악하게 입을 쩍 벌린 모르는 사람들이었다. 어느 날은 한 무리의 사람들이 자전거를 타고 왔다. 여자 둘과 남자 하나, 아이가 둘이었다. 그들은 타고 온 자전거를 진입로에 대 놓더니 앞마당에 누워 쉬면서 잔디를 뜯고 얘기를 나눴다. 아이들은 진입로를 올라갔다 내려갔다, 나무와 덤불을 돌고 넘고 하면서 놀았다. 이날은 불탄 지붕 위로 덩굴이 자라고 있다는 사실을 알게 된 날이었는데, 한 여자가 집 주변을 보더니 불에 탄 자국을 덩굴이 거의 가렸다고 말했기 때문이었다. 그들은 절대로 우리 집을 정면에서 똑바로 보는 법이 없이 눈동자만 쓱 굴려서 혹은 어깨 너머로 혹은 손가락으로 가리고 보았다.

우리 잔디밭에 앉은 여자가 말했다.

"듣자니 옛날엔 멋지고 고풍스런 집이었다며. 당시엔 이 지역 명소였다더라고."

"지금은 무덤같이 보이는데."

다른 여자가 말했다.

"쉬잇."

첫 번째 여자가 주의를 주더니 머리로 집을 슬쩍 가리켰다.

내가 듣기로는, 하고 그 여자가 큰 소리로 말했다.

"정말정말 멋진 계단이 있었대. 이탈리아에서 세공한 걸로."

"그 사람들 네 목소리 못 들어."

다른 여자가 너 웃긴다는 식으로 말했다.

"어쨌거나 설사 들린다 해도 무슨 상관이래?"

"쉬이잇."

"저 안에 사람이 있는지 없는진 아무도 확실히 몰라. 마을 사람들이 허풍 떤 거라고."

"쉬잇. 토미."

그 여자가 한 아이를 불렀다.

"그 계단에 가까이 가면 안 돼."

"왜요?"

아이가 뒤로 물러나며 물었다.

"왜냐면 저 안에 아가씨들이 살고 있는데, 누가 계단에 오는 걸 좋아하지 않거든."

"왜요?"

아이가 계단이 시작되는 지점에 멈춰 서서 재빨리 우리 집 현관문을 슬쩍 돌아보며 물었다.

"그 아가씨들은 남자애들을 안 좋아한단다."

두 번째 여자가 말했다. 그 여자는 나쁜 사람들 쪽에 속하는 부류였다. 측면에서 본 여자의 입은 뱀의 입이었다.

"그분들이 날 어떻게 한대요?"

"그분들은 널 잡아서 독이 가득 든 사탕을 억지로 먹일걸. 못된 남자애들 열 몇 명이 저 집에 너무 가까이 갔다가 다시는 못 돌아왔다더라. 그분들은 남자애들을 잡아가서는……."

"쉬잇. 에델, 진짜 그만 안 할래?"

"여자애들은 좋아하나요?"

다른 한 아이가 가까이 다가왔다.

"그분들은 남자애도 여자애도 다 싫어하지. 차이점이 있다면, 여자애는 그냥 먹어 치운다나."

"에델, 그만 좀 해. 애들 놀라게시리. 얘들아, 거짓말이란다. 아줌마가 너희 놀리는 거야."

"그분들은 밝을 땐 절대 밖으로 안 나온대."

나쁜 쪽 여자가 아이들을 무섭게 쳐다보며 말했다.

"그러다 밤이 와서 어두워지면 애들을 사냥하러 나오는 거지."

남자가 불쑥 말했다.

"어찌 됐든, 나도 애들이 저 집 가까이엔 안 갔으면 좋겠어."

찰스 블랙우드는 딱 한 번 왔었다. 그는 다른 남자와 함께 차를 타고, 우리가 오랫동안 밖을 지켜보고 있던 어느 날 늦은 오후에 찾아왔다. 모르는 행인들이 전부 가고 콘스턴스 언니가 막 일어나서 "감자를 불에 올릴 시간이네" 하고 말했을 때 차가 진입로로 들어왔다. 언니는 다시 앉아 지켜봤다. 우리 집 앞에 선 차에서 내린 찰스와 다른 남자는 위를 쳐다보면서 곧장 계단으로 걸어왔는데, 안에 있는 우리가 보이진 않을 터였다. 처음 찰스가 왔을 때도 꼭 지금처럼 우리 집을 올려다보며 서 있던 게 생각났지만, 이번에는 절대 못 들어올 것이다. 나는 잘 잠겼는지 확인하려고 손을 뻗어 현관문에 달린 자물쇠를 만졌고, 문간의 반대쪽에서 언니가 돌아보더니 나를 향해 고개를 끄덕, 했다. 언니도 알고 있는 것이다. 찰스가 다시는 여기 못 들어온다는 걸.

"봤지?"

찰스는 바깥에서, 계단이 시작되는 곳에서 말했다.

"내가 말한 대로 여기 집이 있잖아. 지금 덩굴이 저렇게 자라서 그런가 예전만큼 엉망으로 보이진 않네? 그래도 지붕은 타서 없어졌고 저 안은 몰골이 처참하지."

"그 여자들은 안에 살고?"

"그야 물론."

찰스가 웃었다. 그의 저 웃음소리와 빤하게 쳐다보던 허연 얼굴이 생각났고, 문 안에서 나는 그가 죽어 버렸으면 하고 바랐다. 그가 말했다.

"둘 다 저 안에 무사히 계시지. 그 망할 놈의 거금도 그렇고."

"네가 그걸 어떻게 알어?"

"걔들이 저 안에 갖고 있는 그 돈, 그거 제대로 세어 본 적도 없어. 온갖 데다 묻으면서도 금고도 꽉 차 있는데, 그 밖에 얻다 또 감춰 놓았는지 누가 알겠어. 걔들은 절대 밖에 안 나와. 돈 전부를 다 갖고는 저 안에 숨어 버린 거야."

다른 남자가 말했다.

"잠깐. 그 여자들이랑 너 아는 사이지, 그치?"

"그럼. 내가 걔들 사촌인데. 여기 한 번 온 적도 있고."

"둘 중 하나라도 너랑 얘기하러 나오게 할 수 있는 방법이 있을까? 창문가로 불러낸다든가 뭐 그렇게 해서 내가 사진 한 장 찍을 수 있게?"

찰스는 생각했다. 그는 집을 보고, 그 남자를 보고, 생각했다.

"네가 그 사진, 잡지사나 뭐 그런 데 팔면, 나한테 절반 줄 거야?"

"좋아. 약속하지."

"그럼 해 보지. 넌 차 뒤로 가서 안 보이게 숨어 있어. 모르는 사람이 있으면 걔들 분명 안 나올 거니까."

다른 남자가 차로 가서 카메라를 꺼내더니 찰스가 볼 수 없는 차의 반대쪽으로 가서 자리를 잡았다.

"됐어."

남자가 말하자, 찰스는 우리 집 현관으로 이어진 계단을 오르기 시작했다.

그가 불렀다.

"코니? 이봐, 코니? 나 찰스야. 돌아왔어."

나는 언니를 보면서 언니가 전에는 결코 이런 찰스의 진면목을 본 적이 없을 거라고 생각했다.

"코니?"

언니도 지금은 찰스가 유령이자 악마이며, 저 밖의 이방인들 중 하나라는 걸 알고 있었다.

"지나간 일은 다 잊자, 응?"

찰스는 문으로 가까이 다가와 쾌활하게 말하면서도, 약간은 애원하는 말투였다.

"다시 친구가 되자고."

내 눈에 그의 발이 보였다. 한쪽 발이 우리 집 현관 바닥을 쉬지 않고 탁탁탁탁 두드렸다.

"네가 나한테 섭섭한 게 뭔지 모르겠다만, 난 네가 나한테 돌아와도 된다고 말해 주길 얼마나 기다렸다고. 혹시라도 내가 너 기분 상하게 한 게 있다면, 미안해, 진심으로 사과할게."

나는 찰스가 지금 이 안을 봤으면 좋겠다 싶었다. 우리 머리 일 미터 위에서 자기가 문에다 대고 애걸복걸하는 동안, 현관문의 양쪽 바닥에 앉은 채 자기 말을 듣고 자기 발을 보고 있는 우리를 봤으면.

"문 열어 봐. 코니, 나를 위해, 이 사촌 찰스를 위해 문 좀 열어 주지 않겠어?"

그가 아주 부드럽게 말했다.

언니는 그의 얼굴이 있는 지점을 올려다보고 불쾌한 미소를 지었다. 나는 찰스가 돌아올 때를 대비해 언니가 아껴 놓았던 미소일 거라고 생각했다.

찰스가 말했다.

"오늘 아침에 줄리언 어르신 묘에 갔었어. 나, 줄리언 어르신 묘에도 가고 너도 한 번 더 보려고 돌아온 거야."

그는 잠깐 기다렸다가, 약간 울먹하는 목소리로 말을 이어 갔다.

"나 그 양반 묘에…… 알지? 꽃도 갖다 놨어. 그분은 정말 좋은 어르신이었잖아. 늘 나한테 잘해 주셨고."

찰스의 발 너머로 다른 남자가 카메라를 갖고 차 뒤에서 나오는 게 보였다.

이봐, 하고 그가 불렀다.

"헛수고하는 거 같다. 나 하루 종일 이러고 있을 시간 없어."

"넌 봐도 모르겠냐?"

찰스가 문에서 얼굴을 돌렸지만 그의 목소리는 여전히 조금씩 울먹였다.

"난 걜 꼭 한 번 더 봐야 된다고. 다 내가 죽일 놈이라서 그래."

"뭔 소리야?"

"저 두 독신녀들이 이런 집에서 문 꼭 걸어 잠그고 안 나오는 이유가 뭘 거 같냐? 그 사연이야 하늘만 알지. 나도 상황을 이렇게 만들 생각은 아니었는데."

찰스가 말했다.

그때 나는 콘스턴스 언니가 말을 하거나, 적어도 푸하하 웃음을 터뜨릴 거라고 생각했다. 그래서 아무 소리도 내지 말라는 경고의 뜻으로 손을 뻗어 언니의 팔을 잡았지만 언니는 내 쪽으로 고개를 돌리지 않았다.

"아, 진짜, 얘기만 할 수 있으면 되는데. 어쨌든 내가 여기 집 앞에 서 있는 거라도 찍어 봐. 문 두드리는 장면이라도. 나 미친 듯이 문 두드릴 수 있어."

찰스가 말했다.

"날 위해서라면 실연 때문에 죽어서 문지방에 큰대자로 뻗은 자세나 취해 보시든가."

다른 남자가 말했다. 그는 차로 가서 카메라를 안에다 놓았다.

"시간 낭비야."

"그리고 그 돈도 낭비하는 거고. 코니!"

찰스가 큰 소리로 불렀다.

"제발 이 문 좀 열어 주지 않을래?"

다른 남자가 차 안에 앉아 말했다.

"있지, 내 장담하는데 너 그 은화들 다시는 구경도 못 할 거다."

"코니."

찰스가 말했다.

"너 지금 나한테 무슨 짓을 하고 있는지 알아? 난 이런 대접을 받을 이유가 없는 사람이야. 제발 부탁이야, 코니."

"마을까지 걸어가고 싶어?"

다른 남자가 말했다. 그는 차 문을 닫았다.

찰스는 집을 등지고 돌아서더니, 다시 뒤를 돌아봤다.

"좋아, 코니. 이젠 끝이야. 지금 날 보내면 넌 날 영영 못 보게 될 거야. 진짜야, 코니."

"나 간다."

다른 남자가 차에서 말했다.

"코니, 진짜라고. 거짓말이 아냐."

찰스가 어깨 너머로 말하면서 계단을 내려가기 시작했다.

"마지막이니까 잘 봐 둬. 나 지금 간다. 네가 한마디만 하면 날 붙잡을 수 있어."

나는 그가 제시간 안에 갈 거란 생각이 들지 않았다. 그가 계단을 내려가 안전하게 차 안에 들어갈 때까지 언니가 자제력을 발휘할지도 솔직히 알 수가 없었다.

"잘 있어, 코니."

그가 계단 맨 아랫단에서 이렇게 말하고 천천히 차 쪽으로 몸을 틀었다. 잠시 동안 눈을 닦는지 코를 푸는지 하는 것처럼 보였지만, 다른 남자가 "빨리 타" 하고 말하자 찰스는 한 번 더 뒤를 돌아보고 슬프게 손을 들어 보이고는 차에 올라탔다. 그러자 언니가 웃고, 나도 웃었다. 우리 웃음소리가 들렸는지 그 순간 차에 탄 찰스가 홱 고개를 돌리는 게 보였지만, 차는 이미 출발해서 진입로를 따라 내려가고 있었다. 우리 둘은 컴컴한 홀에서 서로 껴안고 웃었다. 둘 다 눈물이 뺨을 타고 흘렀고 우리 웃음소리가 폐허가 된 계단을 타고 메아리가 되어 하늘로 솟아올랐다.

"나 너무 기뻐."

언니가 마침내 숨을 몰아쉬면서 말했다.

"메리캣, 나 너무 행복해."

"내가 그랬잖아, 언니도 달에서 사는 게 맘에 들 거라고."

어느 일요일, 교회 예배가 끝난 뒤, 캐링턴가는 우리 집 앞에 차를 멈추고는 내리지 않고 그대로 조용히 앉아 우리 집을 쳐다보았다. 마치 우리가 캐링턴 식구들에게 뭐든 도움을 청할 일이 있다면 밖으로 나올 거라고 생각하는 양. 가끔 나는 앞으로 영원히 열리지 않을, 어머니의 사랑스러운 물건들이 다 깨져서 널브러져 있고 먼지가 그 위로 곱게 내려앉아 덮고 있을 응접실과 식당을 생각했다. 우리가 하루 일과를 새롭게 정해 가는 동안 집 안에는 새로운 명물들이 생겨났다. 우리 집 멋진 계단이 남긴 흔적인, 기우뚱하게 도중에 끊긴 커다란 파편은, 우리가 매일같이 지나치면서 그때 그 계단임을 알아볼 때마다 친밀해졌다. 부엌 창문을 가로질러 달아 놓은 판자는 우리 것이었고, 우리 집의 일부였고, 우리가 아끼는 부분이었다. 우리가 쓰는 컵 두 개 중 하나가 깨져서 우리 중 누가 손잡이 없는 컵을 써야 되지나 않을까 언니가 늘 공포에 떠는 것만 빼면, 우리는 너무나 행복했다. 우리에겐 우리가 잘 알고 또 친숙한 장소들이 있었다. 탁자 주변에 놓인 우리 의자, 우리 침대, 그리고 현관문 양옆의 우리 자리까지. 언니가 빨간색과 흰색이 섞인 식탁보, 그리고 자기가 입던 줄리언 삼촌의 셔츠를 빨아 정원에 널어 말리는 동안 나는 노란색 테두리가 있는 식탁보를 입었는데, 금색 벨트를 두르니 정말 멋지게 잘 어울렸다. 어머니가 쓰던 오래된 갈색 신발은 부엌의 구석 자리에 안전하게 모셔 두었다. 나는 더운 여름날엔 조너스처럼 맨발로 다녔기 때문이다. 언니는 꽃을 많이 꺾는 걸 좋아하지 않았지만, 부엌 탁자 위엔 항상 장미꽃이나 데이지꽃이 담긴 오목한 그릇이 놓였다. 물론 언니는 줄리언 삼촌의 장미 덤불에선 절대로 꽃을 꺾어 오지 않았다.

가끔은 내가 묻은 여섯 개의 파란 구슬을 생각했지만 이젠 들판에 나가지 못하게 됐고, 그 파란 구슬 여섯 개는 더 이상 존재하지 않는 옛날 우리 집을 보호하려고 묻은 것이기에 지금 우리가 살고 있고 너무도 행복하게 지내는 이 집과는 아무 관련도 없다 싶었다. 내가 새로 정한 마법의 보호물은 현관문의 자물쇠, 창문을 가린 나무판자, 그리고 집 양옆의 바리케이드였다. 가끔 밤이면 어둠 속 잔디밭에서 뭔가가 움직이는 모습이 보이고 속삭이는 소리가 들려왔다.

"하지 마. 이 집 아가씨들이 보고 있을지도 모르잖아."

"이렇게 어두운데 우리가 보인다고?"

"듣기로는 무슨 일이 일어나든 다 보고 있대."

그러고는 웃음소리가 날 때도 있었는데, 그 소리는 따뜻한 어둠 속으로 흩어져 갔다.

"이러다간 여기에 곧 사랑의 오솔길이란 이름이 붙겠어."

언니의 한탄에 내가 덧붙였다.

"말할 것도 없이 찰스를 기린 거겠지?"

"찰스가 제일 했을 법하지 않은 일이, 진입로에서 제 머리에 총을 쏘고 자살하는 건데."

콘스턴스 언니가 진지하게 생각하며 말했다.

우리는 엿듣다 알게 되었다. 밖에서 낯선 사람들이 지나가다 보면, 그나마 작정하고 보려고 했을 경우에만, 집이라고 알아볼 수도 없이 폐허가 되어 덩굴로 뒤덮인 거대한 구조물만 보인다는 사실을. 이 구조물은 마을과 고속 도로 사이에 있는 길의 중간 지점에 있었고, 덩굴 사이로 밖을 내다보는 우리의 시선을 눈치채는 사람은 아무도 없었다.

"그 계단에 가면 안 돼."

아이들은 서로서로 주의를 줬다.

"그리로 가면 아가씨들이 와서 잡아간대."

한번은 한 아이가, 다른 아이들의 도전을 받고는 우리 집 쪽을 쳐다보며 계단 맨 아래 단에 서더니, 덜덜 떨면서 울 듯 도망칠 듯 하다가 떨리는 목소리로 소리 높여 불렀다.

"메리캣, 하고 콘스턴스가 말했지, 차 한잔 하실래요?"

그러고는 쌩하니 도망갔고, 다른 아이들도 뒤를 따라 우르르 뛰어갔다. 그날 밤, 우리는 문지방에서 신선한 달걀 한 바구니를 발견했다. 쪽지엔 이렇게 씌어 있었다.

'애가 장난으로 한 소리니 한 번만 봐주세요.'

"불쌍한 것."

냉장고에 넣으려고 달걀을 오목한 그릇에 담으면서 언니가 말했다.

"지금쯤 침대 밑에 들어가 숨어 있겠네."

"버릇 고친다고 신 나게 맞았을지도 모르고."

"아침 식사로 우리 오믈렛 해 먹자."

"나, 혹시 그럴 기회가 생기면, 어린애도 먹을 수 있을까?"

"내가 요리할 수 있을지 모르겠는데?"

언니가 말했다.

"모르는 사람들이 불쌍하지. 얼마나 무서운 게 많을까."

"저기, 난 거미가 무서워."

언니가 말했다.

"거미가 언니한테 얼씬도 못 하게 조너스랑 내가 잘 지켜 줄게. 아, 정말이지 콘스턴스 언니."

내가 말했다.

"우리 정말정말 행복하다."

작가 정보

셜리 잭슨
Shirley Hardie Jackson

셜리 잭슨은 인간의 평범한 행동 속에서 악의와 광기를 짚어 내는 데 능한 작가다. 장편과 단편을 가리지 않고 인간에게 숨겨져 있는 야만성을 전달하는 데 꾸준히 힘썼다. 비슷한 주제를 다루는 작가들은 많지만, 무심한 어투로 잔인하리만큼 독자의 불안을 고조시키는 수법이나 암암리에 인간의 악의를 읽어 내리는 가시 돋친 문체는 누구도 따라갈 수 없는 잭슨만의 특징이다. 잭슨은 고립되고 오래된 저택에 사는 수상한 거주자들의 이야기인 고딕 미스터리에 뛰어난 작품들을 남겨, 고딕 호러의 대가라는 평을 받는다.

셜리 잭슨은 1916년 샌프란시스코 교외의 중산층 집안에서 태어났다. 전업주부의 전형적인 삶에 만족했던 그녀의 어머니는 어릴 때부터 감수성이 남달랐던 잭슨을 이해하지 못했다. 자신의 딸이 요조숙녀로 성장

할 것을 바란 어머니의 기대와 간섭에 반발한 셜리 잭슨은 병적인 공상과 상상의 세계에 빠져들었는데, 로체스터 대학에 입학했다가 자퇴하고 1937년 시러큐스 대학에 입학한 것도 어릴 적부터 발전한 그녀의 정신병적 기질이 원인이 되었을 거라는 말도 있다.

셜리 잭슨은 문학 비평가인 스탠리 에드거 하이먼과 시러큐스 대학에서 만나 1940년 결혼해 2남 2녀를 두었다. 하이먼은 시러큐스 대학 잡지에 실린 셜리 잭슨의 단편을 보고 그녀의 천재성을 실감했던 나머지, 결혼 후에는 상습적으로 처방약을 복용하며 줄담배를 피우는 잭슨을 보고 나쁜 습관을 고치게 하기는커녕 독려했다. 인습을 타파하는 뛰어난 작가의 괴벽으로 생각했던 것이다. 모순적이게도, 셜리 잭슨은 누구의 제재도 받지 않고 니코틴과 약물 중독에 빠져든 끝에 1965년 마흔여덟의 젊은 나이로 사망한다.

"마녀로 활동하고 있는 유일한 동시대 작가"

사후 오십 년이 되어 가는 지금까지도 셜리 잭슨은 미국 현대 문학에서 논란을 몰고 다니는 작가 중 하나이다. 오락성에 가치를 두고 단순히 장르 소설을 쓴 작가로 볼 것인가, 장르의 틀을 넘어 뛰어난 주제 의식과 문학성까지 이룩해 낸 작가로 볼 것인가는 아직도 평론가들 사이에서 논쟁거리이다. 현대 사회의 어두운 면을 꼬집는 날카로움, 단순해 보이지만 결말을 확인하지 않고는 못 견디게 만드는 이야기를 그리는 힘을 가지고 있으나, 셜리 잭슨은 특유의 기괴한 필치 때문에 당대부터 쉽사리 문학성을 인정받지 못했다.

셜리 잭슨은 첫 장편 소설 『벽을 통한 길The Road Through the Wall』을 출판한 1948년, 저명한 시사 잡지 《뉴요커》에 발표한 단편 「제비뽑기The Lottery」로 세상에 이름을 널리 알렸다. 영문학 역사상 가장 충격적인 살인 축제를 다룬 이 단편에서 셜리 잭슨은 서정적이고 평화로운 마을 풍경을 그리다가 아무렇지 않게 살인을 시작하는 마을 사람들의 모습을 보여 주는데, 이는 문명사회의 이름 아래 여전히 존재하고 있는 '희생양'에 대한 인간의 본능을 암시하고 있다.

「제비뽑기」는 최근에 와서는 현대 사회에 대해 뛰어난 통찰력을 발휘했다는 평을 받으며 영문학 교과서에 빼놓지 않고 포함된다. 당시 지나치게 선정적이라는 비난의 편지가 《뉴요커》에 빗발쳐 잡지사 업무가 마비되었던 일화를 생각하면 놀라운 일이다.

자신의 작품을 둘러싸고 어떤 논란이 일든 셜리 잭슨은 가치관을 굽히지 않는 작가였다. 자신이 천착하던 일상적인 악, 평범한 악에 대한 단편들을 꾸준히 썼으며, 그 외에는 생계를 위해 육아 등을 소재로 자신의 일상을 재미있게 그린 단편들을 주부 잡지에 연재할 뿐이었다.

셜리 잭슨이 평범한 중산층 자녀에서 지식인으로 성장하며 갖게 된 높은 자의식이나 굽히는 법 없는 성격은 그녀가 살았던 노스 베닝턴 마을 주민과의 관계에서도 드러난다. 남편 스탠리 에드거 하이먼이 버몬트 주의 베닝턴 대학에 교수로 발령받아 이동하게 된 노스 베닝턴은 편견이 심한 마을이었다. 유대계 지식인인 남편을 가진데다 스스로도 특이한 태도를 지녔고, 『보이지 않는 인간』(조영환 옮김, 민음사, 2008)을 쓴 흑인 작가 랠프 엘리슨과도 교류가 있었던 잭슨은 당연히 노스 베닝턴에서 심한 텃세를 겪었다. 굽히는 법 없는 성격 탓에 마을의 누구와도 사귀지 않은 셜리 잭슨은 자신의 대다수 작품의 배경으로 노스 베닝턴을 이용하기에 이른다. 잭슨이 작품 속에 이름을 명시한 것은 아니지만, 작품 곳곳에 노스 베닝턴임을 암시하는 지리적 요소가 있을뿐더러 몇몇 작품은 노스 베닝턴이 배경이라고 직접 밝히기도 했다.

셜리 잭슨은 평생 동안 편견과 차별을 증오하며 살았다. 반면 마을 사람들과 융화하지 못하는 자신의 상황에 공포를 느끼기도 했다. 특히 고립에 대한 공포가 강했는데, 그러면서도 굽히지 않는 자존심을 가지고 자신이 느꼈던 공포에 환상적인 상상력을 결합한 작품들을 많이 남겼다. 그녀의 두 번째 장편 소설인 『행저맨The Hangsaman』(1951)은 아버지의 억압 속에서 자라 사람을 사귀는 법을 배우지 못한 소녀가 상상 속에서 친구를 만들어 냈다가 현실에서 혼란에 빠지는 내용으로, 셜리 잭슨 특유의 병적인 날카로움과 의식 세계의 혼란이 잘 나타난 수작이다.

우울증을 앓았던 전적이 있을뿐더러 신경증을 달고 살았던 셜리 잭슨이 '마녀'나 '악마' 같은 환상적인 존재들에 관심을 가진 것은 어쩌면 당연한 수순일지도 모른다. 타로 점에 능한 것은 물론 악마의 목소리를 듣는 척도 잘했던 그녀를 두고 마을에서는 '마녀'라는 소문이 돌았다. 1949년에는 AP 기자인 W.G. 로저스가 "잭슨은 펜이 아니라 빗자루로 글을 쓴다"고 주장하기도 했으며, 후에 「제비뽑기」가 실린 첫 보급판 책에는 "빗자루를 살무사의 피에 담가 썼다"는 문구가 담기기도 했다.

셜리 잭슨에게 초자연적인 존재에 대한 열정이 있던 것은 확실하며 정상과 비정상의 경계를 아슬아슬하게 오가는 그녀의 작품들이 장르 소설로서 가치가 높은 것도 당연한 결과다. 그러나 그녀가 쓴 작품들은 장르의 틀로만 해석하기 어려운 문학성을 지니고 있다. 그녀는 그녀에 대한 선입견과는 달리 '마녀' 등의 오컬트 요소를 작품 전면에 내세우기보다 상징으로 활용하는 데 능했는데, 1949년 출간한 단편집 『제비뽑기』에서는 사실상 남성 중심 사회의 편견이 총집합되어 일어난 일이었던 '마녀재판'과 희생양의 은유를 적절히 뒤섞어 주제를 강화하기에 이른다. 특히 해당 책에 수록된 단편 「마녀The Witch」는 단순히 짓궂은 이야기로 볼 수도 있지만 이 할아버지가 단편집 전체에서 '악'을 상징하는 인물이라는 점이 의미심장하다.

결국 적의의 대상이 되기 쉬운 약자들, 차별의 대상들을 상징하는 것이 잭슨에게는 바로 '마녀'라는 존재였다. 초자연적인 요소를 다룰 때에도 이 태도는 여전하여, 손에 꼽히는 호러 소설이자 뛰어난 고딕 미스터리인 『힐 하우스의 유령』(김시현 옮김, 2014, 엘릭시르)에서도 전개의 중심에 있는 것은 '속할 곳'을 잃은 여자 주인공의 공포이다.

자신이 겪은 공포 속에서 새로운 공포를 끄집어내어 독자들을 홀리는 셜리 잭슨은 『신들의 전쟁』(장용준 옮김, 황금가지, 2008) 등의 작품을 쓴 훌륭한 SF 작가인 닐 게이먼, 호러의 거장 스티븐 킹, 『나는 전설이다』(조영학 옮김, 황금가지, 2005)를 쓴 리처드 매드슨, 『머더리스 브루클린』

(조영학 옮김, 황금가지, 2007)을 쓴 조너선 레섬, 『좀비』(공경희 옮김, 포레, 2012)를 쓴 조이스 캐럴 오츠 등의 뛰어난 장르 작가들에게 영향을 미쳤다. 또한 호러와 심리 서스펜스 장르에 혁신적인 작품들을 남긴 셜리 잭슨의 공헌을 기려 2007년부터 셜리 잭슨 상이 제정되었는데 이 상은 그 해에 발표된 호러 작품이나 어두운 심리 서스펜스 작품 중 가장 뛰어난 작품을 쓴 작가에게 수여된다.

셜리 잭슨과 고딕 미스터리

고딕 미스터리는 18세기 낭만주의 사조에 이르러 탄생한 장르이다. 이성보다 맹목적인 신앙을 중시한 중세가 지나고 인간의 이성을 강조하는 시대가 찾아오면서 세계는 어느덧 인간의 이성을 유일하게 신뢰하며 절대시하는 계몽 시대로 접어들었다. 하지만 곧 형식과 규범에 얽매인 계몽 시대에 반발하여 이성보다 감정과 상상력을 중시하는 낭만주의 사조가 나타났다. 낭만주의 예술가들은 중세 시대의 황금기나 다름없던 '고딕 시대'(중세 후기, 12세기에서 15세기)에 이성 중심의 시대 반대편에 서 있는 시대라는 새로운 의미를 부여했다. 당시의 영국 작가 호러스 월폴이 자신의 작품에 중세 시대와 고딕 건축물을 배경으로 이용한 것도 같은 맥락이다. 월폴은 1765년 '고딕적인' 것에 자신의 상상력을 결합해 쓴 『오트란토 성』(하태환 옮김, 황금가지, 2002)으로 고딕 미스터리의 시작을 알렸다.

셜리 잭슨의 고딕 미스터리는 월폴의 시대부터 공식으로 정립된 '고딕 시대풍의 고립된 분위기', '그런 저택에 사는 사람들', '초자연적인 요소'를 활용하면서 문학성 또한 놓치지 않는 것이 특징이다. 최초의 고딕 미스터리 작가라고 할 수 있는 월폴이 『오트란토 성』에서 초자연적인 요소를 다채롭게 활용해 온갖 신비로운 일들을 보여 주다 천국과 지옥이라는 절대적인 세계의 존재를 인정하는 데 그친다면, 셜리 잭슨은 인간의 상상력을 직접적으로 보여 주는 초자연적인 요소를 전면에 두지 않고도 고딕 미스터리의 재미를 일깨우며 인간의 문명사회가 얼마나 부질없고 야만스러운지 폭로하는 데까지 나아간다. 이는 유명한 페미니스트 작가인 샬럿 퍼킨스 길먼이 쓴 고딕 미스터리 단편 「누런 벽지The Yellow Wallpaper」(1892)를 떠올리게 하는 면이 있다. 「누런 벽지」에서 남편에 의해 고립된 저택으로 이사 와 갇히다시피 생활하는 아내는 '훌륭한 아내는 언제나 남편의 의견에 따른다'는 당시의 명제에 저항하는 모습을 보인다. 고딕 미스터리가 필연적으로 갖고 있는 고립과 폐쇄적인 분위기가 반대로 억압을 폭로하는 역할을 하는 것이다.

셜리 잭슨은 고딕 미스터리를 작가의 상상력을 즐기는 대중 소설 이상으로 끌어올린다. 사실주의 문학의 거장 헨리 제임스가 외딴 저택에서 아이들을 가르치다 유령을 목격하는 가정 교사의 이야기 『나사의 회전』(정상준 옮김, 시공사, 2010)을 통해 인간의 감각과 이성이 얼마나 믿을 수 없는 것인지를 폭로했듯이, 현실 사회의 어두운 면을 보여 주는 훌륭한 매개로 고딕 미스터리의 요소들을 이용하며 주제를 강화한다.

그녀의 대표작 중 하나인 『힐 하우스의 유령』은 『우리는 언제나 성에 살았다』에 비해 장르 문법을 훨씬 더 잘 따르고 있고 재미도 놓치지 않는 작품이면서 현실의 악을 폭로하는 셜리 잭슨의 솜씨 또한 극에 이른 고딕 미스터리다. 유령 실험을 하기 위해 외딴 저택에 모인 실험자들은 폴터가이스트 현상 등을 겪으며 극한 혼란에 빠진다. 집에서 가출해 실험에 참가한 여주인공은 실험자들 간의 커져 가는 갈등 속에 공포를 폭발하게 되는데, 따돌림당하는 위치에 놓여 극심한 압박을 느끼는 여주인공의 심리 묘사가 백미인 이야기이다.

스티븐 킹은 『힐 하우스의 유령』을 『나사의 회전』과 함께 지난 백 년간 등장한 초자연적 소설 중 가장 훌륭한 작품으로 꼽는다. 이 작품은 1963년, 1999년 두 차례에 걸쳐 영화화되었는데 로버트 와이즈가 감독한 1963년 작품이 훨씬 훌륭하다는 평가가 대다수이다. 마틴 스코세이지 감독은 '가장 무서운 호러 영화 11' 목록에 이 1963년 작품 〈더 헌팅The Haunting〉을 올렸다.

우리는 언제나 성에 살았다

셜리 잭슨이 생전 마지막으로 완성한 작품 『우리는 언제나 성에 살았다』는 인간의 공포가 만들어 낼 수 있는 가장 독창적인 이야기라고 해도 과언이 아니다. 화자인 열여덟 살 메리캣은 어느 시기부터 아예 성장을 멈춘 것 같은 어린아이의 목소리를 구사한다. 초반에 명백히 나이가 제시되어 있음에도 독자는 어린 소녀가 물정 모르고 아무렇지 않게 떠들어대는 이야기인 줄만 알고 작품에 빠져든다. 하지만 돌이켜 보는 순간 불온한 진실이 독자의 눈앞에 나타난다. 악하지 않은 사람은 아무도 없다. 순진무구한 어린아이의 눈으로 보기에 더 더러워 보이는 세상의 악의와, 어린아이 속에 숨어 있기도 한 잔악함이 아이러니할 정도로 분명한 대치를 이루는 것은 그 사실을 방증한다. 피해자와 가해자를 계속해서 뒤바꾸는 서술은 어느덧 평범해 보이는 마지막 문장에 힘을 싣는다. 독자는 작품 속에서 평온하거나 평범해 보이는 것들이 실상 보이는 것과 같지 않음을 깨닫게 되었기 때문이다.

셜리 잭슨은 이 작품을 쓸 당시 광장 공포증을 앓고 있었다. 노스 베닝턴의 주민들이 자신을 박해한다고 생각한 셜리 잭슨은 자신이 느낀 공포를 가져다 얼핏 잔잔해 보이지만 속은 무시무시한, 특별한 소설을 완성했다. 시인 하워드 네메로프에게 쓴 부치지 않은 편지에서 그녀는 이렇게 말했다.

"'공포'를 재료로 작업하는 건 언제나 즐거워요. 공포를 가져다가 이해하고 빠져들어 본 뒤에 내가 두려워했던 상황과 합쳐 보고, 그 모든 것을 가지고 글을 쓴다는 것이요. 난 내가 두려워하는 것들 속에서 기쁨을 느낄 수 있어요. 『우리는 언제나 성에 살았다』는 두 여자에 대한 이야기가 아니라 내가 두려워하는 것들에 대한 이야기랍니다. 책 속의 이름 하나가 나를 바깥으로 내몰아 버리는 건 아닌가 하는 의심, 정말이지 말하는 것조차 무서웠던 것들에 대한 이야기요."

하지만 셜리 잭슨은 『우리는 언제나 성에 살았다』를 완성한 뒤 더 이상 자신이 두려워하는 것들 속에서 기쁨을 찾지 못했다. 공포증이 심해진 잭슨은 육체적으로도 온갖 병에 시달리면서 몇 달 동안 집 밖으로 나가는 것을 거부하기에 이른다. 심리 치료를 받는 등의 노력 끝에 가까스로 조금 회복하기는 했으나, 이후 손에 잡은 『나와 함께 가자Come Along with Me』(1968, 사후 출간)는 결국 완성하지 못하고 세상을 떴다.

/

작품 목록

단행본

The Road Through the Wall (1948)

The Lottery and Other Stories (1949, 단편집) - 『제비뽑기』(엘릭시르, 2015, 미스터리 책장 시리즈)

Hangsaman (1951)

The Bird's Nest (1954)

The Sundial (1958)

The Haunting of Hill House (1959) - 『힐 하우스의 유령』(엘릭시르, 2014, 미스터리 책장 시리즈)

We Have Always Lived in the Castle (1962) - 『우리는 언제나 성에 살았다』(엘릭시르, 2014, 미스터리 책장 시리즈)

The Magic of Shirley Jackson (1966, 사후 출간, 남편 스탠리 에드거 하이먼이 편집한 단편집)

Come Along with Me (1968, 사후 출간, 단편집)

Just an Ordinary Day (1995, 사후 출간, 단편집)

해 설

일러두기

본문에 1), 2) 등 반괄호로 표시된 미주는 모두 해설자 주이다.

●

"메리, 심술궂은 메리
정원은 어떻게 자라고 있어?
흰 방울꽃과 조가비,
예쁜 아가씨들을 모두 한 줄로."

미국 동요 〈메리, 심술궂은 메리〉

잊힌 사람들, 잊힌 작가

『우리는 언제나 성에 살았다』는 미국 작가 셜리 잭슨이 1962년에 발표한 짧은 분량의 장편으로, 작가가 죽기 전 마지막으로 완결한 소설이다. 2006년 펭귄판에서는 『머더리스 브루클린』의 작가인 조너선 레섬이 서문을 썼는데 셜리 잭슨을 이렇게 소개한다.

"사람들이 내게 가장 좋아하는 작가가 누구인가 하고 물었을 때 '셜리 잭슨'이라고 대답하면 대부분 누구인지 몰라 어리둥절해하지만, 단편 「제비뽑기」의 작가라고 밝히면 그때야 대부분" 눈이 휘둥그레진다. 누구나 이 "마음이 불편해지는 소설"을 익히 알고 있기 때문이다.

하지만 셜리 잭슨의 이 대표작도 국내에서는 더러 생소하게 여겨질 수 있을 것이다. 다른 유명한 소설인 『힐 하우스의 유령』도 국내에는 영화로만 두 차례 소개되었을 따름이다.

셜리 잭슨이 소설의 완성도나 장르의 기여도에 비해 인지도가 낮은 것은 유독 한국에서만 있는 현상은 아니다. 잭슨의 남편이자 문학 비평가였던 스탠리 에드거 하이먼은 아내가 죽은 후 유고집『셜리 잭슨의 마법 The Magic of Shirley Jackson』(1965)를 엮으면서 셜리 잭슨이 오로지 대중 작가로만 취급당하고 작품의 수준에 걸맞은 문학적 인정을 받지 못한 현실에 대해서 은근히 불만을 토로하기도 했다.「제비뽑기」를 비롯한 일련의 단편과『벽으로 통하는 길』,『행저맨』,『새의 둥지The Bird's Nest』(1954),『해시계The Sundial』(1958),『힐 하우스의 유령』등의 장편들이 알려져 있고 몇 작품은 문학상 후보로 오르다 사후에야 상을 받았지만, 가치에 어울리는 관심을 얻지 못하고 반여성적이라는 이유로 모두 외면당한 시기도 있었다. 그러나 인정받지 못한 위대한 작가들이 그러하듯이 셜리 잭슨의 소설에는 시대를 넘어서도 독자의 시선을 잡는 호소력이 있다. 공교롭게도 잭슨의 작품이 가진 마력과 그에 대한 사회의 외면은 작가의 작품 속 주인공들이 겪는 현실과도 닮아 있다.

일상과 환상 사이의 거리

『우리는 언제나 성에 살았다』또한 셜리 잭슨의 소설에서 공통으로 다루는 일상의 악, 주술의 힘, 폐쇄된 공간이라는 요소가 어우러져 빚어낸 매혹적인 소설이다. 여기에서는「제비뽑기」의 주제가 되는 타자성과『힐 하우스의 유령』에 깔린 초자연적인 공간의 공포가 특히 두드러진다. 이 소설의 화자는 열여덟 살의 메리 캐서린(줄여서 메리캣) 블랙우드이지만 전체적으로 서사는 그보다 더 어린아이가 서술하는 느낌을 준다. 이런 괴리는 메리캣이 사는 고립된 세계가 보통의 시간이 흐르는 정상적 현실과 유리되어 있다는 징표이기도 하다. 마을 사람들이 블랙우드 집안을 두려워하며 영위하는 평범한 일상은 블랙우드 하우스로 메리캣이 들어선 순간 사라져 버린다. 그곳에서 메리캣은 자기를 무조건 인정해 주는 언니 콘스턴스와 오래전 사건 때문에 병을 앓고 있는 삼촌 줄리언과 함께 틀어박혀 자신만의 세계를 이룬다. 소설의 첫머리부터 메리는 꼬마 마녀다운 성격을 드러내며 박해받는 현실로부터 자신을 격리한다.

> 내 이름은 메리 캐서린 블랙우드. 열여덟 살이고 언니 콘스턴스와 같이 산다. 양손 둘째와 셋째 손가락이 같은 길이라서 혹시라도 운이 있었다면 늑대 인간으로 태어나지 않았을까 종종 생각했지만, 욕심은 그만 부리기로 했다. 나는 씻는 거, 개, 시끄러운 소리가 싫다. 콘스턴스 언니와 리처드 플랜태저넷, 그리고 일명 알광대버섯이라고 불리는 독버섯은 좋아한다. 언니와 나를 제외한 우리 가족은 전부 죽고 없다. (본문 11쪽)

독자는 메리캣이 처음 입을 떼자마자 불길한 전조를 감지할 수 있지만, 마을 사람들이 왜 블랙우드 사람들을 불가촉천민처럼 취급하면서 외면

하는지 이유를 명확히 알 수가 없으므로 소설을 읽어 나가면서 긴장감이 점점 고조된다. 메리캣이 마을을 지나가며 사람들에게 내릴 저주를 떠올릴 때마다 이런 불길하고 초자연적인 분위기는 한층 깊어진다. 메리캣은 "끔찍한 아픔을 주며 안쪽부터 점점 먹어 치우는, 시커멓게 타들어 가듯 썩는 병에 대해" 생각한다. 그들은 고통스럽게 죽어 땅 아래 묻힐 것이다.

대조적으로 블랙우드 가문의 저택에는 을씨년스러운 분위기가 있으면서도 가정적인 안온함이 흐른다. 콘스턴스가 잘 가꾼 꽃밭과 채소밭, 먼지를 깨끗이 털어 빛이 들어오도록 한 방들, 드레스덴 도자기 인형들, 장미색 찻잔, 그리고 항상 뜨끈한 음식이 넘치는 정갈한 부엌. 조이스 캐럴 오츠는 이 작품을 평하면서 "음식이 가장 정교하게 물신화된 작품"이라고 말한다.1) 광장 공포증 때문에 밖에 나가지 못하는 콘스턴스는 메리캣이 사 온 재료로 모두를 먹일 수 있는 음식을 정성껏 만들며 가정주부의 역할을 해낸다. 콘스턴스는 식구와 손님이 떠나고 집이 다 무너진 상황에서도 끈질기고 올곧게 부엌을 치우고 음식을 만드는 일에 계속 매달린다.

신新 고딕 소설의 전통

폐쇄된 세계와 고립, 가정생활에 대한 집착은 이 소설이 속한 범주인 고딕 소설에서 드물지 않게 볼 수 있는 특질이다. 초자연적인 힘이나 유령에 대한 이야기는 인류의 역사와 함께 시작했겠지만 고딕 소설이라는 명칭 자체는 1764년 호러스 월폴이 『오트란토 성』을 발표하면서 성립되었다. 뾰족 첨탑과 아치형 문 등 고딕 건축 양식과 그 안에서 일어나는 신비스럽고 기괴한 사건들을 결합한 고딕 소설은 여러 변형을 낳으면서 계속 이어져 왔다. 어두운 숲이나 폐허, 자발적 의지를 잃어버린 주인공, 이성으로 설명할 수 없는 사건들, 기괴하고 우화적인 상징들이 고딕 소설에 첨가된다. 흥미롭게도 고딕 소설이라는 장르의 확립에 기여한 이들은 앤 래드클리프나 메리 셸리 등의 여성 작가였다. 그들이 만들어 낸 여성 고딕Female Gothic이라는 장르는 억눌린 사회적 위치나 성적 환상을 미지에 대한 공포로 가려 고딕 소설 안에 심어 놓은 것이 특징이다. 이런 문학적 전통은 미국으로 넘어오면서 죄의식이나 청교도주의와 결합하여 에드거 앨런 포, 너새니얼 호손, H.P. 러브크래프트 같은 작가가 등장한다. 미국 고딕도 또한 다양한 방면으로 발전하는데, 셜리 잭슨의 소설은 발전 단계로는 '신 미국 고딕New American Gothic'으로, 배경으로는 '뉴잉글랜드 고딕New England Gothic'으로 분류된다.

먼저, '신 미국 고딕'은 세 가지 특징으로 요약될 수 있다.[2] 첫 번째로는 남부의 저택, 도시의 집, 군대 병영 등의 배경으로 나타나는 소우주다. 소설 안에서 이런 작은 공동체들은 "범우주적인 여러 힘이 충돌하는 경기장"[3]으로 그려진다. 두 번째는 주인공들의 자기애로, 나르시시즘은 세계를 비틀린 거울처럼 비추고 그들을 사적인 세계, 집 안에 가둔다. 세 번째는 가족으로, 소설의 인물들은 자기들의 나르시시즘을 이용하여 인간 조직의 기본 단위를 파괴한다. 이 기본 틀은 『우리는 언제나 성에 살았다』에 적용해 봐도 어긋남 없이 드러난다.

블랙우드가의 집은 가족이 몰살당하는 불길한 사건이 있던 후에도 여전히 거기 사는 사람들의 우주로서 완벽하다. 『힐 하우스의 유령』에 등장하는 집처럼 살아 있는 유기체로서의 속성이 드러나지는 않지만 여기 '성'으로 묘사되는 블랙우드의 집은 화재로 지붕을 잃은 후에도 메리캣과 콘스턴스를 가두는 작은 세계로 건재하다. 또한, 메리캣은 항상 달세계라는 자기만의 우주를 상상하는데, 폐허가 되고 바리케이드로 가로막힌 집은 새로운 달이 된다.

이 작품에서 사건을 일으키는 심리적 동인이 있다면, 바로 메리캣의 어린애다운 자기중심주의다. 소설의 후반에야 비로소 가족을 몰살했던 범인이 메리캣임이 드러나는데, 메리캣은 마치 소시오패스처럼 이에 대한 어떤 죄책감도 보이지 않는다. 콘스턴스의 광장 공포증은 메리캣이 저지른 범죄의 여파지만 메리캣은 오히려 자신이 언니를 지키고 있다고 생각한다. 이런 메리캣에게 사촌 찰스 블랙우드는 침입자에 불과하므로 메리캣은 그를 쫓아내기 위해 주문을 외우고 결국에는 화재를 일으켜 사회와의 고립을 더욱더 견고한 것으로 만든다. 역설적이게도 메리캣의 자기 우월 의식을 키워 준 것은 그의 부모이다. 메리캣의 아버지는 "동네에서 제일 처음 피아노를 집에 들여놓"았고, 철조망을 쳐서 부지를 고립했다. 이런 계급 의식은 고딕 소설 주인공들의 자기애를 한층 더 부추기고 그들이 저지르는 행동의 동기가 되는데,[4] 이렇게 자라난 메리캣은 결국 딱히 명확한 이유가 없이 가족을 살해한다.

이런 의미에서 『우리는 언제나 성에 살았다』는 주인공의 나르시시즘이 가족이라는 단위를 파괴한다는 신 미국 고딕의 특징을 구현한다. 보통 같은 계열의 소설에서는 기존의 가족은 무너지고 대리 부모들이 그 역할을 대신한다. 가령, 남부 고딕의 대표 작품인 트루먼 커포티의 『다른 목소리, 다른 방』(박현주 옮김, 시공사, 2013)에서는 조엘이라는 소년이 아버지를 찾아 스컬리스 랜딩이라는 집으로 찾아가는데 거기서 아버지가 결혼한 여자인 에이미와 그녀의 사촌 랜돌프, 흑인 하인인 주와 함께 의사 가족을 이루면서 무너지는 집 속에 살게 된다. 『우리는 언제나 성에 살았다』에서 메리캣은 결국 다른 가족을 없애고 콘스턴스와 함께 새로운 가족을 이루어 폐허가 된 집 속에 스스로 갇힌다. 그러므로 신 미국 고딕에서 가족은 완전히 지워지는 단위가 아니라 기묘한 형태로 재조합되는 방식으로 존속한다고 할 수 있을 것이다.

그 집에는 마녀가 산다 : 뉴잉글랜드 고딕

뉴잉글랜드라는 공간은 셜리 잭슨의 소설에서 일관되게 역사적이고 문화적인 배경을 제공한다. 여기에는 1692년 세일럼의 마녀 재판이라는 역사적인 사건이 있고, 적당하게 문명화되었으면서도 무슨 일이든 일어날 수 있는 곳이라는 인상이 박혀 있다. 흥미롭게도 「제비뽑기」의 주인공처럼 셜리 잭슨 본인 또한 뉴잉글랜드 토박이는 아니었다.[5)]

1916년생인 셜리 잭슨은 캘리포니아 주의 샌프란시스코 출신으로 열네 살까지 그곳에서 살다가 부모님을 따라 뉴욕 주의 로체스터로 이주한다. 시러큐스 대학의 학교 문예지 편집부에서 미래 남편을 만난 잭슨은 결혼 후에는 뉴욕에 살다가 후에 버몬트 주의 베닝턴 대학에 자리를 맡게 된 남편을 따라 이사한다. 이런 뉴잉글랜드의 교외 도시는 유대계 지식인이었던 남편과 잭슨에게는 폐소공포증을 안겨 줄 만큼 답답하고 배타적인 곳이었지만 잭슨은 「제비뽑기」를 발표하면서 고딕 소설이라는 장르 속으로 피신할 수 있게 된다.

마녀들이 일상을 영위하는 공간으로서 뉴잉글랜드는 적격의 배경을 제공한다. 이방인을 배척하며 지역 윤리도 보수적이기 때문이다. 이런 엄격한 공동체에서 마녀들은 〈스텝포드 와이브스〉(1975)나 프란츠 라이버의 『아내가 마법을 쓴다』(송경아 옮김, 웅진지식하우스, 2007) 속 주인공처럼 본디 모습을 감추는 경우도 있고, 역시 사회에서 용납하지 않는 아웃사이더가 동떨어진 집에 살기도 한다. 뉴잉글랜드는 『우리는 언제나 성에 살았다』의 메리캣이 "멜로디 글로스터 페가수스"라는 주문을 외우면서 외부인으로부터 자기를 지키는 마법이 일상화된 영역인 것이다. 실로 메리캣이 쓴 주문은 자기에게 파괴적인 방식이긴 했지만 효험이 있었고, 결국 블랙우드 자매를 다른 사람들로부터 떼어 놓는 데 성공했다.

셜리 잭슨이라는 작가를 말할 때면 "마술"(Witchcraft)이라는 단어가 단골로 등장한다. 애초에 소설에 마술적 요소가 있거니와 잭슨의 사생활도 신비스럽게 묘사된 면이 있었다.[6] 고딕 소설 작가에게 환상적 개인사는 떼기 어려운 운명이겠지만, 사실 근본적으로 마녀라는 존재는 시대의 산물이기도 했다. 역사의 한 시점에서 마녀 사냥은 억압된 여성을 사회에서 격리하는 방식이었지만, 1950년 전후의 미국에서는 마녀는 가족 이데올로기의 억압과 권태에 저항하는 여성들의 분신으로 묘사되기도 한다. 뉴잉글랜드에서 셜리 잭슨이 겪었을 소외와 배척의 경험은 그 소설에 줄기차게 등장하는 고립된 여성이라는 형태로 나타나고 이들은 「제비뽑기」의 마지막 장면이나 『우리는 언제나 성에 살았다』의 화재 장면처럼 집단 폭력의 희생자가 된다.

한편 셜리 잭슨은 여성의 공허함과 주체성 상실과 같은 문제를 연구하는 베티 프리던 같은 여성 운동가에게 대중 잡지에 글을 쓰는 전문 직업 작가이면서도 가정생활의 잡다한 업무를 수행하는 주부의 이미지를 이용하고 있다는 비판을 받기도 했다.[7] 하지만 셜리 잭슨이 다룬 고립된 여성은 가정 밖에서는 적절한 기능을 할 만큼 독립성을 갖추지 못하고 억지로 밖으로 내몰릴 때 무너지고 부서진다. 어떻게 보면 잭슨의 주인공들은 평생 신경증과 스트레스에 시달리고 결국 과다한 흡연, 과체중으로 고민하다 마흔여덟의 나이에 자는 중 심장 마비로 숨을 거둔 '주부 작가' 셜리 잭슨의 공허한 모습이기도 한 것이다.

불가해한 일상의 악

고딕의 장르가 무엇이든 간에 인간이 가장 공포를 느끼는 부분은 역시 우리가 알 수 없는 타인의 악의에 노출될 가능성이다. 잭슨의 소설에서 사람들이 저지르는 악행에는 딱히 이유가 없다. 보통 악령에 씌었다거나 하는 초자연적인 존재, 인간의 자유 의지를 빼앗는 거대한 힘이라는 설명을 제시할 수도 있으나 보통은 그저 악할 뿐이다. 이는 어찌 보면 인간의 본성에 가장 가까운 묘사인지도 모른다. 『우리는 언제나 성에 살았다』의 마을 주민들이 블랙우드 하우스에 저지르는 악행은 차라리 합리적인 설명이 존재할 수도 있다. 하지만 메리캣이 가족을 독살한 동기나 콘스턴스가 수동적인 보호자로서 메리캣의 모든 행동을 받아 주는 이유, 줄리언 삼촌의 광기 등에 대해서는 명확하게 말할 수가 없다. 이처럼 이성으로 설명할 수 있는 악과 설명할 수 없는 악이 존재하는 공간이 바로 고딕적 공간이다.

거시적인 관점에서 사람들은 언제나 악에 대해 설명을 하고 싶어 한다. 가령, 전쟁으로 황폐해진 인간 심상이라든가 무너진 가치, 독재 정권의 억압이 신비스럽고 그로테스크하고 수상한 존재들의 출현과 잔혹한 악의를 설명할 수 있다고 믿는 것이다. 혹은 셜리 잭슨의 소설을 1950년대 이후라는 특정한 시대를 비추는 거울로 보는 시점도 있다. 하지만 고딕 소설의 악은 그저 있는 그대로의 형태로 받아들일 수밖에 없기도 하다. 악이나 초자연을 이해하려는 노력은 그를 예방하고 교화하고자 하는 관점, 인간의 삶을 정돈된 틀 안에서 운영하려는 입장에서는 필수적인 과정이고 그 자체로 의미가 있지만 악은 불가해한 속성으로 그 힘을 펼친다. 『우리는 언제나 성에 살았다』에서도 주인공의 동기는 정확히 설명되지 않지만 악은 가감 없이 존재하고 그 순수함으로 사람을 유혹한다.

심술궂은 메리의 성

『우리는 언제나 성에 살았다』가 기괴한 성격을 가지고 있으면서도 한편으로 명랑한 분위기인 이유는 이 악의 가치 판단에서 벗어나 있는 존재, 메리캣 덕분이다. 사건은 메리캣의 시점으로 전개되지만, 잭슨의 다른 소설에서 그렇듯이 사실 메리캣은 전혀 신뢰할 수 있는 서술자가 아니다. 진실과 환상이 구분되지 않으며 누가 무엇을 했는지조차 알 수 없다. 맹목적인 자매애의 근저에는 어떤 감정이 깔렸는지조차 확실하지 않다. 오래된 전래 동요에 나오는 주인공들처럼 메리는 심술궂고 세상의 도덕과는 반대로 행동하며 거슬리는 외부자를 쫓아 버릴 수도 있는 힘을 가지고 있다.

심지어 메리캣이 이루어 낸 고립은 일반의 상식으로는 받아들이기 힘든 행복한 결말이라 당혹스럽기까지 하다. 메리캣은 콘스턴스를 완전히 볼모로 사로잡고, 과거의 유령까지도 쫓아 버린 듯하다.

"모르는 사람들이 불쌍하지. 얼마나 무서운 게 많을까."

"저기, 난 거미가 무서워."

언니가 말했다.

"거미가 언니한테 얼씬도 못 하게 조너스랑 내가 잘 지켜 줄게.

아, 정말이지 콘스턴스 언니."

내가 말했다.

"우리 정말정말 행복하다."(본문 297쪽)

이런 수상한 행복은 읽는 사람을 불안하게 한다. 『길버트 그레이프』(피터 헤지스, 강수정 옮김, 막내집게, 2008)나 『하우스키핑』(메릴린 로빈슨, 유향란 옮김, 마로니에 북스, 2013)에서처럼 집이 무너지거나 무언가에 쓸려 가면 소년 소녀들은 그 집을 버리고 세상으로 떠돌기 마련이다. 하지만 고딕 소설의 아이들은 집과 함께 갇히거나 무너지는 운명을 선택한다. 이 폐쇄된 결말에 어떤 쾌감이 있는지 독자는 자문하게 된다. 하지만 공포 소설은 우리에게 허락되지 않은 상상을 풀 수 있도록 마련된 공간이다. 타인을 향한 시기와 증오, 가장 익숙한 것이 우리에게 등을 돌릴 때의 두려움, 드러나지 않도록 눌린 욕망은 갈 곳을 찾아 무너진 성을 내려가 어두운 숲을 헤매고 황량한 저택 속을 걷는다. 독자가 이를 품고 함께 갈 수 있도록 만들어진 세계가 고딕의 세상이다. 숨겨진 꿈을 가진 우리도 이 고딕의 성 안에 사는 것이다. 그 안에서 우리는 행복할까? 어떤 이들은 남고 싶지 않아 그를 뒤로하고 떠나겠지만, 누구든 문득 돌아보고 싶을 때가 있을 것이다. 그러면 아마 보게 되리라. 창가 레이스 커튼 뒤의 그림자, 누군가 반쯤 손질해 놓은 정원 덤불 옆을 스치는 발소리, 부엌에서 흘러나오는 연기. 그러면 아마도 이렇게 묻게 되리라. 여기 누가 살고 있나? 아니, 내가 여기 살았었나?

박현주(작가, 번역가, 장르 소설 서평가)

주석

1) 『우리는 언제나 성에 살았다』 2009년 영국 펭귄판에 실린 해설.

2) 이 부분의 논의는 Irving Malin의 "New American Gothic"(1962)와 이에 관한 참조가 있는 스티븐 킹의 『죽음의 무도』(조재형 옮김, 황금가지, 2010)에서 참고했다.

3) 스티븐 킹의 『죽음의 무도』, 472쪽.

4) 계급 의식에 대한 논의는 Darryl HattenHauer의 "Shirley Jackson's American Gothic"(2003)의 10장에서 더 자세히 찾아볼 수 있다.

5) Bernice E. Murphy가 편집한 "Shirley Jackson: Essays on Literary Legacy" 중 "The People of the Village Always Hate US": Shirley Jackson's New England Gothic"을 참조.

6) Darryl HattenHauer, "Shirley Jackson's American Gothic" (2003), 189쪽.

7) Angela Hague, "A Faithful Anatomy of Our Times": Reassessing Shirley Jackson, Frontiers: A Journal of Women Studies, Volume 26, Number 2, 2005, pp. 73–96 (Article)

우리는 언제나 성에 살았다
We Have Always Lived in the Castle
/

1판 1쇄 2014년 1월 15일
1판 3쇄 2021년 7월 5일

지은이 셜리 잭슨 / **옮긴이** 성문영

책임편집 김세화 / **편집** 임지호 / **아트디렉팅** 이혜경 / **본문조판** 이정민 / **그림** 윤선미
저작권 김지영 이영은 / **마케팅** 정민호 정진아 김혜연 정유선
홍보 김희숙 김상만 함유지 김현지 이소정 이미희 박지원
제작 강신은 김동욱 임현식 / **제작처** 더블비(인쇄) 중앙제책사(제본)
독자모니터 엄정현

펴낸곳 (주)문학동네 / **펴낸이** 염현숙
출판등록 1993년 10월 22일 제406-2003-000045호 / **임프린트** 엘릭시르

주소 10881 경기도 파주시 회동길 210
문의 031-955-1918(편집) 031-955-8896(마케팅) 031-955-8855(팩스)
전자우편 editor@elmys.co.kr / **홈페이지** www.elmys.co.kr

ISBN 978-89-546-2381-0 (03840)

엘릭시르는 출판그룹 문학동네의 임프린트입니다.

잘못된 책은 구입하신 서점에서 교환해드립니다.
기타 교환 문의: 031-955-2661, 3580